녹두꽃

1

정현민 대본집
녹두꽃 1

초판 1쇄 인쇄 2019년 7월 16일
초판 1쇄 발행 2019년 7월 23일

지은이 | 정현민
펴낸이 | 金滇珉
펴낸곳 | 북로그컴퍼니
편집부 | 김옥자·김현영·김나정
디자인 | 김승은·송지애
마케팅 | 이예지
경영기획 | 김형곤
주소 | 서울시 마포구 월드컵북로1길 60(서교동), 5층
전화 | 02-738-0214
팩스 | 02-738-1030
등록 | 제2010-000174호

ISBN 979-11-90224-04-8 04810
ISBN 979-11-90224-03-1 04810 (세트)

정현민 대본집

녹두꽃

사람, 하늘이 되다

1

북로그컴퍼니

작가의 말

최종회 대본을 탈고하면 버릇처럼 하는 일이 있다.
시놉시스의 기획의도를 정독한다.
그렇게 초심과 만난다.

이번에도 부족했다.
여지가 없다.
그러나 마냥 부끄럽지는 않다.
초심은 지켰다.
작가가 지켜야 할 최소한은 지켰다.

부족한 작가의 초심을 믿고 갑오년의 신세계를 향해 나아간 〈녹두꽃〉의 모든 동지들에게 경의를 표한다. 씨제스엔터테인먼트 백창주 대표와 박진형 부대표, 명품 감독 신경수를 비롯한 제작진과 모든 출연진에게 감사드린다.

작업실의 보배들인 유진이와 노권, 자문을 맡아준 조경란 선생, 그리고 내가 가장 두려워하는 시청자인 강여사, 도윤이, 시윤이에게도 지면을 빌려 감사의 뜻을 전한다.

일러두기

1. 이 책의 편집은 정현민 작가의 드라마 대본 집필 형식을 최대한 따랐습니다.

2. 드라마 대사는 글말이 아닌 입말임을 감안하여, 한글맞춤법과 다른 부분이라 해
   도 그 표현을 살렸습니다.

3. 쉼표, 느낌표, 마침표 등과 같은 구두점도 작가의 의도를 따랐습니다. 마침표가 없
   는 것 역시 작가의 의도입니다.

4. 각주의 위치와 내용은 각 회차별 자막과 내용 흐름을 고려한 것입니다.

5. 이 책은 작가의 최종 대본으로, 방송되지 않은 부분이 포함되어 있습니다.

차례

흰옷의 백성들이 죽창을 들고 모여드니
앉으면 죽산(竹山)이요, 서면 백산(白山)이라!

전설이 된 미완의 혁명, 동학농민혁명!

1894년 조선 강토를 피로 물들인 동학농민혁명은 단순한 반란이 아니라 봉건의 한 시대를 마감하고 근대의 신새벽을 열어젖힌 전환기적 사건이었다. '사람이 곧 하늘(人乃 天)'이라는 믿음으로 자유와 평등, 민족 자주가 실현되는 나라를 만들고자 했던 아래로 부터의 혁명이었다.

미완(未完)의 혁명이기도 했다. 전봉준의 지휘 아래 서울로 진격하던 혁명군은 공주 우금티 전투에서 조일연합군의 막강한 화력 앞에 무릎을 꿇었다. 그러나 그들의 정신 은 살아남아 3·1운동으로, 항일독립투쟁으로, 4·19로, 6월항쟁으로 면면히 이어져 왔 다.

역사란 과거의 거울로 현재를 돌아보는 것이다.
열강의 침탈에 숨죽이던 조선에서 아직은 충분히 강하지 못한 지금의 조국을, 불의 에 항거하여 분연히 떨쳐 일어섰던 민초들의 모습에서 어쩌면 우리가 잊고 사는지도 모를 정의의 소중함을 돌이켜보고자 한다.

다른 세상은 가능하다고 믿었던 선조들의 우렁찬 사자후!

이 드라마는 '동학' 하면 떠오르는 녹두장군 전봉준의 일대기가 아니다.
항쟁의 소용돌이에 휩쓸려 궤도를 이탈해버린 민초들의 이야기다.
혁명군과 토벌대로 갈라져 서로의 가슴에 총구를 겨눠야 하는 이복형제가 써내려가 는 애증과 영욕의 드라마다. 역사에 이름 한 줄 남기지 못하고 스러져간 무명전사들, 혁명과 반혁명이 교차하는 와중에도 삶의 의지를 잃지 않았던 갑오년의 위대한 백성들에게 바치는 헌사이다.

이제 전설이 된 혁명, 동학농민혁명을 소환하고자 한다.
박제된 역사에서 체취 물씬한 휴먼 스토리로 되살아나는 항쟁의 추억!
수저계급론에 절망한 시청자의 가슴을 후련하게 해줄 도전과 전복의 판타지!
드라마... 〈녹두꽃〉이다.

제작방향

1. 강력한 서사, 이야기의 귀환

- 소소하고 가벼운 드라마가 넘치는 지금, 스펙터클한 항쟁의 역사에 흡인력 강한 스토리가 결합된 선 굵은 서사극을 지향한다.

2. 민중 역사극

- 식상한 왕들의 이야기, 권력자들의 음모, 구중궁궐의 암투가 아닌 한양에서 멀리 떨어진 지방에서 벌어지는 민초들의 삶과 투쟁, 희로애락에 집중한다.
- 한양, 4대문, 궁궐 안이라는 식상한 세트와 로케이션 대신 고부, 말목장터, 전주성 등을 주요 장소로 삼아 기존 사극과 차별화한다.
- 등장인물들의 말씨는 계층과 지방색을 최대한 반영한다.

3. 역사왜곡을 최소화하는 픽션 드라마

- 동학농민혁명의 발원지, 고부의 탐욕스러운 이방 백가네 아들들이 전봉준 등 실존 인물들과 만들어가는 허구의 이야기가 팩트와 어우러지면서 드라마적 재미는 물론 항쟁의 진면목을 적나라하게 보여준다.

4. 중세와 근대의 경계, 구한말 특유의 매력을 잘 살린 역사극

- 전통이 해체되고 서양의 문화가 이식되던 구한말의 시대상을 사실적으로 재현하여 기존의 사극과는 차별화된 질감의 사극을 지향한다.
- 주요 공간인 백가네 집의 경우, 백가의 캐릭터에 맞추어 전통과 신식이 혼합된 세트로 제작한다.
- 각종 무기류, 복색, 소품들은 고증에 입각하여 낡은 것과 새로운 것을 적절하게 섞

어 배치한다.
- 근대와 중세의 병기와 전술이 혼재된 구한말 전투의 묘미를 극대화한다.

5. 아날로그 밀리터리 액션드라마

- 무협 액션을 지양하고 몸과 몸이 만나 피와 살이 터지는 아날로그 액션을 그린다.
- '밴드 오브 브라더스'와 같이 서사가 가미된 소규모 게릴라전 위주로 구현하되 우
  금티 등 대표적인 전투는 최대한 스케일을 살린다.

• 백이강 (白利康, 남, 20대) / 자신의 과거를 향해 봉기한 동학군 별동대장

자신의 어두운 과거를 향해 봉기한 창의군(동학농민군의 별칭) 별동대장.
왼손엔 죽창, 오른손엔 흉터를 가린 반장갑이 인상적인 혁명전사.

근성이 느껴지는 날카로운 눈매.
일그러진 듯 차가운 미소에 이죽거리는 말투...
독이 잔뜩 오른 늦가을 독사 같은 이미지의 사내다.

전라도 고부관아의 악명 높은 이방이자 만석꾼, 백가의 장남.
백가가 본처의 여종을 범해 태어난 얼자[1]로 이강이란 이름 대신 '거시기'라 불리며
행랑채에서 자랐다.
관아의 하수인 노릇을 하는 통인[2]패의 우두머리로 고부 사람들에게는 공포와 증오
의 대상이다.

내 이름은 거시기

태어나 몇 년은 양반댁 도령 부럽잖게 컸다. 그러나 본처가 동생 이현이를 낳으면서
하루아침에 계륵으로 전락했다. 안채의 유모 손을 떠나 행랑채에서 종살이하는 어미에
게 넘겨졌다. 돌림자를 쓴 이강이 대신 두루뭉술하게 '거시기'로 불리기 시작했다.

본처의 서슬에 질린 백가는 어미를 끝내 면천해주지 않았다. 언제 어미와 내쳐질지

---

1 얼자: 천민인 첩이 낳은 자식.
2 통인: 예비 아전.

모른다는 막연한 불안감이 유년 시절의 그를 괴롭혔다. 쫓겨나면 지천에 널린 도적떼의 칼받이가 되거나 탐관오리의 먹잇감으로 말라죽을 터... 그런 이강에게 비빌 언덕이 되어준 사람은 뜻밖에도 이복동생 이현이었다.

이현은 잘나고 똑똑한 데다 심성까지 고운 아이였다. 안방마님의 눈총에도 굴하지 않고 이강이네를 지성으로 대했다. 거시기 운운하다 이현에게 혼쭐이 난 아랫것들이 한둘이 아니었다. 처음엔 무슨 꿍꿍이일까 싶었지만 진심이었다. 기특하고 고마웠다.

악당의 탄생

어느 날 백가를 따라 세금 독촉을 나갔다. 뼈만 남은 가난뱅이들이 머리를 조아리며 선처를 빌었다. 백가는 그에게 몽둥이를 건넸다. 당황한 그가 한참을 망설이자 백가의 눈초리가 매서워졌다.

"밥값 안 헐래?"

이를 악물었다. 정신없이 몽둥이를 휘둘러댔다. 놀란 백가가 뜯어말려야 할 정도로 모질고 독한 매질이었다. 백가가 흡족한 표정으로 말했다.

"이현이넌 나가 워치케든 당상³으로 맹글어. 느넌 나 뒈지믄 이방자리 물려받어서 이현이 잘 보필토록 혀."

얼마 후 관아의 통인이 되어 아전 수업을 시작했다. 말이 좋아 아전 수업이지 실상은 수령과 백가가 짜고 벌이는 온갖 악행의 하수인 노릇이었다. 그가 나타나는 곳은 어김없이 곡소리가 터져 나왔다. 고부 사람들은 그를 가리켜 '호환마마보다 더 숭악헌 백가네 거시기'라며 치를 떨었다.

죄책감에 몸서리친 나날이 없지 않았다. 그러나 시간이 가면서 무뎌지는 것이 인지상정... 밤길에 피습을 당해 죽을 고비를 넘기고 나서는 면죄부라도 받은 듯 마음이 한결 개운해졌다.

---

3   당상: 조선 시대 정삼품 이상의 품계에 해당하는 벼슬을 통틀어 이르는 말.

가끔 동생 이현이 어른 티를 내며 잔소리를 늘어놓을 때가 있다. 할 만큼 하였으니 이제는 아버지의 굴레에서 벗어나 후회 없는 인생을 살아보라는 것. 그러나 귓등으로 도 듣지 않는다.

"요것도 팔자라믄 팔잔디 팔자대로 살어야재! 기왕지사 이리 된 거 시상 욕은 이 형 이 다 먹어불라니께 느넌 존 소리만 가려들음서 꽃길만 밟고 가야! 알었냐?"

오늘도 이강은 패거리를 이끌고 관아를 나선다.
이번엔 조소리에 사는 잔반[4] 전봉준이 목표다. 작년 겨울, 겁도 없이 군수 조병갑에 게 조세 감면을 요구하는 등소[5]를 주도한 동학쟁이... 놈이 또 뭔가 일을 꾸미고 있다! 잘 벼린 단검에 표창 꾸러미를 품은 채 스산한 휘파람으로 긴장을 가라앉히는데... 때 는 바야흐로 민란의 먹장구름이 고부 하늘을 덮어오던 갑오년 정월이었다.

· 백이현 (白利賢, 남, 20대) / 조선의 메이지유신을 꿈꾸는 개화주의자

차가운 쇠의 감촉을 닮은 사내.
지성과 신념으로 무장한 지식인이자 무라다 22년식 소총 한 자루로 창의군의 간담 을 서늘하게 만드는 명포수. 훗날, 창의군들 사이에 '도채비(도깨비)'라는 별명으로 불리 게 된다.

백가네 막내이자 본처 소생의 적자.
일본 유학을 다녀와 과거를 앞두고 있는 중인계급 엘리트.

미소년 같은 수려한 용모, 고매한 인품과 우아한 언행... 중인 계급이라는 신분상 하 자 말고는 신언서판(身言書判) 무엇 하나 모자람이 없다.

---

4   잔반: 몰락하여 농민이나 다름없이 사는 양반.
5   등소: 백성들이 연명으로 관청에 올려 하소연하는 일.

굳이 흠을 찾자면 주변에 사람이 많지 않다는 것. 신중함이 몸에 배어 여간해선 속내를 드러내지 않고 타인에게 곁을 주는 데 인색하다. 눈부시게 아름답지만 나비가 날아들지 않는 향기 없는 꽃... 이것이 그의 이미지다.

썩은 물 위에 핀 연꽃

일찍이 흥선대원군은 평양 기생, 충청도 양반과 더불어 전라도 아전을 조선의 3대 적폐로 꼽았다. 이현의 부친, 백가는 그 악명 높은 전라도 아전 중에서도 둘째가라면 서러운 인사였다. 이현은 자신이 입고, 먹고, 누리는 모든 것이 백성들의 생살이요, 피눈물임을 일찌감치 깨달았다.

아버지가 원망스러웠지만 달리 어찌할 방도가 없었다. 아버지 덕분에 호가호위하는 자신도 따지고 보면 공범이 아니던가? 죄책감을 덜기 위해 그가 할 수 있는 일이라곤 백가가 훑고 지나간 집 앞에 쌀섬이나 놓고 오는 것이 고작이었다.

행랑채에도 아버지의 피해자들이 살고 있었다. 상전에게 강제로 겁간당하고 유폐나 다름없는 삶을 살아가는 유월이와 '거시기'라 불리는 이복형, 백이강.
어머니는 그것들만 보면 가슴이 섬뜩해진다며 외면하기 일쑤였고 누나 이화는 시종일관 한 가족임을 인정하지 않았다. 그러나 이현은 달랐다. 유월이를 작은어머니라 부르며 이강에게도 깍듯이 동생의 예로 대했다. 측은지심 때문만은 아니었다. 죄의식조차 느끼지 못하는 아버지에 대한 무언의 시위이자 자신은 아버지와 다르다는 것을 확인받으려는 몸부림 같은 것이기도 했다.

백가네라면 치를 떠는 고부 사람들도 이현에 대해서만은 적대감을 드러내지 않았다. 스승 황석주는 그의 됨됨이를 놓고 '어두움에서 밝음이 튀어나오듯 썩은 물에서 피어난 연꽃'이라 극찬하기도 했다.

운명의 반전

백가는 이현이 고부에서 아전 나부랭이로 썩기를 원치 않았다. 조정에 나아가 조선 팔도를 호령함으로써 백가네를 명가의 반열에 올려주기를 바랐다. 이현은 백가가 제시하는 삶의 행로를 군말 없이 착실히 걸어갔다. 효심이 지극해서도, 출세욕에 불타서도 아니었다. 부친이 벌인 악행의 박물관과도 같은 이 고부 땅을 하루라도 빨리 벗어나기 위해서였다.

지방 생원시에 급제한 후 일본으로 유학하여 메이지 시대 3대 사학 중 하나인 게이오의숙 보통과에서 1년간 수학했다. 조선의 내로라하는 집안의 자제들은 물론 망명 중이던 박영효 등 개화당의 거물 정객들과 어울렸다. 스산하기만 했던 그의 가슴 속에도 열정과 야심이 싹트기 시작했다.

갑오년 정월, 이현은 과거를 보기 위해 귀국한다. 이현의 실력도 실력이지만 백가가 미리 민씨 정권의 실세들과 시관[6]에게 어마어마한 액수의 뇌물을 갖다 안긴 터라 과거 급제와 벼슬은 따 놓은 당상.

이현은 가족들의 기대를 한 몸에 받으며 초시가 치러지는 전주로 떠난다. 그러나 초시를 목전에 두고 청천벽력과도 같은 비보를 접하게 된다. 고부에서 민란이 터진 것이다. 민란이 일어나면 수령보다 먼저 죽는 것이 아전의 운명이 아니던가! 이현은 다급히 말머리를 돌려 고부로 향한다. 그곳에선 아무도 예상치 못한 운명의 반전이 그를 기다리는데...

석 달 후.
전봉준의 창의군과 공방전을 벌이는 경군 토벌대의 군영. 싸늘한 미소를 머금은 의문의 사내가 무뢰배들을 거느리고 나타나 초토사 홍계훈 앞에 선다.

"소생의 부친께서는 늘 이런 말씀을 하셨지요. 세상은 잡아먹지 않으면 잡아먹히는 곳이라고... 허튼소리다 싶었는데 이 난리를 겪고 보니 부친의 절륜한 안목에 그저 감복할 따름입니다. 해서 먹잇감이 되긴 싫으니 야수가 될 수밖에요... 누구냐 물으셨습니까? 소생, 고부관아에서 이방 노릇하는... 백이현이라 하옵니다."

---

6   시관: 조선 시대 과거를 주관하던 관리.

• 송자인 (宋慈仁, 세례명 리디아, 여, 20대) / 이문을 남기는 삶을 좋았으나, 사람
  을 남기는 삶을 택한 객주

개항장 일본 상인들과의 중개무역으로 급성장 중인 전주상인.
전주여각[7]의 주인으로 송객주라 불린다.

전라도 보부상들의 대부, 도접장 송봉길의 무남독녀 외동딸.
차분한 언행에 우아한 자태로 얼핏 보면 명문대가의 금지옥엽이지만 흥분하면 걸쭉
한 전라도 사투리에 욕지거리가 사정없이 튀어나온다.

이문에 죽고 사는 장사치의 팔자를 타고났다 믿는다.
이재에 밝고 매사에 치밀하다.

전주 제일의 거상이 된 장돌뱅이의 딸

어머니는 장돌뱅이 서방을 따라다니다 노상에서 그녀를 낳고 죽었다. 송봉길의 등에
업힌 채 장터를 전전하며 이름 모를 아낙들이 물려주는 젖을 빨며 자랐다.
  그녀에게 장터는 가정이자 학교였다. 흥정에서 셈을 익히고, 물목으로 글을 배웠다.
사람의 말은 진실보다 거짓일 때 더 그럴싸하다는 것을, 장터의 그 많은 사람들을 모이
게 만드는 힘은 욕망이라는 것을, 욕망과 사람은 불가분의 동체(同體)임을 일찌감치 깨
달았다.

  송봉길이 도접장에 선출되어 전주에 안거하자 호기심에 근처 성당을 들락거렸다. 세
례도 받았지만 여간해선 신앙심이 생기지 않았다. 그녀에게 천주교는 그저 신문물, 신식
사상일 뿐이었다. 불란서 신부가 들려주는 나라 밖 얘기를 들으며 개화를 열망하는 신
여성으로 성장했다. 전통이라는 이름으로 강요되는 여성에 대한 속박과 굴레를 거부하
는 것은 당연지사. 외출하는 여성이라면 으레 뒤집어쓰는 장옷 따위 불태운 지 오래다.

---

7 여각: 조선 후기, 포구나 상업중심지에서 화물의 도매·위탁판매·보관·운송과 금융·숙박을 겸하던 상
   업기관.

똑같은 물건의 값이 때와 장소에 따라 바뀌듯 세상도 변하리라 믿는다. 오백 년 묵은 공맹과 강상의 법도 대신 재물과 이문의 논리가 지배하는 세상이 올 것이다. 그리고 그 세상의 주인은 말업이라 천대받는 장사치들이 될 터... 그녀는 다가올 신세계에서 객꾼이 아닌 주인공으로 살고 싶었다.

혼기가 차고 매파가 들락거릴 무렵, 그녀는 혼인 대신 장사를 하겠노라 선언했다. 호랑이 접장으로 불리는 송봉길조차 그녀의 고집을 꺾지 못했다. 임방[8] 별채에 여각을 낸 그녀는 개항지, 강경포구의 일본상인들과 거래를 텄다. 산지에서 쌀과 콩을 사들여 일상(日商)에 팔고 그들로부터 면포와 잡화를 사들여 장터에 내다팔았다. 송봉길의 보부상 조직이 천군만마가 되어 주었다. 그녀는 개업 오 년 만에 전주 제일의 거상으로 성장했다.

"물은 위에서 아래로 흐르지만 돈이란 놈은 권력을 좇아 아래에서 위로 흐르더이다. 헌데 근자에는 바다 건너 동쪽 일본으로만 돈이 흘러가니 이것이 뜻하는 바가 무엇이겠습니까? 상업을 일으켜 돈길을 되돌리지 아니 하면... 망국입니다."

'거시기'를 만나다

고부군수 조병갑이 이방 백가와 짜고 급작스러운 방곡령을 선포한다. 일본으로 무분별하게 유출되는 곡식을 지킨다는 그럴싸한 명분을 내세웠지만 속셈은 고부의 쌀을 매점매석하여 춘궁기에 비싸게 팔아 막대한 차익을 남기려는 것. 이 엉터리 방곡령으로 인해 전라도의 쌀값이 덩달아 폭등하자 그녀가 운영하는 전주여각은 큰 타격을 입게 된다.

보다 못한 그녀는 갑오년 정월, 방곡령을 풀어보고자 고부로 내려간다. 전봉준이 일으킨 민란의 소용돌이에 휩쓸리면서 백가네의 두 형제와 엮이게 된다. 전봉준은 고부를 넘어 전라도 전역으로 봉기를 확대하려 하고, 그녀는 백이강과 함께 전봉준 암살을

---

8   임방: 보부상 단체의 본부.

도모하는데...

· 전봉준 (全琫準, 남, 40세) / 동학농민혁명을 이끈 민초의 영웅

고부군의 동학 접주. 별명은 녹두.
녹두장군이라 불리며 동학농민혁명을 이끌게 되는 불세출의 영웅.

흡사 농부처럼 억세고 다부진 체격.
늘 미소를 띠고 있지만 어딘가 위험하고 불온한 느낌을 풍긴다.
몰락한 양반의 후손으로 읍내에 약방을 내어 호구지책으로 삼고 있다.
시대를 꿰뚫는 혜안과 혁명의 결기를 가슴에 품은 희대의 이단아.

동학에서 혁명의 가능성을 발견하다

먼저 깨달은 자의 고뇌를 평생 안고 살았다.
태어나 본 것이라곤 수탈과 난리요, 들은 것이라곤 산 자의 통곡과 죽은 자의 침묵
이었다. 이따위 세상은 응당 뒤집어져야 했다. 《경세유표》 같은 금서를 탐닉하고 흥선대
원군의 식객으로 있으면서 구국의 방도를 모색하기도 했지만 모두 공염불에 불과했다.

무력감에 빠진 그가 낙향할 무렵 삼남 지방에선 동학이라는 신흥종교가 급속히 번
지고 있었다. 조정은 동학의 창시자 수운 최제우를 혹세무민의 죄로 처형하고 엄청난
탄압을 가했지만 2대 교주 최시형을 중심으로 교조신원운동[9]을 전개하면서 나날이 교
세를 확장해가고 있었다. '사람이 곧 하늘'이라는 인내천 사상에 후천개벽의 평등세상
이 온다고 주장하는 동학은 도탄에 신음하는 백성들에게 한줄기 구원의 빛과 같았다.

그는 동학에서 혁명의 가능성을 발견했다. 동학은 급진적인 사상뿐만 아니라 포접제[10]

---

9   교조신원운동: 교조 최제우의 무죄를 주장하고 포교의 자유를 요구했던 동학도들의 운동.
10   포접제: 교주-포-접으로 이어지는 동학의 조직체계.

라는 일사불란하고도 체계적인 조직망을 갖추고 있었다. 동학에 백성의 분노가 합쳐지면 새로운 세상을 열 수 있다고 확신했다. 동학에 입도한 그는 얼마 지나지 않아 고부 접주에 임명됐다. 태인의 김개남, 무장의 손화중과 더불어 남접[11]의 대표적인 지도자로 성장하는 데는 그리 오랜 시간이 필요치 않았다.

혁명의 서곡, 고부민란

전봉준은 교조신원운동에만 매몰된 교단 지도부를 향해 봉기 등 보다 강력한 투쟁을 주장했다. 그러나 북접은 물론 남접의 접주들조차 시기상조라며 소극적인 태도를 보였다. 무언가 국면을 바꿀 결정적인 계기가 필요했다.

고민이 깊어갈 즈음, 그에게 비극적인 사건이 일어났다. 부친 전창혁이 고부군수 조병갑의 전횡을 비난하다 매를 맞고 죽은 것이다. 무서울 정도로 신중한 그의 성품이 빛을 발했다. 뼛속까지 타들어가는 분노를 억누르며 찬찬히 민심부터 살폈다. 학정에 신음해 온 군민들의 원한이 하늘을 찌르고 있었다.

그는 민란을 일으키기로 결심한다. 고부에서 일어나면 다른 고을의 접주들이 호응하여 일어날 터... 고부의 동학도만으로는 힘에 부친다고 판단한 그는 황석주 등 군수에게 반감을 갖고 있던 양반과 토호들을 포섭해 나간다.

마침내 갑오년 정월, 말목장터에서 봉기의 횃불이 타오른다!

백가네 사람들

- 백가 (白哥, 남, 50대 초반)

전라도 고부관아의 이방. 본명은 백만득(白萬得).

---

11 남접: 호남지방의 동학농민 지도부를 말한다. 남접에 대비하여 충청지방을 중심으로 활동했던 동학교
    단의 지도부를 북접이라 한다.

치부의 달인, 처세의 대가, 탐욕의 화신이다.

상황에 따라 천의 얼굴로 변신하는 인물이다. 수령 앞에서는 간사하고 동류배들 앞에선 거만하며 백성에게는 한없이 포악하다.

나라에서 녹봉 한 푼 내려주지 않는 세습 아전의 아들로 태어나 가난과 멸시를 견디며 오로지 만석꾼이 되겠다는 일념으로 살았다. 부친의 대를 이어 이방이 되었을 때 세상은 이미 충분히 썩어 있었다. 그에겐 세상의 악취가 천국의 향기와도 같았다. 탐욕스러운 수령과 결탁하여 세금 착복, 뇌물 수수, 고리대금, 땅 투기 등 갖은 부정과 비리를 저지른 세월이 어언 삼십 년... 이제는 고부에서 둘째가라면 서러운 거부가 되었다.

출신에 대한 콤플렉스가 얼마나 병적인지는 허세로 가득 찬 그의 집을 보면 알 수 있다. 정승댁을 무색케 하는 고대광실에 솟을대문... 안채를 청나라식으로 개조한 것도 모자라 벽이란 벽은 값비싼 골동품과 서양의 사치품들로 빈틈을 찾아보기 힘들 정도이다. 후원의 조선 정자와 일본식 정원의 조합은 누가 봐도 부조화의 극치!

바깥에선 망종이지만 집안에서는 썩 괜찮은 가장이다.
가장 체면에 대놓고 드러내지 않을 뿐 가족 위하는 마음이 끔찍하다.
아랫것들한테도 후할 땐 후한 편이다.
본처의 눈치가 보여 면천을 못 해준 유월한테는 미안함을, 얼자 거시기에겐 상당히 짠한 감정을 갖고 있다. 물론 내색은 전혀 하지 않는다.

똑소리 나는 아들 이현이가 조정에 나아가 고관대작이 되어주기를 열망한다.
곳간이 미어터지고 금고가 차고 넘쳐도 여전히 채워지지 않는 한 가지... 명예를 움켜쥐고 죽는 것이 그의 남은 소원이다.

• 채씨 (蔡氏, 여, 40대)

걸쭉한 사투리가 인상적인 백가의 정실부인.
이현과 이화의 생모.

여염집 아낙 같은 수더분한 용모지만 성깔과 고집이 대단하다.

원래는 무던하고 넉넉한 성품이었으나 남편이 자기 몸종을 범해 이강을 낳은 뒤로 마음의 문을 닫아버렸다. 배 아파 낳은 두 자녀 이현과 이화에게만 내심을 터놓는다.

이현을 낳기 전까지 가슴앓이했던 세월을 보상이라도 받으려는 듯 유난히 치장과 사치를 즐긴다. 집안일은 백가와 행랑아범에게 맡기고 무위도식하는 팔자 좋은 부잣집 마나님.

· 백이화 (白利花, 여, 30대 초반)

전주에 사는 백가의 장녀.
괄괄하고 다소 이기적인 성격의 여인.
전라감영의 군교, 김당손과 혼인하여 아들 둘을 낳아 키운다.

남편의 장래를 위해 툭하면 민원을 들고 친정을 찾는다. 백가에게 달라붙어 갖은 아양을 떨어대지만 내심은 아비를 썩 좋아하지 않는다. 모친의 가슴에 대못을 박은 유월이 사건 때문이다.

유월이가 모친의 몸종이던 시절을 기억하는 그녀는 유월이네를 가족으로 인정하지 않는다. 행랑채에 은둔하는 유월이야 만날 일이 거의 없지만 이따금 이강이와 마주칠 때면 적대감을 숨기지 않는다.

· 유월 (여, 30대)

백가네 여종.
정실부인 채씨의 몸종이었는데 겁간을 당해 이강을 낳았다.
불학무식하지만 어질고 강인한 여인.

무엇이든 참고 견디는 데 이골이 난 그녀이지만 아들 이강이 생각만 하면 금세 눈가가 촉촉해진다.

번듯한 이름 대신 거시기라 불리는 아들...

아들 노릇한답시고 망나니짓까지 서슴지 않는 불쌍한 내 아들...

아들 생각에 설움이 북받칠 때면 오래전 동학쟁이 방물장수가 가르쳐준 13자 주문을 읊으며 마음을 다스린다.

"시~천~주~조~화~정~~~~영~세~불~망~만~사~지~~~~"

· 남서방 (남, 50대 후반)

평생을 독신으로 살며 백가네의 집사 노릇을 해온 행랑아범.

남도 사람 특유의 해학과 구수함이 느껴지는 사내.

집안일에 손을 놓은 채씨부인을 대신하여 대소사를 도맡아 본다.

눈치가 빠르고 부지런하며 충직하다.

가족들의 신뢰를 한 몸에 받으며 백가조차 그를 형처럼 의지할 때가 있다.

동학 사람들

· 최경선 (崔景善, 남, 36세)

태인 주산리의 접주이자 '전봉준의 그림자'로 불리는 최측근.

고부민란부터 죽음의 순간까지 전봉준과 생사고락을 함께한다.

창의군 선봉장 격인 영솔장으로서 별동대를 지휘한다.

우직하고 담력이 강하며 무예에 능하다.

백성을 괴롭히던 이강이 별동대에 들어온 것을 못마땅하게 여긴다. 그러나 이강과 동고동락하면서 그의 진가를 알아보게 되고 차기 별동대장의 중책을 맡긴다.

• 해승 (海永, 남, 40대)

승려 출신의 최경선 부대원.

우락부락한 외모와 달리 부드럽고 넉넉한 인품의 소유자.
말수가 적고 사려 깊다.

태견의 달인. 기묘한 품새와 보법으로 상대의 기선을 제압한다. 무릎으로 얼굴 찍기
는 그의 필살기.
사찰에서 전승되는 의술을 터득하여 부상자의 치료를 도맡는다.

칠반천인 중 하나인 조례(상여꾼)의 아들로 태어난 울분을 싸움질로 풀며 자랐다. 왈
짜로 살다간 제명에 못 죽을 거란 부친의 유언을 따라 출가했다. 대해와 같은 깨달음을
득도하고자 '해승'을 법명으로 삼았으나 손톱 길이만큼 남긴 제 머리털처럼 아직 속세
에 대한 번뇌가 남아 있다. 만민평등과 개혁을 주장하는 동학을 접하고 미련 없이 목탁
대신 칼을 쥐었다.

• 버들 (여, 20대)

최경선 부대의 저격수.
운봉 일대를 주름잡았던 명포수 박가의 딸.
어려서부터 지리산 자락을 누비며 사냥으로 잔뼈가 굵은 여인.

아버지가 민란에 연루되어 죽임을 당하자 그의 유품인 마우저 소총을 갖고 오지를
떠돌다 최경선을 만나 동학에 입도했다. 탐관오리에 대한 원한이 골수에 사무쳐 있다.

버들이라는 이름과 달리 부드러운 구석이라곤 찾아볼 수 없다. 말수 적고 내성적인
성격. 규율을 목숨처럼 여기고 명령 앞에서는 조금의 망설임도 없는 전사.

백이강처럼 범죄를 저지르고 창의군에 들어온 사람들을 경원시한다. 혁명의 대의는 커녕 언제든 혁명을 배신할 수 있는 종자들이라 믿는다. 하지만 전투를 거듭하면서 이 강에게 전우애 이상의 감정을 느끼게 된다.

· 번개 (남, 10대 후반)

댕기머리가 인상적인 최경선 부대의 전령. 본명은 김학수.

왜소하지만 발이 빠르고 새총과 돌팔매에 능하다.
길눈이 밝아 전령의 직책을 맡고 있다.
막내 부대원이지만 어린애 취급을 싫어할 만큼 자존심이 세다.
버들을 누이처럼 따른다.

그의 고향은 다름 아닌 전라도 고부. 가족은 수년 전 백가의 탐학을 피해 야반도주 하다가 화적떼에게 죽임을 당했다.

· 동록개 (남, 40대)

백정 출신의 최경선 부대원.
동록개란 이름은 '동네 개'라는 뜻.

넙데데한 얼굴에 다소 맹해 보이는 인상과 달리 입만 열었다하면 좌중을 휘어잡는 입담의 소유자. 어깨 너머로 익힌 판소리는 웬만한 명창이 울고 갈 정도다. 일자무식에 동학 교리는 귀동냥으로도 배운 적 없지만 교주 최시형이 천한 노비 출신이라는 얘기를 듣고 그날부로 동학에 입도했다.

좋은 세상이 되면 그럴듯한 이름 석 자가 새겨진 호패를 차고 고향 원평으로 금의환 향하는 것이 꿈이다.

· 김가 (남, 30대)

빈농 출신의 최경선 부대원.
능글맞고 눈치가 빠르다.
신중하고 용의주도한 면이 있다.

전국의 광산을 떠돌아다닌 이력의 소유자로 화약을 이용한 폭파전문가.
최경선과 일부 동학도들만이 알고 있는 그의 이름은 경천...
훗날, 전봉준을 밀고하여 붙잡히게 만드는 바로 그, 김경천이다.

· 김개남 (金開南, 남, 42세)

태인 대접주.
손화중과 더불어 동학농민군의 2인자 격인 총관령.
본명은 기범이나 "조선의 남쪽을 개벽한다"는 의지로 개남으로 개명했다.

시종일관 강경노선을 추구하였으며 피아가 분명하고 호전적이다.
민초들에겐 더없이 따뜻하지만 가진 자들에게는 저승사자 같은 사람.

· 손화중 (孫華仲, 남, 34세)

동학농민군 총관령. 정읍 출생으로 무장 접주.
전봉준, 김개남과 더불어 동학농민군의 3대 지도자 중 1인.

만석꾼 집안의 자제로 한때 벼슬에 뜻을 두기도 하였으나 20대의 나이에 지리산에서 동학에 입도했다. 온화하고 인자한 성품으로 포교에 전념, 호남지방에서 제일 많은 교도를 거느리는 무장포의 접주가 된다.

· 송희옥 (宋憙玉, 남, 30대)

전봉준의 처족 7촌으로 최경선과 더불어 최측근의 한 사람.
발이 빠르고 영민하여 대외 연락을 도맡는다.
항쟁 막바지에 민보군에 의해 죽음을 맞는다.

고부 사람들

· 황석주 (黃晳珠, 남, 40세)

황진사라 불리는 고부 도계서원의 강장(講長).
전봉준과는 동문수학한 막역지우.
명재상 황희의 후손으로 가난하지만 양반의 품위와 자존심을 지키며 사는 인물.

강직하고 덕망 있는 성품으로 향촌 유림들 사이에 신망이 높다. 향청[12]의 좌수[13]를
뽑을 때면 늘 첫손에 꼽혔지만 그때마다 고사해왔다. 일찍이 과거에 급제하여 출사했으
나 썩어빠진 조정에 실망하여 낙향, 은거하며 학문에만 정진한다. 친일 성향의 개화파
를 싫어하고 척사론의 입장을 견지하는 보수적인 정치관의 소유자.

첫 아이를 사산(死産)한 뒤 시름시름 앓다가 죽은 아내가 가슴에 대못처럼 박혀 있
다. 재가를 하라는 주변의 권유는 귓등으로 흘리며 홀아비로 살아온 지 여러 해다.
조병갑의 전횡에 분노하던 그는 전봉준의 설득으로 고부민란에 동참한다. 그러나 전
봉준이 백성들을 이끌고 고부군의 경계를 넘어가려 하자 격렬히 반대한다. 군의 경계를
넘어서면 반란으로 규정되는 조선의 국법을 어길 수 없다는 것.

---

12 향청: 조선 시대 지방 양반들의 자치기구이자 수령의 자문기관.
13 좌수: 향청의 우두머리.

황석주의 반대로 고부의 민란을 전면적인 봉기의 발화점으로 삼으려 했던 전봉준의 계획이 틀어지는데...

· 황명심 (黃明心, 여, 20세)

황석주의 여동생.
새침한 성격에 곱상한 외모, 순수하고 맑은 마음씨를 지닌 처녀.
〈운영전〉 같은 연애소설을 탐독하며 낭만과 사랑이 가득한 인생을 꿈꾼다.

철이 들 무렵부터 오라버니의 애제자인 백이현을 흠모했다. 하지만 이현은 하찮은 중인의 신분... 이루어질 수 없는 인연임을 안타까워하며 조용히 속앓이만 해온 그녀였다.

그런데 어느 날 갑자기 백가가 혼담을 제의해 오면서 그녀의 인생도 새로운 국면을 맞게 된다.

· 홍가 (남, 50대)

고부관아의 형방으로 백가의 최측근.

어깨너머로 배운 글로 장터에서 대서를 해주며 먹고 살던 차에 백가의 눈에 띄어 마름이 되었다. 그의 꼼꼼한 일처리를 눈여겨본 백가가 수령에게 뇌물을 써 형방에 앉혔다. 형방은 아전 중에서도 호구와 전곡, 식화 등의 업무를 관장하는 알토란 같은 자리... 마음 놓고 부정축재를 하려면 형방의 조력이 절대적으로 필요했던 것이다. 백가의 명이라면 하늘의 별도 따올 만큼 충성을 다하지만 간사하고 음흉한 사람이다.

· 억쇠 (남, 20대)

고부관아에서 허드렛일을 하는 통인.

관아 일보다는 통인들의 왕초, 이강을 따라다니는 시간이 더 많다.
힘이 세지만 유순한 성격에 어리숙한 면이 있다.
이강을 대장이라 부르며 진심으로 따른다.

· 철두 (남, 20대)

고부관아의 통인이자 이강의 졸개.
이강과 같이 갖은 패악질을 부리고 다닌다.
완력은 보잘것없으나 성미가 사납고 잔인하다.

· 박원명 (朴原明, 남, 50대)

조병갑의 후임으로 부임하는 고부군수.
우유부단하고 일처리가 유능하진 않지만 최소한의 양심과 정의감을 갖춘 관료다.

조정에 변변한 연줄도 없고, 야심도 크지 않아 오지의 수령만 전전하던 인물.
민란이 터지자 모두가 기피하는 고부로 떠밀리듯 부임해온다.
무골호인으로 갑오년의 난세 속에서도 고부군수의 직책을 성실히 수행한다.

전주 사람들

· 송봉길 (宋鳳吉, 남, 60대)

송자인의 아버지.
전라도 보부상들의 자치조직, 전라도임방의 도접장.
왜소한 체구에 병인양요 때 부상을 입어 다리를 전다.
보부상들의 전폭적인 지지를 받고 있는 터라 조정에서도 차기 팔도 도접장으로 낙점
한 상태.

평생을 보부상이라는 자긍심 하나로 살아왔다.

왕실에서 하사하는 내탕금과 보부상들이 장터에서 거둬들이는 무명잡세들로 상당한 부를 모았으나 초심을 잃지 않고 검소한 생활을 유지한다.

도접장으로서 보부상들의 기득권을 지키기 일이라면 물불을 가리지 않는다. 뇌물은 물론 필요하다면 폭력도 불사한다.

• 최덕기 (남, 40대 후반)

송봉길의 의형제로, 송자인이 운영하는 전주여각의 행수.

송자인을 그림자처럼 수행하는 충직한 사내.

거칠고 다부진 외모에 성미 또한 괄괄하지만 송자인 앞에서는 순한 양으로 돌변, 좀체 기를 펴지 못한다.

십이 년 전 임오군란이 일어났을 때 전우들을 진압하라는 명이 떨어지자 미련 없이 군을 떠났다. 화전을 일구며 살던 중에 송봉길을 만나 세상 밖으로 나왔다.

무과에 급제한 전통무예의 고수로 옛 수하들이 중앙군부의 요직에 많이 진출해 있다.

• 김당손 (金瑠孫, 남, 30대 후반)

백가의 사위. 전라감영의 군교.

우락부락한 인상에 풍채가 좋다.

제법 용맹한 군인처럼 행세하지만 사실은 간이 작고 용렬한 위인이다.

마누라 이화가 아니라 장인의 재산을 사랑한다.

장인의 은덕을 입어 승품할 그날만을 학수고대하지만 어찌 된 일인지 장인은 차일피일 미적대며 애간장만 태운다.

· 김문현 (金文鉉, 남, 37세)

전라감사.
대사헌, 형조판서 등을 역임하고 전라도 관찰사로 부임한 인물.
교만하고 용의주도한 성품.

고부민란이 발생하자 조병갑을 체포하고 전봉준을 살해하려다 실패한다.
황토현에서 전라감영군이 동학농민군에 패배하자 파면되어 거제로 유배를 간다.

중후반부 등장인물

· 홍계훈 (洪啓薰, 남, 40대)

장위영 정령관.
전봉준이 백산에서 거병하자 양호초토사가 되어 최정예 경군을 이끌고 전라도로 내려온다.

1882년 임오군란 당시 목숨을 걸고 중전을 궐 밖으로 피신시킨 공로를 인정받아 중용되었다. 중전에 대한 충성심이 지극하고 용맹하다. 황룡강 전투에서 패전한 이후 관군의 힘으로는 도저히 진압하기 어렵다고 판단한 그는 고종으로 하여금 청나라에 구원병을 요청토록 하는 중대한 실수를 저지른다.

· 이규태 (李圭泰, 남, 30대)

장위영 영관으로 덕장의 풍모를 지닌 인물.
전주여각의 최덕기와는 과거 임오군란에 함께 참여했던 사이. 상사였던 최덕기를 존경한다.
동학농민군의 1차 봉기 때 초토사 홍계훈의 부관으로 종군하였다가 2차 봉기 때는 양호도순무영 별군관으로 임명, 선봉장으로 진압에 나선다.

　정치군인과는 거리가 먼, 정직한 군인이다.
　애민, 애국심이 충만하다. 동학농민군을 바라보는 그의 시각은 철저히 조정의 입장에
복무한다. 동학농민군을 사교를 믿는 폭도 정도로 여기던 그는 전투를 거듭하면서 점
점 그들의 주장에 감화되어 가는데...

・ 이두황 (李斗璜, 남, 30대 후반)

　장위영 영관.
　잔인하고 호전적이며 흉폭하다.

　청일전쟁 발발 직후, 평양 전투 등에서 일본군을 지원하다가 동학농민군이 2차 봉기
를 일으키자 우선봉을 맡아 진압에 참여한다.
　진압군의 주력인 일본군 장교들에게 빌붙어 신임을 얻는 한편, 패퇴하는 동학농민군
을 학살하는 데 앞장선다.

・ 김학진 (金鶴鎭, 남, 50대)

　전라도 관찰사.

　형조, 공조판서를 역임하며 승승장구하던 중 동학농민군 봉기의 책임을 물어 파직된
김문현의 후임으로 임명된다. 모두가 꺼리는 전라감사에 부임하기 직전, 고종에게 '편의
종사(便宜從事)[14]'의 조처를 내려달라 고집한 뒤 재가를 받아낸다.

　세도가 안동 김씨의 피가 흐르나 청렴한 성품으로 백성들에게 명망이 높다.

14　편의종사(便宜從事): 수령이나 장수가 현지의 사정에 따라 임금의 결재를 받지 않고 우선 일을 처리할 수
　　있는 권한을 갖는 것.

일평생 화두였던 근민관(近民官)이 되고자 부단히 스스로를 채찍질한다. 끊임없이 변화하는 정세에 휘둘리지 않는 소신을 지닌 인물.

동학농민군을 진압하라는 고종의 명을 받고 부임했으나 일본군이 경복궁을 무력으로 점령하는 사건이 발발하자 외려 농민군을 지원하게 된다.

· 다케다 요스케 (武田陽介, 남, 30대 초반)

조선 주재 일본공사관의 무관.
낭인회 조직인 천우협[15]을 지원하고 각종 공작을 꾸민다.
이현의 일본 유학 시절 선배.
동학농민혁명으로 위기에 처한 이현을 도와준다.

천민 출신이지만 메이지유신으로 인해 게이오의숙에 입학할 수 있었다. 고등과를 수석 졸업한 수재.
사교적이고 쾌활하다. 조국에 대한 자부심이 남다르며 애국심이 투철하다.
조선은 언젠가 일본에 병합되어야 한다는 확고한 신념을 갖고 있다.

특별출연

· 조병갑 (趙秉甲, 남, 50대)

고부군수.

희대의 탐관오리로 이방 백가와 죽이 척척 맞는다.
고부민란이 터지자 전주로 달아나 목숨을 부지하지만 조정의 문책을 받아 귀양길에

---

15   천우협: 조선에서 암약하던 일본 낭인 집단.

오른다.

· 이용태 (李容泰, 남, 41세)

고부민란의 진상조사와 민심 수습을 위해 파견된 안핵사[16].

삼십 대 초반에 과거에 합격한 뒤 영국, 러시아, 이탈리아 등 유럽 주재 참찬관을 지낸 외교관료 출신.

늘 서양을 동경하며, 조선 사람을 미개인 취급하는 버릇이 있다.

비열하고 영악하다. 장흥부사로 재직 중에 안핵사로 파견되지만 탄압과 수탈로 일관한다.

· 이하응 (남, 70대 중반)

흥선대원군.

고종의 아버지로 며느리인 중전과 끊임없이 갈등하고 대립한다.

중전과의 정쟁에서 패배, 실각한 이후 절치부심하던 그는 동학농민혁명이 발발하자 이를 계기로 재집권의 꿈을 키워나간다.

· 중전 (여, 40대)

고종의 왕비. (시호 명성황후)

기품 있고 단아하지만 정치적 술수가 뛰어나다.

이하응과의 갈등이 심화되던 1882년 임오군란 당시 위기를 겪었으나 청나라의 도움으로 극적으로 복귀, 십 년째 민씨 일파의 태두로 군림 중이다.

---

16   안핵사: 조선 시대 지방에서 큰 사건이 발생하였을 때 그것을 조사하기 위해 파견하는 임시 관리.

· 고종 (남, 40대)

조선 제26대 왕이자, 대한제국 제1대 황제(재위 1863~1907).
명민하나 우유부단하다.

· 김홍집 (金弘集, 남, 50대)

갑오개혁을 주도한 조선의 마지막 영의정이자 최초의 총리대신.
본관은 경주. 초명은 김굉집, 자는 경능, 호는 도원이다.

· 최시형 (崔時亨, 남, 60대 후반)

동학의 제2대 교주. 본관은 경주. 호는 해월.

교조 최제우가 참형을 당한 이후 은신과 도피를 거듭하면서도 백성들 사이에 동학
을 전파하는 데 혁혁한 공로를 세운 인물. 부드럽고 온화한 성격에 정치적 입장도 무력
투쟁보다는 평화적인 방식을 선호한다.

· 손병희 (孫秉熙, 남, 30대 중반)

최시형의 최측근 참모.
훗날 동학의 3대 교주이자 3·1 운동 민족대표 33인 중 1인.
동학농민군의 2차 봉기가 일어나자 충청도에서 북접통령이 되어 연합전선을 구축한
다. 북접의 동학군을 이끌고 남하, 전봉준과 함께 우금티 전투에 참전한다.

· 김창수 (金昌洙, 남, 21세)

훗날 김구.

어린 나이지만 총명하고 대담하다.

벼슬자리를 사고파는 부패한 세태에 분노하여 18세에 동학에 입도했다. 이듬해 팔봉 접주가 되어 동학군의 선봉장으로 해주성을 공략한다.

그 외 다수

인물관계도

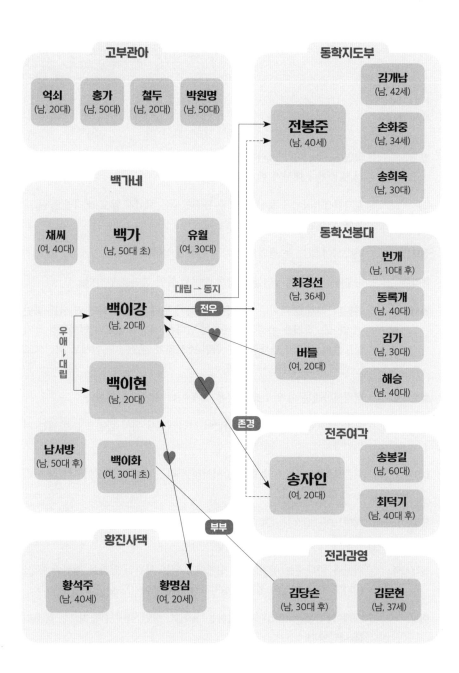

고부관아
- 억쇠 (남, 20대)
- 홍가 (남, 50대)
- 철두 (남, 20대)
- 박원명 (남, 50대)

동학지도부
- 전봉준 (남, 40세)
- 김개남 (남, 42세)
- 손화중 (남, 34세)
- 송희옥 (남, 30대)

백가네
- 채씨 (여, 40대)
- 백가 (남, 50대 초)
- 유월 (여, 30대)
- 백이강 (남, 20대)
- 백이현 (남, 20대)
- 남서방 (남, 50대 후)
- 백이화 (여, 30대 초)

대립 → 동지

전우

우애 → 대립

동학선봉대
- 최경선 (남, 36세)
- 버들 (여, 20대)
- 번개 (남, 10대 후)
- 동록개 (남, 40대)
- 김가 (남, 30대)
- 해승 (남, 40대)

존경

전주여각
- 송자인 (여, 20대)
- 송봉길 (남, 60대)
- 최덕기 (남, 40대 후)

황진사댁
- 황석주 (남, 40세)
- 황명심 (여, 20세)

부부

전라감영
- 김당손 (남, 30대 후)
- 김문현 (남, 37세)

용어정리

씬   장면(Scene)이라는 의미. 같은 장소, 같은 시간 내에서 이루어지는 일련의 행동이나 대사가 한 씬을 구성한다.

(E)   효과음(Effect)을 뜻하며, 보통 등장인물은 보이지 않고 소리만 들릴 경우에 사용한다.

점프   연속성이 없는 두 장면을 붙이는 편집 방식이다.

몽타주   따로따로 편집된 장면들을 짧게 끊어서 붙인 화면을 말한다.

인서트   화면의 특정 동작이나 상황을 강조하기 위해 삽입한 화면. 인서트 화면이 없어도 장면을 이해하는 데에는 별다른 지장이 없으나 인서트를 삽입함으로써 상황이 명확해지는 한편 스토리가 강조된다. 인서트 화면으로는 대개 클로즈업을 사용한다.

클로즈업   배경이나 인물의 일부를 화면에 크게 나타내는 것을 말한다.

(O.L)   오버랩(Over Lap). 현재의 화면이 사라지면서 뒤의 화면으로 바뀌는 기법이다.

DIS   디졸브(Dissolve). 앞 화면이 서서히 사라지고 다른 화면이 서서히 나타나는 것을 말한다.

F.O   페이드아웃(Fade-Out). 화면이 점차 어두워지면서 장면이 바뀌는 것을 말한다.

플래시백   회상을 나타내는 장면. 지금 일어나고 있는 사건의 인과를 설명할 때 쓰이기도 하고, 인물의 성격을 설명하기 위해 쓰이기도 한다.

(Na)   내레이션(Narration)을 지칭하는 용어로, 장면 밖에서 들려오는 목소리를 나타낸다.

1회

1.   평야 (낮)

끝없이 펼쳐진 한겨울의 호남평야... 누비옷을 입은 이현, 말을 타고 간다. 짐꾼 두어 명 따르고... 어디선가 음산한 까마귀 울음소리가 들려온다. 이현, 보면 저만치 까마귀 떼가 허공을 어지럽게 맴돈다.

〈자막〉 19세기 말, 조선은 외세의 간섭과 지배층의 타락으로 서서히 몰락해가고 있었다.

2.   억새밭 일각 (낮)

'怪疾(괴질[1])'이라 쓰인 널판을 달고 죽어 있는 시체들... 까마귀 한 마리가 시체를 노리고 다가가는데 누군가 내려친 작대기에 화들짝 놀라 날아간다. 작대기를 쥔 채 시체를 지키는 누더기 여인... 동상과 발진으로 엉망이 된 얼굴,

---

1   괴질: 원인을 알 수 없는 병.

뼈만 남은 몸뚱이에 초점 없는 시선이 영락없는 산송장이다.

여인 앞에 툭 떨어지는 주먹밥이 든 헝겊... 노상에 말을 멈춘 이현, 착잡한 표정으로 굽어본다. 기력이 다한 듯 숨만 몰아쉬는 여인.

〈자막〉 지방의 탐관오리들은 정사를 내팽개치고 부정부패와 수탈을 일삼았다. 도탄에 빠진 백성들의 탄식이 사방에 가득했다.

이현, 다시 말을 나아간다. 멍하니 주먹밥을 응시하던 여인, 숨을 한 번 길게 내쉬더니 까무룩 고개를 떨군다. 굳은 표정의 이현 뒤로 기다렸다는 듯 억새밭을 짓쳐드는 까마귀들...

〈자막〉 사람들이 한탄하기를... 산 자가 죽은 자를 부러워하는 세상이라 하였다.

3.　　말목장터 (낮)

을씨년스러운... 공터 주변으로 초가와 기와가 섞인 가게들... 행인들 간간이 오가고, 군데군데 모닥불을 피워놓고 물건을 파는 남루한 행색의 노점상들... 어디선가 헐레벌떡 뛰어와 멈추는 엿장수.

엿장수　　쩌, 쩌그, 거시기... 거시기가 떴구먼!

사람들　　?

엿장수　　아, 거시기가 떴다고오!

빗장수녀　　(뜨악한) 먼 거시기? (뭔가 짚이는, 놀라서) 그 거시기?

엿장수　　그려어, 백가네 거시기이!

사람들의 놀란 시선이 장터 초입으로 향하면 일렬횡대로 기세등등하게 걸어오는 통인들. 억쇠와 철두를 좌우에 거느린 이강, 서슬이 시퍼렇다. 점방문 속속 닫히고, 사람들 황급히 짐을 챙긴다. 좌판을 들고 우왕좌왕하던 빗장수녀, 엿장수와 부딪혀 철퍼덕 엎어진다. 이강, 걸음을 멈추고 빗장수녀, 헉!

해서 보면,

이강   ... 염병허요.

철두   (빗장수녀의 좌판을 걷어차며) 싸게 길 안 터!!!

사람들, 부리나케 좌우로 비켜서면 맞은편에 약방이 모습을 드러낸다. 차양 아래 상복 차림으로 당귀를 자르는 중년 사내... 전봉준이다. 이강이네의 시선을 느끼고 흘낏 돌아보더니 이내 작두질에 열중한다.

억쇠   (긴장) 대장, 저눔이 여그 동학쟁이 왕초라는 소문이 있던디... 뒤탈 읎겄냐?

이강   (대수롭지 않은 투로) 가게.

이강, 슥 걸음 떼면 철두, '가즈아~!' 외치고... 무리들 건들대며 성큼성큼 나아간다.

4.   **동 전봉준의 약방 앞 차양 (낮)**

약방을 에워싼 통인들. 어느새 몰려든 사람들이 목을 빼고 안을 기웃대는데... 철두와 억쇠 앞에서 태연하게 작두질을 하는 전봉준.

철두   (약이 바짝 오른) 귓구녕 먹었어? 인나.

전봉준   ...

억쇠   (긴장해서) 아, 인나라고 안 허요!

전봉준   ...

철두   써글 눔이 손모가지를 잘려봐야, (전봉준의 손을 잡아채는데)

전봉준   (손을 비틀어 철두의 손을 작두 밑에 집어넣는)

억쇠   철두야!

어디선가 표창이 날아와 작두를 잡은 전봉준의 손 바로 옆에 박힌다. 일각의 당귀더미에 걸터앉은 이강, 표창을 쥔 채 비릿한 미소를 짓는다.

이강	수인사는 고 정도 허는 거시 신상에 이로울 거시여. 담엔 고 손모가징게.
전봉준	(철두에게) 일어나십시오.
철두	머시여?
전봉준	(따라하라는 투로) 일어나십시오.
철두	... 지랄 말어.
전봉준	(작두 쥔 손에 힘을 버쩍 주는)
철두	(겁이 더럭 나는) 지, 지랄 말라고 혔다!
전봉준	(철두의 손목을 바투 쥐고 살기 어린 미소 띠는)
철두	으.... (울음 섞인) 대장 는 으쩨 보고만 있나~?
전봉준	어른과 말을 섞을 때는 존대를 해야 한다. (안색 일변하며) 잊지 말거라!

전봉준의 팔이 당겨지고 쾅! 하는 소리와 동시에 철두의 절규!

| 철두 | (눈 질끈 감은 채) 일어나십시오~!!!! |

정적... 철두, 헉! 해서 보면 작두날은 그대로인 채 바닥을 내려친 전봉준의 손. 멀쩡한 손목을 부여잡고 몸서리치며 나동그라지는 철두. 군중들의 표정에 화색이 돌고 일부는 킥킥대며 고소해한다. 이강, 피식 웃는... 전봉준, 천천히 몸을 일으킨다. 통인들, 위압감에 주춤 물러서는...

이강	(E) 어이 전봉준이.
전봉준	(천천히 돌아보는)
이강	(단검을 놀리며 다가서는) 혹시 동학 믿능가?
전봉준	...
이강	안 들키게 조심혀... (느물대는) 아부지 삼년상도 못 마치고 디져블믄 낭패잖여?
전봉준	... 이름이 뭐냐?
이강	... 고딴 거슨 알어 머더게?
전봉준	왠지 니 이름을 쓸 일이 있을 것 같아서... 살생부건... 묘비건.
이강	(정색)

일동	(긴장)
이강	(피식) 거시기... 고게 나 이름이여. (이죽거리며) 이 씨벌눔아...

빤히 보던 전봉준, 싸하게 웃는다. 이강도 살벌한 미소로 대거리한다.
두 사람의 날선 대치 위로 자막이 박힌다.

〈자막〉 1893년 계사년 음력 11월 전라도 고부

5. 고부관아 동헌 마당 + 대청 안 (낮)

오랏줄에 묶인 채 꿇려진 전봉준. 두루마리를 펼친 홍가가 죄상을 읽어 내려가고 백가 등 아전들, 섬돌에 서 있다. 대청에 장죽을 문 조병갑, 왠지 마뜩찮은 표정이다. 마당에 이강의 무리들이 도열해 있다.

홍가	(장황하게) 대저 나라으 은덕에 조세로 보은허는 것이 선량헌 백성으 도리! 만석보[2]으 물을 끌어다가 농사럴 지었으믄 응당 물세를 바쳐야 하는 거신디도 죄인은 요것이 부당허다고 혹세무민허였을 뿐 아니라 등소[3]라는 미명 허에 물세를 거두지 말라 겁박을 자행허였으니 그 죄! (두루마리 내리고 백가를 흘끔 보는)
백가	(끄덕이는)
홍가	장, 일백 대로 다스리심이 가헌 줄 아뢰오~ (허리 숙이는)
조병갑	(놀란... 전봉준을 흘끔 보면)
전봉준	(살기 어린 미소로 노려보는)
조병갑	(켕기는... 벌떡 일어나며) 이방은 나 좀 보세! (방으로 가는)
백가	... (따르는)

---

2   만석보: 조병갑이 농민들을 강제 동원해 만든 농업용 저수지.
3   등소: 백성들이 연명으로 소장을 작성하여 관청에 민원을 제기하는 것.

6.   동헌 집무실 안 (낮)

조병갑과 백가, 마주 앉아 있다.

조병갑   (따지듯) 곤장 일백 대? 명줄 끊어놓을 일 있어?

백가   (여유) 사람 목숨이 을매나 질긴 거인디, 고거 맞고 안 뒤진당게요.

조병갑   전창혁이는! 저놈 애빈 죽었잖어!

백가   칠십 넘은 반송장허고 저눔허고 같습디여?

조병갑   아, 됐고! 요새 영 꿈자리가 사나운 게... 그냥 며칠 가뒀다가 풀어주세.

백가   사또... (의미심장하게) 큰일 앞두고 요런 걸로 맴이 약해지믄 어떡헙니까?

조병갑   (보는)

백가   미리 본을 보여줘야 잡것들이 함부로 설치덜 모더지 않겠습니까?

조병갑   (켕기는) 정말 그걸 해도 될까? 일이 너무 엄청난데...

백가   이문의 절반을 드리겠당게요.

조병갑   ... 이문의 칠 할!

백가   으째 이러십니까? 만석보 물세도 반쑥 노나먹었잖여라.

조병갑   위험 부담이라는 게 있지 않은가? 그걸 실시하면 고부뿐 아니라 온 전라도가 들썩일 판인데... 칠 대 삼!

백가   (불만스러운)

7.   고부관아 앞 (낮)

홍가가 지켜보는 가운데 턱하니 나붙는 방문. 사람들이 웅성웅성 모여든다. 송희옥 등 도인들을 대동한 최경선의 모습도 보인다.

사내1   머시여, 방곡령⁴?!

---

4   방곡령: 식량난 해소를 위해 곡물의 수출을 금지하는 명령. 주로 일본으로 대량 반출되는 것을 막기 위한 수단으로 행하여짐.

홍가 다덜 잘 들으시요이! 금일부텀 고부의 곡식은 단 한 톨도 배깥으로 반출혀서 는 안 되고, 외지인허고 거래허는 것도 금허니께 유념덜 허시요!

사내2 아니, 뜬금없이 먼 놈으 방곡령이다요?

홍가 왜놈덜이 조선상인덜 앞장세워설랑 전라도 쌀 죄다 긁어가는 거 몰러?! 우덜 먹을 쌀도 모자른디 자네덜이 자꾸 쌀을 내다 파니께 방곡령으로 막지 않고 배겨?!

여인1 (울상) 누군 팔고 싶어 판다요?! 정초가 낼모렌디 급전이 필요헌 사람덜언 그럼 워쩌라고라?!

홍가 읍내에 싸전 있잖여.

홍가, 방문을 말아든 나졸들과 유유히 이동한다.

송희옥 읍내 싸전이믄 이방 백가가 허는 디 아닙니까?

최경선 헐값에 죄다 사들여서 춘궁기[5]에 비싸게 팔아묵을라는 수작이제.

대문이 열리고 이강과 통인들이 곤죽이 된 전봉준을 수레에 싣고 나온다. 군중들, 흠칫 놀라고... 바닥에 내던져지는 전봉준.

최경선 나으리! (급히 다가가 안으며) 나으리! (혼절해버린... 통인들을 노려보며) 이런 죽일 놈들!

이강, 철두의 몽둥이를 낚아채 다가선다. 노려보는 최경선을 사정없이 내려치는... 도인들, 분노를 억누르며 지켜보는... 퍽! 퍽! 이강의 얼굴에 피가 튀고, 버티던 최경선, 쓰러진다. 이강, 돌아서면 움찔하는 사람들.

이강 똑똑히덜 봐 둬! 언 놈이건 관아에서 허는 일에 토 달믄 이리 되는 거시여, 다덜 알것어!!! (하다가 어딘가 보고 멈칫)

---

5 춘궁기: 보릿고개, 식량 사정이 어려운 봄철.

저만치 말을 탄 이현이 짐꾼을 대동하고 다가온다. 전봉준을 굽어보던 이현의 시선이 이강을 향한다. 언뜻 당혹감이 비치던 이강의 얼굴에 싸한 미소가 떠오른다... 석양 아래 무심한 표정으로 지나쳐가는 이현과 이강의 모습에서.

8.   백가네 집 앞 + 행랑채 + 안채 (밤)

대문이 열리면 육고기 따위 들쳐 멘 백정들이 들어간다. 남서방, 턱짓으로 부엌을 가리키고 여종들이 음식상을 들고 나온다. 인솔하는 남서방, 쪽문을 넘으면 딴 세상 같은 안채 전경이 펼쳐진다. 일본식 정원에 누각까지... 환하게 불이 켜진 안채에서 웃음소리가 들려온다.

9.   동 안채 / 거실 안 (밤)

사치품들로 치장된 청나라풍 실내... 산해진미를 차려놓고 식사 중인 가족들... 백가, 채씨, 이현, 이화, 당손, 둘러앉은... 남서방, 식탁을 돌며 시중을 드는...

백가   (근엄하게) 인자 유학허던 시절은 싹 잊어불고 과거 준비에만 전념을 혀.
이현   예.
채씨   (닭다리 발라주며) 급제넌 따 논 당상잉게 무리허덜 말어라이. 느그 아부지가 여그저그 뽈뽈거리고 돌아댕김시로 뇌물을 솔찬히 뿌려 놨응게.
백가   (쓰읍)
이화   (서운한 척) 아부지, 사우도 자식이라는디 김서방도 쪼까 챙겨주믄 안 되라?
백가   밥이나 묵어.
당손   (큼) 근데 처남, 옆에 그건 뭐냐?
이현   (성냥갑을 집어 들며) 아, 이거요...

일동, 보는... 이현, 성냥을 꺼내 긋는다. 발화하면 이화와 채씨, 기겁하고 백가, 당손, 남서방, 눈이 휘둥그레지는...

이현	왜인들이 마치라 부르는 물건인데 품고 다니는 부싯돌 같은 것입니다.
백가	(가져가며) 왜늠덜이 역시 옛날으 그 왜늠덜이 아녀. (성냥알을 꺼내면)
채씨	(기함하며) 머덜라고? 허지 마쇼!
이화	(몸서리치며) 아부지~!

백가, 성냥불을 칙! 켜면 여자들 질색하며 비명을 지르는데... 백가의 시선으로 성냥불 너머에 뻘쭘히 서 있는 이강.

남서방	이, 거시기 왔냐?
채씨·이화	(냉랭해지는)
이강	(백가에게) 어러신. 전봉준이 처소에 불이 꺼지는 것을 확인했습니다.
백가	(성냥불을 초 끄듯이 불어 끄고) 또 무슨 작당을 헐지 모르니께 잘 감시혀.
이강	야. (머리 숙이는)
이현	(보는)

10. **전봉준의 약방 앞 + 뒤편 (밤)**

인적 끊긴... 억쇠, 꾸벅꾸벅 조는... 약방 뒤편으로 빠져나가는 교자.
최경선이 앞장서고 의연한 표정의 전봉준, 한 팔을 짚고 앉은...

11. **백가네 집 행랑채 / 이강의 방 안 (밤)**

유월과 이강, 삼계탕 정도 먹고 있다. 이강, 게걸스레 닭다리 뜯는...

유월	되렌님언 봤어?
이강	봤제.
유월	왜놈들이 보통 숭악헌 인사들이 아니라던디... 여전허시고?
이강	그라제. 이현이가 으디 여간내기간디?

유월	(쥐어박는) 써글 눔!
이강	아!
유월	하늘 겉은 되렌님헌티 이현이가 머여, 이현이가!
이강	(우쒸) 듣는 넘도 없는디 머시 으때서!
유월	(밥숟가락 들이대며) 그래도 이눔이,
이강	(젓가락을 겨누며) 어허!
유월	머시여, 엄니 눈깔 칵 쑤셔분다고?
이강	에이~ 맛난 거 자시라고. (고기 집어 내밀면)
유월	(싱긋, 낼름 받아먹다가) 근디 느 요샌 사람 안 패지야?
이강	(뜨끔하지만) 말이라고~ 나가 성인군자여, 군자.
유월	그려. 사람 패고 그믄 천벌 받어.
이현	(E) 계십니까?
이강	?
유월	오매!

12. 동 앞 (밤)

　　　이현, 홀로 툇마루 앞에 서 있는...

이현	저, 이현입니다.

13. 다시 이강의 방 안 (밤)

　　　이강, 문 열면 이현, 들어선다. 유월, 엉거주춤 맞는다.

유월	되렌님께서 으째 이런 누추한 디를 다...
이현	귀국인사를 드리러 왔는데... (밥상 일별하고) 제가 방해를 했네요.
유월	(손사래) 아, 아녀라. 다 묵고 치울라던 참인디요, (이강에게) 싸게 상 안 치고 뭐더냐?

이강	되렌도 한 그럭 같이 자실라요?
유월	오매! (흠칫 이강 허리춤 때리는)
이현	(흔쾌히) 그러죠.
유월	오매...
이강	(씨익 웃는)

14.   도소 안 (밤)

방 안을 가득 메운 도인들, 13자 주문을 낭랑하게 외는... 상석의 전봉준, 최
경선이 지켜보는 가운데 일필휘지 통문을 써내려간다. 전봉준의 결연한 표정
과 글귀가 교차하면서...

전봉준	(漢文, Na) 군수 조병갑과 아전들의 탐학이 극에 달하매 난망한 백성들의 처지를 이루 형언할 수 없다. 이제 고부의 도인들이 궐기하여 백성의 해독을 제거하고자 하노라.

잠시 붓을 멈춘 전봉준의 눈에 살기가 번득인다. 다시 움직이는 붓.

전봉준	(Na) 고부성을 격파하고... 조병갑을 벤다!

15.   백가네 안채 / 거실 안 (밤)

당손	(충혈된) 끗발 죽이네! (화투패 던지며) 가보야!!

판돈을 수북이 쌓아놓고 화투장으로 가보잡기 중인 백가네. 남서방, 오매!
백가, 짜증 팍! 당손, 괴성을 지르면서 수북이 쌓인 판돈을 쓸고, 이화, 환호
하고 채씨, 쩝...

당손	(패 정돈하며) 자~ 판돈들 거시고~ 패 돌아갑니다이!!

16.   동 안채 / 마당 안 (밤)

안채의 와자지껄함이 들려온다. 쪽문으로 이강, 이현을 배웅해 나온다.

이현	(멈춰) 이제 그만 들어가세요.
이강	되렌.
이현	(보는)
이강	지덜 입장만 난처해징게 인자는 행랑채에 걸음 허지 마쇼.
이현	(미소로) 형님,
이강	(O.L) 고 소리도 지발 고만허시고! 서자도 아니고 몸종이 낳은 얼자눔헌티 성님이라니, 시방 제정신입디여?
이현	… 이 집안에 제정신으로 사는 사람도 있습니까?
이강	(보는)

안채가 갑자기 소란해진다. 당손, '(E) 구땅이다, 구땅!' 외침과 함께 이화, 남서방 등 환호성이 터져 나온다! 백가, '(E) 조동아리들 못 닥치냐!'

이현	(부드럽지만 힐난조로) 형님은요? 피투성이가 된 사람을 길바닥에 보란 듯이 내던지고 무고한 사람을 짐승 패듯 패더군요. 제정신이라면 그럴 수는 없는 것입니다.
이강	… 제정신이었는디.
이현	(보는)
이강	(비꼬는) 나가 누군지 몰러라? 고부 사람덜이 호환마마보다 더 무서워한다는 백가네 거시기잖여요.
이현	백가네에 거시기란 사람은 없습니다. 백이강이겠죠.
이강	(과장되게) 오매 씨벌~ 그놈은 또 누구디여? 나넌 당최 들어본 적이 없는 이름인디! 언 늠이끄나, 행랑채 귀신? 아니믄 허깨비?
이현	(실망스러운… 차갑게) 이러면… 세상이 형님을 동정이라도 할 것 같습니까?
이강	(정색) 머시여?

이현	군이 거시기로 사시겠다면 말리진 않겠습니다. (가는)
이강	긍게 느도 그러지 말라고.
이현	(멈추는, 보면)
이강	나랑 울 엄니... (싸한 미소) 동정허지 말어.

이현, 착잡해지는데 홍가, 다급히 들어와 안채로 뛰어간다.

17.   동 안채 / 거실 안 (밤)

백가, 화투를 주섬주섬 모으는데 홍가, 들어온다.

홍가	이방어런! 큰일 났는디라!
백가	먼 일인디?
홍가	사또나리께서 익산으로 전출얼 가게 됐습니다요!
백가	(굳는)
홍가	이리 되믄 방곡령은 으째 되는 거다요? 새로 오는 사또가 방곡령을 폐지해 블믄 말짱 도루묵 아닝게라?
백가	(화투짝 패대기치는)

18.   고부관아 / 내아 침소 안 (밤)

술이 얼큰하게 취한 침의 차림의 조병갑, 백가와 마주 앉아 있다.

조병갑	(쓸쓸하게 술 한 잔 들이켜고) 익산은 소출이 좀 어떤가?
백가	거도 쏠쏠허기는 헌디 조선 팔도에 고부만 헌 곳이 있겄습니까?
조병갑	(눈을 질끈 감는... 갑자기 술상을 내던지며) 내가 여길 어떻게 왔는데!!!
백가	...
조병갑	(일그러지는) 정승, 판서 놈들 아가리에 전 재산을 털어넣었단 말일세...
백가	(긴하게) 여그 계속... 계실랍니까?

조병갑	!... 묘책이 있는가?
백가	고 전에 한 가지 여쭐 것이 있는디요.
조병갑	(몸이 단) 뭔가? 뭐든 물어보게.
백가	방곡령 말여라... 이문이 솔찬히 남을 거신디 사또허고 소인허고 을매씩 노나 갖기로 혔는지 고거시 당췌 기억이 나덜 않어가꼬...
조병갑	이 사람 벌써 노망이 든 게야? 그야 칠 대 삼! 내가 이문의 칠 할을, (하다가 멈칫 보면)
백가	(차갑게 보는)
조병갑	오 대 오였지, 아마?
백가	(여전히 차가운)
조병갑	(끙!) 삼 대 칠!
백가	(흡족한) 맞어라... 이 새대가리가 인자 기억이 나네요이...

19.   전주여각 외경 (낮)

〈자막〉 전주, '전주여각'

20.   동 마당 안 (낮)

곳곳에 종류별로 물화들이 쌓여 있고 차인과 보부상들이 삼삼오오 둘러앉아 새참을 먹고 있다. 패랭이를 쓴 덕기, 다급히 들어와 두리번댄다.
일각에서 와~ 하는 소리! 덕기, 보면 담장 근처에서 보부상들이 돈치기를 하고 있다. 금을 밟고 서는 자인, 엽전을 쥐고 구멍을 조준하는...

덕기	(다가서는) 객주님예.
자인	(조준하며, 제법 기품 있는 어조로) 쌀은 구해 오셨습니까?
덕기	(난감한) 원평 거도 쌀값이 억수로 올랐드라꼬예.
자인	(팔 내리고) 고부에 방곡령이 내려졌으니 물량이 딸려 값이 오르는 건 당연한 일이지요... (보는, 부드럽게) 쌀을 사 오셨냐니까요?

덕기	(긴장) 그기, 하도 택도 없이 값을 불러대가꼬예...
자인	강경포구에 일본상인들이 백미 일천 석을 눈이 빠져라 기다리고 있는데 설마... 빈손?
덕기	... 멘목 없심더.

자인, 말없이 엽전을 던진다. 구멍 안으로 쏙 들어가는... 탄성과 탄식이 교차하는 가운데 순서를 기다리던 이들 슬그머니 흩어지는데...

자인	(뒤편의 낌새를 느끼고) 딱 서라이!!!
보부상들	(흠칫!)
자인	나가 시방 허벌나게 껄적지근헝게 모다 대그빡얼 뽀바가꼬 닷짜꾸리 혀불기 전에 줄 서. 쫙!!!
보부상들	(고분고분 줄지어서는)
자인	오살헐 느므 방곡령... (덕기 홱 쩨려보는)
덕기	(흠칫)
자인	(훅! 숨 내쉬고) 조병갑의 후임사또는 언제 부임한답니까?

21.   산길 (낮)

교자에 앉아 화톳불에 달군 조약돌을 만지작대는 신관, 역졸들의 호위를 받으며 나타난다.

신관	(떨며) 으~취! 여봐라, 역참은 아직 멀었느냐?
나장	다 와 갑니다요.
신관	(재채기하고) 빌어먹을... 사또 한번 힐래다가 얼어죽겠네. (하다가 보면)

저만치 길가에 화살이 박힌 시체!

신관	멈춰라... (교자 멈추면) 저게 뭐냐?

무언가를 손에 쥔 시체... 구겨진 서찰이다.

22.   역참 침소 안 (밤)

좁고 허름한... 신관, 심각한 표정으로 한문으로 된 통문을 읽고 있다.

사내   (Na) 고부의 동학도인들이 군민들과 더불어 봉기하여 수령과 아전을 참할
        것이니 전라도 각 접의 도인들은 기꺼이 호응하라...
신관   (구기고) 허 참 나 이거야 원... (겁먹은) 이를 어쩐다?

순간, 복면을 한 자객이 들어와 눈 깜짝할 사이에 칼을 목에 겨눈다.

신관   (헉! 기어들어가는 목소리로) 누, 누구냐?
자객   그 통문의 주인이오.
신관   !!... 이런 고얀, (하는데)
자객   (칼을 바짝 들이대는)
신관   (움찔)
자객   (통문 낚아채고) 내 그대와는 아무런 원한이 없으나, 통문의 내용을 발설하
        거나 고부에 한 발짝이라도 들여놓는다면... 모가지를 썰어버릴 것이오. (칼
        등으로 신관의 뒤통수를 내려치는)

23.   백가네 안채 / 백가의 방 안 (밤)

앞 씬의 자객, 들어와 복면을 내린다. 이강이다.

이강   댕겨왔습니다.

앉은 채로 손을 내미는 백가. 이강, 통문을 꺼내 바친다.

백가   (일별하며) 시체는?

이강   자빠져 있던 디다 도로 갖다났구먼이라.

백가   (호롱불에 태우며 피식) 으째... 신관사또께선 기침얼 허셨으끄나?

24.   역참 침소 앞 (새벽)

문이 열리고, 뒷머리를 부여잡은 신관, 신음소리를 내며 툇마루로 기어 나온다.

신관   (바닥을 더듬으며) 여봐라... 게 아무도, (하다가 멈칫, 끈적한 느낌에 손바닥을 들면 붉은 피!)

신관, 황망히 돌아보면 피투성이 까마귀의 시체!... 질겁하다 툇마루로 굴러떨어지면 까마귀 시체가 즐비한... 처절한 비명이 터져 나온다.

25.   전라감영 외경 (낮)

〈자막〉 전주, 전라감영

26.   동 집무실 안 (낮)

김문현, 신경질적으로 두루마리를 탁자에 탁 놓으며,

김문현   고부의 신관사또가 또 사직을 하였네.

맞은편에 조병갑이 시치미를 뚝 떼고 앉아 있다.

조병갑   (능청스레) 또요? 이번엔 이유가 뭐랍니까?

김문현	임지로 부임하던 중에 지병이 도졌다는구만.
조병갑	거 참으로 해괴합니다. 이은용, 신재묵, 이규백, 하긍일, 박희성! 한 달 새 다섯 명이나 자진사직이라니요?
김문현	(미심쩍은 듯 보는)
조병갑	(큼, 넉살 좋게) 그러게 조정에선 왜 사서 고생을 한답니까? (슬며시 금덩이 내밀며) 이번에는 꼭... 소관을 고부군수에 연임시킨다는 주상전하의 교지를 받아 주십시오. (씨익 웃는)

27. 전주여각 앞 + 도임방 앞 (낮)

자인과 덕기, 여각을 나와 옆집 대문으로 들어간다. 언문으로 쓰인 '팔도보부상 전라도임방' 현판 클로즈업.

자인	(E) 고부 잠 다녀올라요.

28. 도임방 집무실 안 (낮)

소박한 실내. 용무늬 물미장을 쥔 봉길, 자인, 덕기, 앉아 있다.

봉길	고부? 방곡령 땀시 쌀도 못 사는 디를 머더러?
자인	(씩씩한) 쌀도 거그가 질로 많응게요. 되작되작 쑤시다보믄 워디서 수가 나도 나겄지라. 고부 임방서 묵을라니게 쩡이나 한 장 맹글어주쇼.
봉길	보부상도 아닌 늠이 임방언... 느 여각 낼 띠 머라 그랬냐, 깨골창에 대그빡 처박고 디지믄 디졌지 애비헌티 손 안 벌린담서?
자인	거 쩡 하나 가꼬 몰악시럽게 이라는 거 아니제. 딸년이 객지서 풍찬노숙 허믄 아부지 맘언 편허겄능가?
봉길	(약 올리는) 편허기만? 오져부러~
자인	아부지!
봉길	(험. 소매에서 서찰을 꺼내는) 신관사또 부임허믄 이거나 갖다 디려. (건네며)

한 달 전에 보부상 한 늠이 나그네 봇짐을 슬쩍혀가꼬 임방서 혼쭐을 내부렀는디 고 봇짐에 들어 있던 거시여.

서찰을 펼쳐보는 자인의 표정이 굳어진다. 22씬과 확연히 다른 통문!

자인	... 봉기?
봉길	고부에서 민란을 일으킬팅게 합세허라는 동학쟁이들의 통문이시.
덕기	(흘끔 보고) 에이 언 늠이 장난친 기구마는... 가짭니다. 한 달 전이모 벌써 애 붐 됐는데 여태 잠잠한 거 보이소.
봉길	조병갑이 때레잡을라겠는디 갑재기 전출을 가부니게 일이 틀어진 거시제, (확언하듯) 사발통문은 가짜 읎어.
자인	사발통문?

자인, 재차 통문을 보면 통문의 빛이 바래면서 이름들이 사라지는...

인서트> 통문 위에 턱 놓여지는 사발... 거침없이 쓰여지는 이름들...

| 봉길 | **(E) 통문이 배깥에 새나가도 언 놈이 대장인지 모르게 헐라고 이름을 고따우로 적은겨... 용의주도헌 늠들이제.** |

연명을 마치고 사발을 치우는 손... 통문의 빛이 바래면서...

자인	(통문을 주시하는)
봉길	신관사또헌티 갖다 바침서 잘 구슬려 봐. 혹시 알어? 수고했다고 방곡령이라 도 풀어줄지...
자인	...

29. 고부관아 작청 안 (낮)

안경을 쓰고 기장을 하던 백가, 슬며시 보면 자인이 미소를 띠고 앉아 있다.

텅 빈 책상들... 일각에 이강이 껄렁하게 기대앉아 있다.

백가 전주서 이 촌구석꺼정 으쩐 일로 오셨다요?

자인 (제법 노련하게) 개항장[6]의 일본상인에게 미곡을 대는 일을 하고 있는데 급작스런 방곡령으로 고충이 이만저만이 아닙니다.

백가 (심드렁) 근다고 여그 오믄 없던 수가 생긴답디여?

자인 읍내에서 싸전을 하신다지요?

백가 (붓을 멈추고) 아다시피 나라에서 아전덜헌티 녹봉을 주는 것도 아니고 식솔덜 건사헐라고 점방 하나 허는디 고건 으째 물어쌋소?

자인 (엽전 꾸러미 슥 올려놓으며) 고부 쌀의 태반이 거기 있다 하던데...

백가 (피식) 방곡령 어겼다가 으째 되는지 몰러라?

자인 (은근한 어조로) 사또 없는 고을에선 이방이 수령 아닙니까?

백가 (킬킬대는) 오매~ 거시기 느 들었냐? 나가 오늘 벼락출세럴 해부렀다!

이강 (킬킬대는)

자인 (불쾌함을 참고 싱긋) 값은 시세보다 조금 더 쳐 드리지요.

백가 (미소로 보다가 단호하게) 멀리 못 나가요이. (기장하는)

자인 (옅은 한숨) 신관사또께서 부임하실 때까지 장터 임방에 머물 것이니 혹여 마음이 바뀌시면 기별을 넣어주세요. (나가는)

이강 ... 쇤네가 쫓아버리겠습니다.

백가 냅 둬. 쟈 애비가 전라도 보부상 대장 송봉길이여. (엽전 꾸러미 툭 던지는)

이강 (보는)

30. 동 작청 근처 (낮)

굳은 표정의 자인, 걸어온다. 이강, 엽전 꾸러미를 들고 나타난다.

이강 어이.

---

6   개항장: 외국인의 왕래와 무역을 위해 개방한 제한구역.

자인, 멈추면 이강, 다가와 엽전 꾸러미를 툭 던진다. 받기는커녕 흠칫 놀라는 자인. 바닥에 떨어지는 엽전 꾸러미. 이강, 내심 당황하는... 자인, 화를 꾹 참고 엽전을 주우려는데 누군가가 대신 주워준다. 일동, 보면 이현이다. 이현, 자인에게 정중히 건네준다.

이강	(자인에게) 조신허게 있다 가는 거시 좋을 거시여. 여그 사람덜이 왜놈헌티 쌀 팔아묵는 장사치덜언 밸로 반기덜 안 헝게.
자인	(보다가 대뜸 싱긋 웃는)
이강	?
자인	(일본어) 너야말로 얌전히 있지 않으면 큰코다치게 될 것이다. 이 호랑말코에 거지발싸개 같은 개자식아.
이현	(허!)
이강	머라는겨?
자인	고마운 마음에 왜인들에게 배운 덕담 한 마디 하였네.
이강	이녁헌티 물은 거시 아녀.
자인	?
이현	(미소) 따뜻한 충고에 감사드린다고 하는군요.
자인	!
이강	(미심쩍은 듯 보다가 훌쩍 가버리는)
자인	(일본어로, 깔보듯이) 왜인들의 말을 들어본 적이나 있습니까?
이현	(미소, 자인에 비해 아주 유창한 일본어) 솔직히 처음 들어봤습니다... 그렇게 찰지고 험한 욕은 말입니다. (가는)
자인	(허!... 얼굴 벌게지는)

31.   다시 작청 안 (낮)

덤덤한 표정의 이현, 들어온다.

백가	이, 왔냐? (조금 상기된 표정으로 다가서는) 곧 전라감영에서 초시를 치른다

는 방이 붙을겨. 초시럴 급제혀야 한양 가서 복시를 치르니게 우습게 보덜 말
고 단단히 대비를 혀.

이현   (재밌다는 듯 피식)

백가   표정이 으째 그냐?

이현   아버지답지 않게 좀 긴장하신 것 같아서요.

백가   (쑥스런 듯) 느자구 읆는 늠. 자석이 과거를 보는디 긴장 안 헐 애비 있대?

이현   (물끄러미 보는)

32.   과거 - 서당 뜰 안 (낮)

대청에 어깨를 맞대고 옹기종기 모여앉은 학동들, 동몽선습 정도 암송하는...
일각에 (여덟 살 정도) 어린 이현의 어깨를 감싸쥐고 앉은 백가.

백가   아전집 아들이라고 기죽으면 안 되야.

이현   (밝고 자신만만하게) 걱정 마세요! 꼭 일등해서 양반집 도령들 코를 납작하
게 만들어 줄 거예요!

백가   (껄껄 웃는) 오매, 내 새끼 용맹헌 거 보소! (대견한) 그려, 장혀!

33.   현재 - 평야 일각 (낮)

씁쓸한 표정으로 추억하는 이현... 백가와 나란히 서서 소작인들이 일하는
넓은 밭을 바라본다.

백가   여그가 이 애비 머리털 나고 첨으로 가져본 땅이여.

이현   압니다.

백가   인자는 내 땅 아녀. 요번 과거 시험관덜 조동아리로 싹 드가부렀응게...

이현   ...

백가   (넌지시) 으째 가만있어? 괜한 짓 혔다고 징징댈 줄 알았는디.

이현   뇌물 없이 되는 세상이 아니라는 것 정도는 이제 압니다. 게다가 우린 양반

도 아닌 중인의 신분이니 남들보다 몇 곱은 더 갖다 바쳐야겠죠.

백가   (흡족한 듯 보다가 시선 돌리며) 이현아, 이 애비는 말여. 지지리도 가난헌 아 전집 아들로 태어나서 요날 요때꺼정 아전 나부랭이로 살았지만... 죽을 때는 말이여...

이현   (보는)

백가   (보는, 간절함이 섞인) 정승 아부지로 죽고 잡다.

이현   (미소... 그러나 개운치 않은)

34.   초가집 마당 안 (낮)

아낙과 노파에게 머리채를 잡힌 이강! 두 여인의 결기에 놓으라며 강짜만 부 릴 뿐 속수무책으로 당한다. 쌀가마니 옆에 두들겨 맞아 쓰러진 사내1과 무 릎 꿇고 있는 보부상 둘, 보인다. 철두와 억쇠가 노파를 떼어내면 이강, 아낙 을 간신히 떠밀어낸다. 이성을 잃은 아낙, 낫을 집어든다. 철두, 억쇠, !!!

아낙   니가 사람새끼제? 허긴 백가늠 씨앗잉게 사람새낀 아니겄제!!!

이강   (발끈) 머시여?

아낙   고부 사람덜 소원이 먼지 아냐? 니 배창시를 꺼내가꼬 세답줄[7]로 쓰는 거시 여! 이 호로잡녀러 새끼, (절규하며 달려드는) 죽어~~~!

아낙의 낫을 빼앗는 이강. 아낙, 이강의 팔을 물어뜯는다. 비명을 지르며 버 둥대던 이강, 아낙을 사립문으로 패대기친다. 어이없는 표정의 자인과 덕기 서 있다.

철두   안 그래도 쳐들어갈 판인디 제 발로 겨들어왔구먼?

억쇠   그짝 수하덜이 쌀을 밀매허다 들켜 부렀는디 인자 으떡헐 거시여!

덕기   (서글서글한 미소로 이강에게 다가서며) 함만 봐 주이소. 이바고를 들어보이

---

7   세답줄: 빨랫줄.

께네 딱 한 섬만 사달라꼬 애걸을 했다카던데... 읍내 싸전에서는 값을 뺑아리 눈물만큼 쳐준다카믄서... (하는데)

이강, 주먹을 날리고 덕기, 윽! 쓰러진다. 자인, !

이강　(싸한 미소, 자인에게) 이녁이 대답혀... 으떡허까?
자인　(애써 상냥하게) 객주인 제가 대신 사과를 드리지요. 저들은 전라도 보부상 임방에서 상규에 의거하여 징벌을 내릴 것이니 그만 풀어주세요.
이강　지끔 당장... 고부를 떠.
자인　(정색) 뭐라?
이강　그믄 읎던 일로 해줄팅게.
자인　(노려보는)
덕기　(E) 봐라.

이강, 보면 덕기가 슥 턱을 매만지며 일어난다. 낯선 포스가 풍기는...

덕기　주먹 좀 쓰는 갑는데... 됐나?
이강　(어이없는 듯 보다가 피식)

35.　황진사댁 마당 안 (낮)

별채 쪽에서 슬그머니 들어서는 명심... 안채로 살금살금 다가가 귀를 쫑긋 세우는...

석주　(E, 중얼대듯) 과거를 보러 간다...

36.　동 석주의 방 안 (낮)

근엄한 표정의 석주와 이현, 마주 앉아 있다.

석주	벼슬에는 뜻이 없는 줄 알았더니... 썩은 연못의 배부른 잉어는 되기 싫다 하지 않았더냐?

석주　벼슬에는 뜻이 없는 줄 알았더니... 썩은 연못의 배부른 잉어는 되기 싫다 하지 않았더냐?

이현　일본에서 마치[8]라는 물건을 보았습니다.

석주　(대수롭지 않다는 듯) 조정에 있을 때 수신사들이 가져온 것을 본 적이 있느니라. 허공에서 불이 생기니 신기하긴 하였으나 편리만을 좇는 양이들의 호들갑일 뿐... 잡스러운 것이었다.

이현　그 보잘것없는 물건이 여인들의 삶을 바꾸더군요.

석주　(보는)

이현　일본의 여인들은 더 이상 집안의 불씨가 꺼질까 노심초사하지 않습니다. 허나 조선에선 아직도 불씨를 꺼뜨린 여인들이 소박을 맞기도 합니다.

석주　(제법이라는 듯 미소) 척사[9]를 가르친 스승 앞에서 개화를 논하는 것이냐?

이현　(부드럽지만 결기 있는 어조로) 썩은 연못으로 들어갈 것입니다. 조선을 일본처럼 문명의 불빛이 가득한 세상으로 만들 것입니다.

석주　니 정녕... 배부른 잉어로 살지 않을 자신이 있느냐?

이현　이미 살아보았으니까요... 백가네라는 시궁창의 비단잉어... (씁쓸한 미소) 더는 싫습니다.

37. 동 대문 앞 (낮)

이현, 대문을 나서는데 명심, 쪼르르 따라나온다.

명심　백도령, 잠깐만!

이현　... 명심아씨?

명심　(쭈뼛 다가와 수줍게 보자기를 건네는) 과거를 보러 간다 들었네.

이현　?

8　마치: 성냥.
9　척사: 간사한 것을 물리친다는 뜻으로 외세와 서양문물을 거부함.

명심	햇곡식으로 만든 복엿인데... 받게.
이현	(얼떨떨해 하다가 이내 엷은 미소로 받는) 고맙습니다, 아씨.

발그레해지던 명심, 어수선한 발소리에 돌아보면 사람들이 어디론가 몰려간다. '쌈 났디야, 싸움', '거시기랑 붙는다는디?' 들리는... 이현, !

38. 말목장터 (낮)

양 패거리 앞에 덕기와 이강, 마주 선... 구경꾼들 잔뜩 모인...

덕기	내가 지모 고부를 뜨고 니가 지모 아께 그 일 없었던 기다이?
이강	한 입으로 두 말은 안 헝게 걱정 말어.
덕기	(패랭이를 벗어 던지고) 온나.

이강, 공격하고 덕기 맞받는... 호각지세! 몇 합이 오간 끝에 박치기를 당한 덕기가 쓰러진다. 희비가 교차하는 군중들... 덕기, 피를 퉤 뱉는...

이강	인나, 고거 가꼬 등신 안 돼야.
덕기	(피식) 일마 이거 완전 개싸움이네.

다시 격돌! 이번에는 이강이 쓰러진다. 통인들, 안색이 변하는...

억쇠	(주춤 나서며) 대장!
이강	나서지 말어... (피 슥 닦고) 어따~ 장똘뱅이 해묵기는 아까운 솜씨고마이! (덤비는)

치열한 몇 합 끝에 가격 당하는 이강... 비틀대면 덕기의 화려한 연타! 나자빠진 이강, 울컥 피를 토한다.

덕기	안 일나고 뭐 하노? 쫄았나? (하는데)

표창이 날아온다. 덕기, 재빨리 피하지만 어깨에 박힌다. 군중들 헉!
이강, 일어나 단검을 뽑는다. 표창을 뽑아낸 덕기, 살기가 떠오른다.

이강   느 오늘... 뒤졌으.

이강, 단검을 찔러가고 덕기, 손목을 쳐 단검을 떨어뜨린다. 무자비한 타격에
그로기에 몰리는 이강... 안간힘으로 주먹을 내질러 보지만 허공을 허우적대
다가 털썩 무릎을 꿇는 이강... 덕기, 이강의 뒷목을 잡고 일격을 가하려는 찰
나, 누군가 손목을 잡는다. 덕기 보면, 이현이다.

이현   그만하십시오.
자인   (저 사람은? 싶어 유심히 보는)
덕기   (흥분한) 뭐꼬? 이거 못 놓나?
이현   이 사람... 제 형님입니다.
덕기   (멈칫)
자인   ... 최행수, 갑시다.

덕기, 이강을 밀치고 일어선다. 통인들, 주춤 물러서고 덕기와 차인들 사라진
다. 착잡한 이현, 대자로 뻗은 이강 옆에 나란히 앉는다. 임방으로 향하던 자
인, 걸음을 멈추고 바라본다.

이현   저는 곧 고부를 뜹니다... 두 번 다시 돌아오지 않을 거예요. 여긴 너무... (피
           식) 적나라하거든요.
이강   (클클대는)
이현   형님도 이제 그만 아버지에게서 벗어나세요. 거시기 말고 백이강으로 살 수
           있는 길이 어딘가 있을 겁니다.

자리를 뜨는 이현... 일각에서 바라보고 있는 자인... 이내 짐승의 절규 같은
이강의 고함소리가 장터에 울려 퍼진다.

39.   전봉준의 약방 안 (낮)

전봉준, 한약재를 종이에 담고 있다. 마주 앉은 자인, 수심이 깊다.

전봉준 (서글서글한) 걱정 마시우! 베이고 찔린 상처에는 우리 약방 약이 특효니까.

자인   (심드렁하게) 의술 공부를 많이 하신 모양이군요.

전봉준 공부라기보단 시술 경험이 워낙에 많아서... (싱긋) 보셨다시피 이 동네가
       좀 살벌하잖수?

자인   (일리가 있다 싶은) 약효가 좋으면 보부상들에게 천거를 할 터이니 함자나
       알려주시겠습니까?

전봉준 (반색) 이렇게 고마울 데가! ... 전가성 쓰는 봉준이라 하우!

자인   전주에서 여각을 하는 송자인이라 합니다. (하다가 무언가 떠오르는)

       인서트〉 (28씬의 인서트에서 이어지는)
       연명을 마치고 사발을 치우는 손... 전봉준의 이름 클로즈업.

자인   (긴장하는)

전봉준 그나저나 통인놈들이 보복을 할지도 모르는데 속히 고부를 뜨는 것이 좋지
       않겠소?

자인   (주시하며) 신관사또가 부임하면 뵙고 갈 것입니다.

전봉준 신관사또가 방곡령을 풀어줄 거라 기대하시는 게요?

자인   조병갑이처럼 간이 배 밖으로 나온 인사가 아니라면 응당 그리되겠지요.

전봉준 허나 그 조병갑이가 다시 온다면?

자인   (보는)

전봉준 한 달 새 다섯 명의 신관사또가 줄줄이 낙마했는데... 그게 그냥 우연이겠수?

자인   약효는 몰라도 허풍 하난 인정해드려야겠군요. 대명천지에 그게 가당키나
       한 얘깁니까?

전봉준 대명천지? (킬킬대는) 하긴... 누군가에겐 지옥이, 누군가에겐 극락일 수도 있
       으니 틀린 말은 아니지!

자인   (비꼬듯) 피곤하시겠네요. 세상 삐딱하게 보시느라.

전봉준   (미소) 관리들이 사사로이 백성을 부리고 재산을 빼앗는 것도 모자라 징세
        란 미명하에 도마 위의 고깃덩이처럼 난도질을 하는 세상이잖수.
자인   (약 올리듯) 아우 끔찍해라, 난도질씩이나요?
전봉준   세금은 국법의 세 곱, 네 곱 매기는 게 제값이고, 환곡의 이자는 원금을 넘어
        선 지 이미 오래! 죽은 자에겐 백골징포, 젖먹이에겐 황구첨정, 가족에겐 족
        징, 이웃에겐 인징!! (차가운 미소) 수령에게 살점을 뜯기고, 아전에게 뼈를
        발리는 지금이... 객주 눈에는 대명천지로 보이시오?
자인   (주시하는)

        인서트〉 (앞의 컷에서 이어지는)
        전봉준의 이름이 클로즈업된 통문에서 카메라 빠지면 좌정한 전봉준! 그 뒤로
        최경선, 송희옥 등 실내를 가득 메운 도인들이 13자 주문을 낭랑하게 외는... 신
        비하고 장엄한 분위기 속에서 전봉준의 형형한 눈빛!

자인   (E) 이자다... 사발통문이 숨기려 했던 민란의 주동자!
전봉준   (이내 싱긋) 미안허우, 약쟁이가 괜한 오지랖을... (꾸러미 매듭을 묶으며 너스
        레) 내가 이놈의 오지랖 때문에 제명에 못 죽지 싶수.

        문이 열린다. 자인 보면 최경선이 문간에 슥 앉는다.

최경선   나으리... 신관사또가 내정되었답니다.
전봉준·자인   !

40.   고부관아 외삼문 앞 (낮)

        전령기를 든 나장이 말을 달려 들어간다.

나장   (E) 신관사또의 명을 전하겠소!

41.   동 동헌 마당 (낮)

똥 씹은 표정의 백가 등 아전들, 나장 앞에 부복해 있다.

홍가 (꿍얼대는) 으째 오라는 늠은 안 오구, 매번 엄헌 늠이여?
나장 (읽는) 근자에 고부군의 민심이 극히 흉흉하다 들었다. 아전 관속들은 관아
의 경계를 강화하고 저자의 동태를 깊이 살피도록 하라!
백가 (흥!)
나장 차제에 본관은 부임과 동시에 방곡령을 해제하고,
백가 !!!!!
나장 만석보의 물세를 금하여 군민의 마음을 어루만질 것이니 아전들은 만반의
준비를 하여 본관을 맞도록 하라!
홍가 (나직이) 이방어런...
백가 (떨리는) 빌어먹을...

42.   주막 안 (밤)

착잡한 표정의 이강, 억쇠, 만취한 철두, 술을 마신다.

억쇠 방곡령이 풀려블믄 이방어른네 싸전은 으째 되는겨?
철두 (취한) 이런 멍청헌 늠... 만석보에 뚝이 터지디끼 고부 쌀이 한방에 쫘악 풀
려나가믄... 전라도 쌀값이 으찌 되블겄냐!
억쇠 똥값 되겠구먼.
철두 그라재! 쪽박이여, 쓰벌! (쿵! 머리 박고 쿨쿨 자는)
억쇠 덜 떨어진 늠... 대장, 그나저나 몸은 좀 으뗘? 괜찮냐?
이강 술이나 마셔. (잔 드는데)

최경선이 송희옥과 들어온다.

최경선 주모! 여그 탁주 한 되허고, 두부 좀 푸욱 삶아다 주쇼!

억쇠	저늠... 전봉준이 졸개 아녀?

이강, 보면 눈이 마주친 최경선, 싱긋 웃어 보인다.

이강	(떨떠름... 술잔 비우고) 먼저 가네. (일어나는)

43. 백가네 행랑채 마당 안 (밤)

이강, 시무룩히 들어온다. 침소로 향하는데 인기척에 멈추는 이강.

이강	(으름장 놓듯) 언 늠이여?... 쥐새끼 모냥 숨어 있지 말고 나와야?

일각에서 모습을 드러내는 사내... 백가다.

이강	!... (조아리는) 나으리.
백가	느넌 아덜늠이 애비 기척도 몬 알아봐?
이강	(아들, 애비 소리에 적이 놀라는) ... 야?
백가	(따뜻한 미소) 맞은 디는 잠 으며?
이강	(혼란스러운)

44. 동 안채 / 백가의 방 안 (밤)

침대가 놓여진... 탁자 앞에 앉은 심각한 표정의 백가... 이강, 서 있다.

백가	신관사또가 역참 객사에 있다누먼?
이강	쇤네헌티 맽겨주십시오. 시간 없웅게 까마구 말고 개럴 잡겄습니다.
백가	요번 참엔 사람을 잡아야 쓰겄다.
이강	(굳는) 어르신...
백가	방법이 읐어... 비적들 소행으로 몰아가믄 되니께 증좌만 남기덜 말어.

이강	(당혹감과 원망이 뒤섞인 눈초리로 바라보는)
백가	니 애미 면천 시켜줄팅게... 혀.
이강	(보는)
백가	(보는)
이강	허겄습니다.

주저 없이 나가던 이강, 문 열다가 멈칫! 이현이 싸늘한 표정으로 서 있다. 이강, 이내 지나쳐간다.

백가	(태연히) 먼 일이여?
이현	(애써 차분하게) 인사드리려구요. 새벽에 전주로 떠납니다.
백가	안거.

이현, 들어온다. 백가, 탁자 옆 금고에서 금괴를 하나 꺼낸다.

백가	초시 치기 전에 관찰사 대감 갖다드려.
이현	(실소를 머금는) 소자는 정말이지... 좋은 아버지를 가진 것 같습니다.
백가	아랫것 통하덜 말고 직접 뵙자개서 낯짝얼 들이밀어. 도장 중에 질로 좋은 거시 눈도장이랬웅게.
이현	방금 나간 저 사람... 아버지께 뭡니까?
백가	나 뒤지믄 이방 헐 늠. 혀서 니 뒷배가 되어줄 늠.
이현	아들입니다! 어머니의 몸종을 겁탈하여 낳은 아들요!
백가	... 애비헌티 혼 좀 나볼텨?
이현	(파르르 떠는) 어떻게 아들에게... 살인을 하라 하실 수가 있습니까?
백가	(피식) 이현아, 시상은 말여... 잡아묵지 않으믄 잡아멕히는 데여... (싸한 미소) 어미가 잡아멕히잖어? 그믄 새끼도 디진당게?
이현	(질리는)

45. 동 행랑채 / 이강의 방 안 (밤)

유월, 곤히 잠든... 물끄러미 바라보는 이강.

백가   (E) 이게 니 팔자여.

46.   플래시백 (과거) - 어느 민가 앞 (낮)

백가, 겁먹은 어린 이강에게 몽둥이를 내민다. 그 앞엔 깡마른 농부가 헐벗은 식구들과 엎드려 벌벌 떨고 있다.

백가   이현인 공부, 느넌 이거... 그람시로 한 식구 되는겨.
어린 이강   (울먹이는) 어러신...
백가   밥 노나묵는 것만 식구 아녀, 밥값을 혀야 식구제.

어린 이강, 떨리는 손으로 몽둥이를 받아 쥐고 농부를 바라본다. 겁에 질린 농부... 주시하는 백가... 마침내 이를 악물고 몽둥이를 휘두르는 어린 이강! 농부의 비명이 터져 나오고 식구들 울부짖는다.

백가   (다그치는) 고래 가꼬 세금얼 토해 내겄냐! 점슴 걸렀어!!

눈물범벅의 어린 이강, 으아! 고함을 지르며 무자비하게 휘둘러대는...

47.   현재 - 백가네 행랑채 마당 안 (밤)

이강, 칼을 들고 섬돌을 내려선다. 대문으로 향하다 멈칫하는... 이현이 서 있다.

이현   동정 같은 거 하지 말라 하셨죠?
이강   ...
이현   (쓸쓸한 미소) 작은어머니라면 모를까... 형님껜 동정 따위 느껴본 적 없습니다.

이강	(거슬리는 듯 보는)
이현	제가 태어나기 전까진 안채에서 아버지의 이쁨을 받으며 자랐다 들었습니다.
이강	근디?
이현	제가 없었다면 지금 제가 누리는 모든 것이 형님의 것이었겠지요. 거시기라 천대받지도, 통인이 되어 악행을 일삼지도 않았겠지요,
이강	그만.
이현	(O.L) 해서 지금처럼 사람을 죽이러 가는 일도 없었겠지요!!
이강	(O.L) 그만!!!
이현	(보는... 토로하듯) 미안했습니다, 늘... 지금처럼.
이강	...
이현	(눈물 맺히는) 정말... 미안해요.
이강	... 힘헌 일언 형이 허는 거시 당연헌 거 아녀?
이현	(보는)
이강	이현이 는 꽃길만 골라서 싸묵싸묵 걸어가. 뒤넌 걱정허덜 말고.
이현	(탄식하는)
이강	동상이 먼 길 가는디 나가 시방 경황이 없어 인사도 지대로 몬 허겄다. 미안 허네.
이현	(손을 내미는)
이강	(뭐냐는 듯 보는)
이현	개화된 세상에서 배운... 인사법입니다.

이강, 어색하게 악수하는... 처연한 미소를 나누는 두 사람.

48.   동 대문 앞 (밤)

이강, 나서는데

| 억쇠 | (E) 대장! |

이강 보면, 억쇠가 헐레벌떡 뛰어온다.

억쇠 대장! 나가 (취기에 걱! 트림 하고) 허벌나게 중요헌 거슬 알아냈구먼!

이강 ?

49. 역참 침소 안 + 앞 (밤)

벽에 붙은 부적. 정화수와 경전이 놓여진 소반... 강인철, 동학주문을 낮게 외면서 기도하는데 문이 벌컥 열린다. 강인철, 흠칫 놀라 보면 이강이다.

강인철 웬 놈이냐!

백가가 슬며시 모습을 드러낸다.

백가 신관사또를 영접허러 온 이방인디요... (들어오며) 근디 나라에서 국법으로 금헌 동학을 믿어불믄 소인더러 으쩌라는 거다요, 시방?

이강 잡아 처 넣어야제라.

백가 어허! 사또헌티 그런 말 허믄 못써! (씨익 웃으며 강인철을 빤히 보는) 먼 존수가 있지 않겄냐?

강인철 (당혹스러운)

50. 말목장터 (낮)

나장 물렀거라~ 신관사또 행차시다~!!!

조병갑을 태운 교자가 나타난다. 수염을 어루만지며 한껏 거드름을 피우는 조병갑을 아전과 통인들이 뒤따르는... 절망과 분노의 시선으로 바라보는 군중... 주변을 살피는 이강, 침통한 석주와 쓰개치마를 쓴 명심을 거쳐 덕기와 나란히 선 자인에게서 시선이 멈춘다. 자인, 심각한 표정으로 조병갑을 바라보는...

조병갑   (우러르며) 하늘도 본관의 마음을 알아주는구나. 거 때깔 한번 곱다!

백가   세금 걷기 딱~ 좋은 날씨지라이?

조병갑   (씨익 웃으며) 어디 세금뿐이겠는가? (파안대소하는)

행렬이 지나가고 자인, 한숨을 내쉬는데...

전봉준   (E) 거 보슈. 조병갑이 다시 온다니까.

자인, 놀라 보면 전봉준이 미소를 짓고 있다. 자인, 망연히 바라보는...

전봉준   왜 그리 보슈? 내 얼굴에 뭐라도 묻었수?

자인   아닙니다. 아무것도 아니에요. (황급히 가는)

의아해하던 전봉준, 멀어져가는 행렬을 바라본다. 눈빛이 형형해지는...

51.   장터 임방 일실 안 (낮)

사발통문을 펼쳐보는 자인, 심각한... 문가에서 걱정스레 지켜보는 덕기.

자인   (작심한 듯 일어서는) 관아에 갈 것입니다.

덕기   (놀라) 머를 우얄라꼬예?

자인   (상기된 어조로) 조병갑이 다시 왔으니 동학쟁이들이 가만있진 않을 것입니다. 이 통문은 그자의 명줄이나 다름없으니 담판만 잘하면 방곡령을 풀 수 있어요.

덕기   객주님예...

자인   (애써 밝게) 조병갑은 목숨을 구하고, 우린 쌀을 구할 수 있으니... 이보다 더 쏠쏠한 거래가 있겠습니까?

덕기   (불만스러운) 그라모 동학쟁이들은예?

자인	(아픈 데를 찔린... 힘든) 비키세요.
덕기	글마들 싹 다 디질지도 모릅니더!
자인	(버럭) 민란을 모의한 자들이에요!! 잘못을 했으면 벌을 받아야지요!!
덕기	!... 객주님...
자인	(다짐하듯) 나년 이문에 죽고 사는 장사치여... 팔자대로 살라네. (밀치고 나가는)

52. 몽타주 (낮)

1) 장터 골목 – 이를 악물고 걸어가는 자인에게 다가와 두 손을 내미는 거지들... 간신히 헤쳐 나가던 자인, 보면... 일각에 동사한 거지 앞에서 울고 있는 아이들.

2) 민가 – 휘적휘적 걸어가는 자인. 주변의 피폐한 모습들이 눈에 밟힌다. 헐벗은 채 칡뿌리를 뜯어먹는 아이들, 툇마루에 널브러진 사람들... 자인, 보면 쥐덫에서 쥐를 꺼내는 노인... 한 손에 죽은 쥐를 굴비 꿰듯 엮어 쥔 노인, 퀭한 시선으로 자인을 본다. 섬뜩해지는 그녀의 귓전에...

전봉준	(E) 대명천지?

3) 관아 동헌 앞 대문 + 동 마당 안 – 눈가가 촉촉해진 자인, 악착같이 걸어오는 모습 위로...

전봉준	(E, 킬킬대는) 하긴... 누군가에겐 지옥이, 누군가에겐 극락이 될 수도 있으니 틀린 말은 아니지!

두 손으로 대문을 여는 자인... 눈앞에 펼쳐지는 동헌의 호화로운 잔치판! 풍악에 맞춰 무희들이 춤을 추고 대청에선 조병갑과 양반, 아전들이 산해진미에 술판을 벌이는... 망연자실한 자인에게 일갈하듯,

플래시백〉39씬의,

전봉준   수령에게 살점을 뜯기고, 아전에게 뼈를 발리는 지금이... 객주 눈에는 대명천지로 보이시오?

현재〉
헛헛한 한숨을 토하는 자인... 눈물이 그렁해지는...

53.   동 작청 앞 (밤)

철두, 통인들과 술난장을 벌인다. 담벼락에 오줌을 갈긴 억쇠, 앞섶을 여미며 돌아서면 불콰한 얼굴의 이강이 술병과 사발을 들고 다가선다.

이강   (흡족한, 사발 건네며) 한 잔 받어.
억쇠   이, 고마워. (마시는)
이강   (따르며) 당숙헌티 전혀... 이번에 신세를 크게 졌응게 차후에 동학쟁이로 잡혀도 한 번은 눈 감어준다고.
억쇠   (피식) 당숙언 무신... 생판 남이니께 신경쓰덜 말어. (하다가 헙!) 오매!
이강   (날카롭게) 당숙이 아니믄... 누구여?

54.   과거 - 42씬의 주막 안 (밤)

철두, 대자로 누워 자는... 알쏭달쏭한 표정의 억쇠 앞에 최경선.

최경선   (살살대는) 이번에 부임허는 신관사또헌티 원한이 쪼까 있어가꼬... 비밀만 지켜주믄 나가 고늠 약점 하나 알려줄라그는디...
억쇠   ?

55.   백가네 외경 (밤)

56.   동 안채 / 백가의 방 안 (밤)

이강 앞에서 숙고하는 백가.

백가   억쇠헌티 귀띔혀준 늠이 전봉준이 졸개라고?
이강   최경선이라고 전봉준이 그림자 겉은 늠입니다.
백가   (심각해지는)
이강   먼가 이상허지 않여라? 동학쟁이가 동학쟁이럴 꼰지른 것도 그렇고, 동학쟁이가 사또로 오믄 고부가 지들 시상일 틴디...
백가   으째... 우리가 속은 거 겉다?
이강   !

57.   도소 안 (밤)

전봉준, 눈을 감고 좌정한... 도인들, 좌정해 있다.

전봉준   (천천히 눈을 뜨는) 드디어... 기다리던 조병갑이가 왔소!
도인들   (결연한)
전봉준   거사에 동참할 분을 소개해드리겠소. 동학 도인은 아니지만 나와는 동문수학한 절친한 벗으로 군민들의 신망이 두터운 인사요.

문이 열리면 비장한 표정으로 서 있는 석주! 그 뒤로 선비들 서 있다.

석주   도계서원의 강장, 황석주요. 고부의 양반들을 대표하여 기꺼이 함께하겠소이다!

석주, 전봉준과 뜨거운 시선을 부딪친다.

58.   민가 거리 (밤)

농악패, 탈패가 사람을 구름같이 몰고 온다. 민가에서 구경꾼들이 몰려든다.
꽹과리를 치던 상쇠, 악을 멈추고 탈을 벗으면 최경선이다.

최경선 자~! 계사년 고 오살헐 년이 눈물을 찌끄림스로 치맛자락을 휘감으니!
패들   얼쑤!
최경선 대명천지, 영세광명의 갑오년 새해가 밝은 것이렸다!
패들   그렇지!
최경선 시상에 근심 걱정일랑 계사년 노잣돈으로 쥐어주고, 우덜은 신나게 한번 놀
       아보세~!!!

최경선, 꽹과리를 치며 앞장서 나가고 패들을 따라 군중들이 어깨춤을 들썩
이며 따른다.

59.   다시 백가의 방 안 (밤)

백가   (긴장한) 가서... 전봉준이 잡어와!
이강   야! (뛰쳐나가는)

60.   거리 (밤)

농악패와 풍물패와 군중이 뒤엉킨... 이강, 억쇠, 철두 등 통인들, 사람들을 헤
치며 나아간다. 겨우 군중을 빠져나오면,

억쇠   (어딘가 가리키며) 대장!!!

이강, 보면 저만치 횃불과 죽창, 농기구 등을 꼬나 쥔 백성들이 몰려오고 있
다.

철두 (헉!) 저, 저게 머시여?

집집마다 무기를 들고 튀어나오는 백성들... 사방에서 떼지어 몰려오는 성난 백성들! 살기등등한 모습에 하나둘 줄행랑을 치는 통인들...

이강 아부지... 우덜 엿 되부렀소.

61. **관아 동헌 마당 + 대청 (밤)**

백가, 급히 대청의 조병갑에게 걸어간다. 풍악과 무희들의 춤이 절정으로 치닫는... 대청에선 만취한 양반들이 관기를 끼고 흥청대는...

백가 (다가가 나직이) 잠깐 보셔야겠는디라.
조병갑 (혀 꼬인) 내일 허세, 내일...
백가 긴헌 용건입니다.
조병갑 글쎄 내일 하자는대두, (하는데)

동헌의 문이 쾅 열리고 홍가가 혼비백산 뛰어 들어온다.

홍가 사또~!!!

풍악과 춤이 일제히 멈추는... 일동, 놀라 보면

홍가 (절규하듯) 큰일 났습니다요~~~~!!!
조병갑 큰일이라니!
홍가 민란... 민란이 터졌습니다요!!
백가 !
조병갑 뭐라~!!!

62. 말목장터 (밤)

쓸쓸한 표정으로 걸어오던 자인, 눈앞에 펼쳐진 광경에 경악한다.
구름같이 몰려드는 군중들... 살기만이 가득한 고요한 횃불의 바다!

〈자막〉 1894년(갑오년) 음력 1월 10일 고부 말목장터

자인, 돌아보면 거적 따위로 대충 쌓은 연단 위에서 최경선, 황석주를 대동한 전봉준이 장엄하게 대열을 굽어보고 있다. 자인, 탄식 같은 한숨을 토하고... 전봉준, 칼을 뽑는다. 군중, 주목하면...

전봉준 (차분하지만 결기가 서린) 거사의 장두[10]를 맡은 조소리의 전봉준이외다. 고부 군민 제위 앞에 내 목을 걸고 맹세하겠소!

63. 관아 동헌 (밤)

우왕좌왕하는 사람들로 아수라장인... 당혹스러운 백가와 조병갑 위로...

전봉준 (Na) 고부관아를 격파하고 간악한 모리배들의 목을 벨 것이오.

64. 관아 앞 (밤)

이강, 달려와 보면 혼비백산 도망치는 나졸들... 돌아보면,

전봉준 (Na) 그리하여 우리의 피 끓는 염원을 주상전하와 조선 팔도에 알릴 것이오.

---

10 장두: 여러 사람이 서명한 청원에 맨 처음 이름을 적은 사람.

노도처럼 밀려오는 군중들의 선두에 전봉준, 최경선, 황석주... 전봉준의 결연한 얼굴 위로...

전봉준   (Na) 백성에겐 쌀을... 탐관오리에겐 죽음을!

전봉준... 그리고 당혹스러운 이강의 모습에서 엔딩.

2회

1.   고부관아 / 동헌 마당 안 (밤)

콱! 콱! 문 부수는 소리! 무기를 든 나졸들, 대문을 주시한다. 미처 피하지 못
한 양반, 아전, 관기, 관속들 두려움에 떨고... 콱!!! 문이 열리면서 죽창과 농
기구를 든 민요군들이 최경선을 필두로 쏟아져 들어온다. 나졸들, 기세에 눌
려 줄행랑을 치고 이내 아수라장이 펼쳐진다. 곳곳에서 도주하거나 잡히거
나 두들겨 맞는...

2.   동 형옥 앞 (밤)

홍가, 민요군에 질질 끌려가는... 형옥 문짝이 부서지고 봉두난발에 목에 칼
을 찬 죄인들이 쏟아져 나온다. 건물 뒤에서 나타난 이강, 뛰어간다.

3.   동 작청 안 (밤)

이강, '어르신!' 외치면서 들이닥치는데 텅 빈... 바깥에서 함성소리!

4.　　　동 작청 앞 (밤)

이강, 뛰쳐나오면 억쇠와 철두, 통인들이 쫓겨온다. 이강을 덮치는 민요군들.
격투가 벌어지고 철두, 억쇠 잡히고 이강, 필사적으로 싸운다.

5.　　　백가네 안채 / 백가의 방 안 (밤)

함성소리 아련하게 들려오는... 백가, 금고에서 금괴를 꺼내 봇짐에 급히 담는
다. 채씨, 나타나 말리는...

채씨　　　머더는 짓이다요? 영감 디지믄 요것들이 저승길 동무 해준답디여!
백가　　　비키지 못혀! (금덩이 챙기는)
채씨　　　(악쓰는) 시방 미쳤소!!!

콰! 문 부수는 소리! 백가, ! 채씨, 헉!

6.　　　동 마당 안 (밤)

민요군들, 닥치는 대로 부수고 호피 등 사치품들을 들고 나와 쌓는... 남서방
과 노비들, 머리를 박거나 서로 끌어안고 벌벌 떠는... 머리채를 잡혀 끌려나
온 채씨, 비명과 함께 내쳐진다.

송희옥　　　(채씨에게 칼을 겨누며) 백가놈 으딨어!
채씨　　　(절박하게) 몰러라! 참말 몰러라!
송희옥　　　백가놈 으딨냐니께! (칼을 치켜들면)

어디선가 나타난 유월이 '마님!' 하며 채씨를 감싸 안는다.

유월	살려주쇼이! (절박하게) 시천주조화정영세불망만사지... 시천주조화정...
사내	(E) 조병갑이다!!

7.   백가네 인근 거리 (밤)

혼비백산한 조병갑, 말을 타고 도주한다. 뒤에서 쫓아오고, 앞에서 달려들고 돌팔매에 낫 따위를 사정없이 던지는 군중들... 조병갑, 필사적으로 도망쳐 문을 빠져나간다. 민요군들, 쫓아간다. 죽창을 든 이강, 나타나 숨을 몰아쉬는데...

백가	(E) 거시기냐?

이강, 놀라 보면 저만치 담모퉁이에서 봇짐을 멘 백가, 슥 나타난다.

이강	(안도하고 피식) 무사허셨네요이.
백가	나가 누군디... 싸게 말이나 찾어 봐. (하는데)

백가 뒤에 나타나는 살기 어린 표정의 민요군들... 이강, 헉! 하는 순간 죽창이 백가의 등에 꽂힌다. 백가, 윽!

이강	아부지!

다른 사내가 찌른 죽창이 봇짐에 꽂히면서 금괴가 우수수 떨어진다. 백가의 무릎이 서서히 땅바닥에 닿는... 금괴를 보고 놀라는 민요군들의 몸에 표창이 날아와 박힌다.

8.   장터 임방 마당 안 (밤)

차인들, 대문에 빗장을 걸고 짐으로 막는다. 화덕에 물을 부어 불을 끄는 덕기, 칼을 들고 있다.

덕기   보부상한테 악감정 있는 놈들이 한둘이 아이다. 긴장들 단디 해레이.

덕기, 보면 마루 등롱 옆에 심란한 표정으로 앉아 있는 자인.

덕기   (다가가) 객주님... 불 좀 꺼야 되겠는데예?
자인   사발통문... 조병갑에게 갖다 주었어야 하는 걸까요?
덕기   다 지나간 일입니다, 기운내이소. (칼을 솜씨 좋게 휘저어 보이고 씨익 웃는)
      직이지예?
자인   이런다고 세상이 바뀌겠습니까?
덕기   택도 없심더. 임오년에 군인이 들고 일나도 안 됐는데 농부들이 난리친다고
      되겠십니꺼?
자인   (쓸쓸한) 전봉준이란 사람... 참 미련한 사람이네요.
덕기   미친갱이라예. (하는데)

뒤란 쪽에서 뭔가 쿵! 둔탁한 소리 들린다. 일동, !

9.   동 뒤란 (밤)

백가, 담에 기대 있고 땀범벅의 이강, 숨을 몰아쉬며 노려보는...
등롱을 든 자인과 덕기, 놀란 표정으로 서 있다.

덕기   거시기 니, 지금 뭐 하는 기고? 퍼뜩 몬 나가나?
이강   (자인에게) 죽다 살아왔구먼... 좀 도와줘.
자인   ...
이강   (간절하게) 씨벌 좀 도와돌라고...
자인   ... 끌어내세요.
이강   !
백가   (가늘게) 송객주...

자인	(보면)
백가	나가 가진 쌀... 그짝헌티 죄다 팔믄 되것능가?
자인	(피식) 민란이 터졌는데 읍내 싸전이 남아날 듯싶습니까?
백가	그늠은 그냥 점빵이라 그랬잖어... 큰 늠은 쩌그 백산에 있당게...
자인	... 값은 시세의 절반.
백가	(클클) 송객주 뜻대로 허소.
덕기	안 됩니더. 감차췄다가 들키모 우얄라꼬예?
자인	헛간을 내어주세요.
덕기	!
이강	(격한 안도)
자인	우선은... 각서부터 받으시구. (들어가는)
백가	(끙... 다 죽어가는)

10. 전주성 풍남문 앞 (낮)

당손, 영장의 발길질에 나가 떨어진다. 나졸들 긴장하고... 당손, 재빨리 영장 앞에 각 잡고 서는...

영장	군교라는 놈이 감히 파수 중에 도둑잠을 자?
당손	소, 송구합니다요! 한 번만 용서해 주십시오! (하는데)

영장, 냅다 걷어차면 당손, 정강이를 감싸 쥐고 쓰러진다. 불쌍하게 보이려 아이고~ 엄살을 떨던 당손, 슬며시 보면 영장이 어딘가를 유심히 보고 있다. 당손, 슬며시 일어나 같이 보면... 저만치 산발을 한 조병갑, 기진맥진 헐떡이며 달려오다가 철퍼덕 넘어지고, 또 일어나 달려오는... 당손, ?

11. 이화네 집 사랑방 안 (낮)

이현, 금괴를 물끄러미 본다. 곁에는 부러운 표정의 이화.

플래시백〉1회 44씬의,
백가 **초시 치기 전에 관찰사 대감 갖다드려.**

현재〉
이현 (쓸쓸한)
이화 (은근히) 관찰사 대감 만나는 김에 매부 야그도 쪼까 해주믄 쓰겄는디... 내일 모레 나이가 사십인디 아직도 말단 군교잖여.
이현 (애써 미소 지으며) ... 예.
이화 (반색) 참말이제? 난중에 까묵었니 으쩌니 그믄 안 되야? (하는데)
당손 (E) 처남! 처남!!

일동 보면, 당손이 헐레벌떡 들어온다.

당손 처남!
이현 무슨 일입니까?
당손 (일그러지는) 고부에서... (차마 말 못하는)
이화 음마? 고부가 머시 으쨌다고라?
당손 민란이 터졌댄다, 민란이!
이현 (굳는)

12. 이화네 집 마당 안 (낮)

이현, 봇짐을 싸들고 나선다. 당손, 따라 나온다.

당손 어허! 글쎄 가면 안 된다니까!

이현, 들은 척도 않고 신발을 신고 가는데 눈물범벅이 된 이화가 버선발로 뛰쳐나와 잡는다.

이화	안 되야! 느가 거그서 머슬 으쩌겄다고 이려?!
이현	매부, 누님 좀 잘 부탁합니다. (가려는데)
이화	(부여잡고) 감영서 군사덜얼 보낸다니께 조금만 참드라고, 고부 가서 무신 꼴을 당할라고 이려?!
이현	(답답한) 민란이 터졌어요! 가족들의 생사는 확인해야지요!
이화	그믄 과거넌?
이현	(보는)
이화	내일모레가 초신디, 안 칠겨? (울컥) 이현이 느 장원급제 시키겄다구 아부지가 쏟아 분 돈이 을맨지나 알어?!
이현	(망설이는... 이내 탄식이 터지는)

13. **장터 임방 헛간 안 (낮)**

물화들이 선반에 가득 쌓여 있는... 일각의 볏단더미에 누워 끙끙 앓는 백가... 벽에 기대앉아 바라보는 이강, 착잡한...

14. **과거 - 백가네 행랑채 마당 안 (낮)**

눈물 그렁한 유월 앞으로 떠밀려지는 도령옷의 어린 이강. 유월, 얼른 안고 보면 착잡한 표정의 백가와 싸늘한 채씨, 서 있다.

백가	인자는 행랑채서 엄니랑 살아야 쓰겄다.
어린 이강	(두려운 듯 품으로 파고드는) 엄니...
유월	이강아...
채씨	인자 고 이름도 찌끄리덜 말어! 나 눈에 흙이 들어가기 전에는 몸종 아들늠이 이현이허고 돌림자 노나쓰는 꼴 못 봐주니께! (홱 가는)
백가	(꿍얼대듯) 여편네, 성질머리허곤...
유월	참말로 너무허시네요이. 아무리 얼자래두 요로코롬 하루아침에 내치는 법이 으디가 있다요?

백가	내치긴 누굴 내쳤댜? 나 디지믄 이방은 누가 물려받으라고?
유월	(보는)
백가	얼자래도 아덜언 아덜... 건강허나 잘 키워.

15.　현재 – 다시 헛간 안 (낮)

이강, 흐읍 마음을 다잡는데... 문 따는 소리 들린다. 이강, 긴장해서 문에 다가가면 미음 정도 쟁반에 받쳐 든 자인이 냉랭하게 들어온다.

이강	배깥에 동태는 잠 으며?
자인	평소에 덕을 많이 쌓아둔 모양이더구나. 사방에 온통 너희 부자를 애타게 찾아다니는 자들뿐이니...
이강	말을 해도 꼭 빼딱허니... 관아 사람덜언 으째 됐댜?
자인	(백가 옆에 내려놓으며) 조병갑은 도망을 쳤다 하구 아전과 나장들은 태반이... (차마 말을 잇지 못하고, 옅은 한숨)
이강	(쓰벌 뱉고) 쩌그, 의원을 잠... 불러주믄 쓰겄는디?
자인	그랬다가 의원이 전봉준한테 일러바치면?
이강	(삐기듯이) 고거슨 걱정허덜 말어. 겁줘서 입 틀어막는 거슨 나가 수시로 해오던 일잉게로. (윙크하는)
자인	(어이없는 듯 보다가 싱긋) 하긴... 내가 괜한 걱정을 했네?
이강	그라제! 으따 장사꾼이라 긍가 사리분별이 겁나 빨라부네이.
자인	(대뜸 손바닥 내미는)
이강	?
자인	돈.
이강	(너털웃음) 나헌티 누가 돈을 달라그랴? 고부에 그런 으원 읎어.
자인	의원은 그렇다 치구 내게 구문¹을 떼어주어야지.
이강	구문?

1　구문: 알선 수수료.

자인	(끄덕)
이강	(으스대듯) 그까짓 거 몇 푼이나 헌다고... (진지하게) 달아 둬.
자인	(싱긋 웃다가 이내 정색) 거래 조건은 숨겨주는 것까지였어... 치료는 아니야. (휙 나가는)
이강	... 잡것.

16. 동 헛간 앞 마당 + 헛간 안 (낮)

자인, 문을 닫고 나오다가 흠칫한다. 저만치 덕기와 보부상들 앞에 최경선과 민요군들이 서 있다.

덕기	(사정조로) 진짜로 없다니까예. 우리가 미쳤다꼬 숨카주겠십니꺼?
최경선	글씨 있고 읊고는 우덜이 직접, (하다가 자인 보는)
자인	!
최경선	객주께서 으째 거그서 나온다요?
자인	(애써 태연하게) 객주니까요. 재고를 확인하고 나오는 참인데... 임방엔 어쩐 일이십니까?
최경선	이방 백가란 늠을 찾고 있응게 협조 좀 해주쇼이.
자인	협조요? (웃음을 터뜨리는)
최경선	?
자인	아무리 급해도 쥐가 고양이 품에 뛰어들겠습니까? 백가 그잔 방곡령을 부추겨 상도를 농단한 원흉... 제 눈에 떠여도 반은 죽은 목숨입니다.
최경선	(일리 있는, 그래도 미련이 남은 듯) 잠깐 헛간 좀 봅시다. (다가가는데)

덕기, 굳는... 자인, 보란 듯이 문을 쾅! 열어젖힌다. 최경선, 멈칫.
헛간 안에는 문가 벽에 붙어 단검을 바투 쥐는 이강, 극도로 긴장한.

| 자인 | (다부지게) 보부상만 드나드는 임방에 무단 침입도 있을 수 없는 일이거늘, 목숨과도 같은 물화들이 보관된 헛간까지 뒤지겠다? (열쇠 최경선을 향해 툭 던지며) 그래요, 어디 마음대로 해 보세요. |

최경선	...
자인	어서요!
최경선	...
이강	(긴장하는)
최경선	(돌아서는) 가자!

최경선, 민요군들과 나가면 덕기, 안도의 한숨... 이강, 털썩 주저앉고... 자인, 가늘게 몸을 떠는...

17. 만석보가 보이는 산등성이 (낮)

민요군을 대동하고 어딘가를 굽어보는 전봉준과 석주... 최경선이 다가와 아뢴다.

최경선	백가놈의 행방이 오리무중입니다.
석주	조병갑이가 도주한 마당에 그놈이라도 효수를 해야 하거늘...
전봉준	버러지들은 언제고 기어나오기 마련... (어딘가를 가리키며) 우선 저놈부터 처치하세!

일동, 보면... 저만치 〈萬石洑(만석보[2])〉 글씨가 새겨진 비석! 보 주변에 일꾼들이 더덕더덕 달라붙어 무언가를 설치하고 있는...

석주	(씁쓸한) 만석보라... 세금을 뜯어내기 위해 억지로 만든 것치고는 이름이 제법 그럴싸하지 않은가?
전봉준	농부들이 그러더군... 저기 담긴 것은 물이 아니라 저것을 지으며 흘린 자기들의 눈물이라고.

---

2   만석보: 조병갑이 농민들을 강제 동원해 만든 농업용 저수지.

보의 일꾼 중 한 명이 이쪽을 향해 다 됐다는 듯 손을 휘젓고... 일꾼들 철수한다. 전봉준, 고갯짓을 하면 허공에 나부끼는 신호깃발!
도화선에 불이 붙고 빠르게 타들어가는 불꽃... 사람들 긴장하고...

전봉준　진짜 거사는 지금부터일세!

콰콰쾅!!! 연쇄적인 폭음과 함께 만석보가 터지면서 봇물이 쏟아져 나온다. 그 위로 사람들의 환호성 들리면서...

18.　말목장터 (낮)

최경선과 민요군들... 연단 위에 산더미처럼 쌓인 쌀을 군중에게 나누어준다. 기뻐 날뛰는 군중들... 연단 구석에는 결박당해 무릎 꿇려진 홍가와 양반들이 떨고 있는... 간혹 돌멩이도 날아온다. 농악패와 사당패들이 흥을 돋우며 잔치 분위기다. 전봉준, 석주, 흐뭇하게 지켜보는.

19.　백가네 대문 앞 (낮)

송희옥과 민요군이 파수를 서는... 대문에 '狀頭廳(장두청[3])' 종이가 붙은. 보부상 한 무리가 나타나 대문 앞에 다가선다. 송희옥이 제지한다.

송희옥　머시여?
영장　(미소, 굽신대며) 아, 예... 태인의 동학 접주께서 장두님께 보낸 물건을 갖고 왔습니다요.

미심쩍은 표정의 송희옥, 영장 옆의 사내를 일별하면 긴장감에 저도 모르게

3　장두청: 투쟁지휘소.

헛기침을 한 뒤 어색하게 웃어 보이는 사내... 당손이다. 이들은 보부상으로 변복한 감영군들! 영장의 눈빛이 번득인다.

20.   동 마당 안 (낮)

영장과 감영군들, 짐을 앞에 놓고 서 있다. 날카로운 시선으로 주변을 살피는 영장. 몇 안 되는 민요군들의 경계가 느슨하다.

당손   (속삭이듯) 영장어른, 이거 좀 무모한 것 아닙니까요?
영장   (나직이) 장두만 처치하면 나머진 항복하게 되어 있어.

전봉준, 최경선, 송희옥, 걸어 나온다.

전봉준   어서 오시오! 그래, 무슨 선물입니까?
영장   태인의 접주님께서 거사에 도움이 될 거라 하시면서... 와서 한번 보시겠습니까?
전봉준   (혹해서) 그래요! 어디 보십시다.

전봉준, 다가서고 감영군들, 각자 앞에 놓인 짐을 푼다.

전봉준   노랭이로 소문난 관찰사 대감이 과연 어떤 선물을 보냈을꼬...
영장   (멈칫 보는) 예?
최경선   느덜 겉은 늠들 잡으라고 접주들끼리 미리 약조헌 거시 있는디...

송희옥, 팔을 들어 올리면 손목에 노란 띠가 묶여져 있다. 감영군들, !!
느슨하던 민요군들이 일제히 무기를 겨누면 손목에 묶인 노란 띠들!

영장   (짐에서 칼을 빼며) 쳐라!!

영장, 전봉준에게 칼을 찔러간다. 최경선의 칼이 먼저 영장의 가슴을 꿰뚫는다. 칼을 뽑아들던 감영군들, 흠칫! 별채, 대문 밖에서 민요군들이 들어와 포위한다. 당손, 칼을 던지고 무릎을 꿇는다.

당손   살려주시오.

감영군들, 칼을 던지고 일제히 무릎을 꿇는다. 뒤늦게 나타난 석주, 민요군의 틈을 비집고 들어와 영장의 시체를 본다. 착잡한...

전봉준   (당손에게) 돌아가 관찰사에게 전하시오. 곧 뵈러 가겠다고.
석주   !

21.   백산 무기창 앞 (낮)

최경선이 지켜보는 가운데 민요군들이 조총, 탄약 등을 가득 실은 수레와 대포들을 끌고 간다. 일각에 병사들이 포박당해 있다.

22.   백가네 안채 / 거실 안 (낮)

석주, 문을 거칠게 열고 들어온다. 전라도 지도 정도 펴놓고 서 있던 전봉준, 최경선, 송희옥 등 동학도인들, 보면...

석주   백산까지 나아가 무기고를 습격했다는 것이 사실인가?
전봉준   (도인들에게) 자네들은 좀 나가 있게.
도인들   (나가는)
전봉준   일단 좀 앉게.
석주   사실이냐고 묻고 있지 않은가!
전봉준   (웃는) 거 사람, 성미하고는... (천연덕스레) 사실이네.
석주   (답답한) 대체 이러는 의도가 뭔가? 어찌 이리 사태를 키우는 것이야?
전봉준   고부성을 깬 다음에 무기를 탈취하고 여세를 몰아 전주를 점령, 그 다음엔

	한양으로 진격... 격문에 적힌 그대로 하고 있는 중이네만?
석주	말 그대로 격문일 뿐일세! 군중을 선동하고 탐관오리의 간담을 서늘케 하기 위한 격문!!
전봉준	(피식) 그건... 자네의 격문일세. 나의 격문에 허풍 따위는 없어.
석주	(어이없는) 허면 저 오합지졸 의병들을 이끌고 전주성을 치기라도 하겠다구?
전봉준	다른 고을의 동학도인들에게도 거병하라 기별을 하였네.
석주	!
전봉준	그리되면 전주성쯤은 능히 함락할 수 있어.
석주	망발을 삼가시게, 녹두!!
전봉준	(불쾌한 듯 보는)
석주	한 고을의 봉기는 수령에 대한 저항일 뿐이나 고을의 경계를 벗어나면 주상전하에 대한 도발로 간주되는 것임을 몰라서 하는 소린가? 반역이란 말일세!!!
전봉준	임금을 올바른 길로 이끄는 것을 어찌 반역이라 하는 것인가?
석주	(기막힌) 뭐라?
전봉준	백성들이 원하는 진정한 개혁... 그것은 전하의 성은이 아니라 백성들의 힘을 보여줄 때만 가능한 것임을 모르시는가?
석주	(단호히) 조정에서 곧 안핵사를 파견하여 수습에 나설 것이야. 우린 여기서 기다리기만 하면 되는 것이구!
전봉준	(탁자를 팍! 치며 일어나는... 노기 어린) 그간 도처에서 무수히 많은 민란들이 터졌고 수많은 탐관오리들을 죽였네! 허나 바뀐 것이 있는가? 새로운 탐관오리가 와서 보복을 자행하고, 탐학을 일삼고, 해서 또 민란이 터지고 또 죽이고, 또 죽고 또!!!... 이젠 종지부를 찍어야 하네.
석주	천만에! 나는 고부에서 단 한 발짝도 움직일 수 없네!
전봉준	(다가서는)
석주	(노려보는)
전봉준	(낮지만 준엄한 어조로) 경계를 넘는 것을 두려워하지 말게. 가보지 않았을 뿐... 갈 수 없는 곳이 아니야.
석주	차후에... 또다시 고부를 벗어나는 날엔... 내가 자네를 벨 것이야. (획 나가는)
전봉준	(쏘아보는)

23.   전라감영 외경 (밤)

김문현   (E) 장두청에 내분이 일어난 것 같다구?

24.   동 집무실 안 (밤)

김문현, 놀란 표정으로 봉길을 본다.

봉길   전봉준이가 판을 키울라는 거슬 황석주라는 선비가 막고 있다고 헙니다. 동 참혔던 다른 양반덜도 불만이 솔찬히 많은 모양인디요.
김문현   틀림없는 사실이겠지?
봉길   장똘뱅이덜 귀동냥이 은제 틀린 적 있습니까? 소인의 의동생놈이 직접 보고 들은 것잉게 믿어도 되는구먼이라.
김문현   (중얼대듯) 자중지란이 일어났으니 장두놈만 처치하면 되는데... (뭔가 떠오른 듯) 자네 의동생이 거기 있다구?
봉길   (의아한) 야, 근디 고거슨 으찌...
김문현   (의미심장하게 바라보는)

25.   고부 / 장터 임방 마당 안 (낮)

덕기, 한 보부상에게 곰방대를 전해 받는다. 보부상, 긴한 표정으로 인사하고 나가는... 곰방대를 돌리면 돌돌 말린 쪽지가 나온다. 펴보는 덕기, 대번에 표정이 굳어진다... 허! 한숨 토하며 돌아보는데 자인이 대청에서 지켜보고 있다. 헙! 반사적으로 쪽지를 입 안에 털어 넣는 덕기. 자인, 내려선다.

자인   ... 퉤.
덕기   (난감한)
자인   퉤!!!

덕기   (하는 수 없이 쪽지를 뺏어 펴 보이면...'殺狀頭[4]'라 적힌)

자인   (굳는)

26.   동 헛간 안 (낮)

창백한 안색으로 끙끙 앓는 백가... 이강, 백가의 상처에 헝겊을 누르면 끄윽! 신음을 토해낸다. 헝겊에 흥건히 배인 피고름... 백가, 가쁘게 숨을 몰아쉬는...

이강   (헝겊 내던지고) 흐미... 미쳐불것네이...

자인   (E) 글쎄 안 된다니까요!

이강   (보는)

27.   동 마당 안 (낮)

냉랭한 표정의 자인, 덕기와 마주 서 있다.

덕기   (답답한) 관찰사 대감이 시킨 거를 우예 안 합니꺼?

자인   보부상이 자객단도 아니고 장두를 죽이라니... 죽일 수나 있습니까?

덕기   해 봐야지예. 개겼다가는 봉길이 행님 작살날지도 모립니더.

자인   누구 맘대루요? 보부상 수천 명이 선출한 도접장입니다!

덕기   잡아다 줘패고 옥에 가두고 그캐야 작살입니꺼? 임방에서 걷어가 바치는 장터세, 거래세, 잡세... 싹 다 조사해 보자카모 우얄낀데예?

자인   (딱하다는 듯) 간이 그리 작아가지구 훈련도감의 무관은 어찌 하셨을까? 그거 털면 관찰사 지놈은 온전하구요?

덕기   전매권[5] 갖고 협박하믄예? 유기, 소금, 생선 중에 딱 하나만 회수한다캐도예,

---

4   장두를 죽여라.

5   전매권: 어떤 물건을 독점하여 판매하는 특권.

행님 그 자리 보전 못 합니다.

자인   참~ 걱정도 팔자십니다. 국법은 괜히 있구, 조정의 상리국[6]은 허수아빕니까? 관찰사 지 맘대로, (하는데)

덕기   (짜증 팍) 지발 거 하나마나한 소리 쫌 하지 마이소!!!

자인   !

덕기   봉길이 행님 다리가 우야다 그래 됐십니꺼? 병인양요 때 끌리가가 코쟁이들캉 총질하다 그래 됐다 아입니꺼?

자인   (화나는) 근디요? 고거시 머시 으쨌다고오!

덕기   보부상한테 전쟁도 시키는 나라란 말입니더!

자인   !

덕기   (울컥) 장두 한 놈 직이라카는 거 가꼬 이래 난리를 치모... 객주님도 장사 몬 해 묵십니더.

자인, 말문이 막히는데 헛간 안에서 거칠게 문을 두드리는 소리!

28.   다시 헛간 안 + 앞 (낮)

자인, 신경질적으로 헛간 문을 벌컥 열면 이강이 능글맞은 미소를 짓고 있다.

자인   뭐야?

이강   눈물 없인 듣기 심던 감동시런 야그가 들려싸서.

자인   최행수, 이놈 아야 소리도 못 내게 재갈을 물려버리세요. (하는데)

이강   어허, 도와줄라는 사람헌티 그믄 쓰간디?

자인   ... 도와주다니?

이강   나가 장두청으로 드가는 개구멍을 아는디...

자인   !

6   상리국: 보부상을 보호하기 위하여 설치한 기관.

덕기　거 개구멍이 있단 말가?

이강　안채꺼정 직방으로 통허는 길인디, 으떠? 나가 길잡이를 헐팅게 부탁 한나 들어줄랑가?

자인　(보는)

29.　말목장터 (밤)

곳곳에 민요군들이 횃불을 들고 지키거나 몰려다니는... 일각에서 민요군의 검문을 받는 가마 하나. 가마꾼으로 변복한 덕기 일행이다. 민요군이 가마창을 열면 침쟁이가 앉아 있다. 가마창 닫히고 가마, 이동한다.

30.　장터 임방 헛간 안 (밤)

덕기, 침쟁이의 눈가리개를 풀면 안을 본 침쟁이의 안색이 변한다. 누워 있는 백가 옆에 이강이 살벌하게 노려보는...

침쟁이　(히익!) 거, 거시기? (하다가 헙! 제 입 막는)

이강　자상에 대침 찔러본 적 있으?

침쟁이　(바짝 얼어) 야!

이강　디지기 싫으믄... 살려.

침쟁이　(꿀꺽)

31.　고부관아 / 형옥 안 (밤)

산발에 엉망이 된 홍가, 선비들을 대동한 석주 앞에 무릎 꿇고 있다.

석주　(노려보는) 백가가 숨은 곳을 대라.

홍가　(헉!) 모릅니다요.

석주   형방이 된 것도 백가가 천거한 것이라 들었다. 심복이나 다름없는 놈이 만약을 대비한 은신처도 모른다?

홍가   글씨 참말로 모른다니께요~ 그 인간 뱃속에 구렁이 수십 마리가 똬리를 틀고 앉았는디 고런 중헌 거슬 소인헌티 알려주겠습디여? (울먹이는) 믿어주셔라... 지는 암것도 몰러라...

석주   (답답한)

32.   다시 장터 임방 헛간 안 (밤)

침쟁이, 백가의 상처에 굵은 대침을 찌른다. 재갈을 문 백가, 으헉! 비명을 토한다. 곁에서 백가를 부여잡은 이강. 문가에서 지켜보는 자인과 덕기. 침쟁이, 고름을 긁어내면 백가, 고통에 자지러진다.

이강   (우쒸) 이늠 순 돌팔이 아녀?

진땀을 흘리는 침쟁이, 대침을 찌르면 백가, 격하게 꿈틀대고 상처에서 검은 피고름이 툭툭 솟아나온다. 끄으으... 혼절하는 백가!

이강   (헉!) 으째 이려?

침쟁이   (상처를 싸매며) 고비넌 넘겼구먼이라.

이강, 격하게 안도하고... 자인, 침쟁이 앞에 엽전 꾸러미를 던진다. 반색하는 침쟁이의 눈을 가리는 덕기.

덕기   거시기 니도 인자 채비해가 나온나. (데리고 나가는)

이강   (듣는 둥 마는 둥 벌러덩 드러누워 눈을 감는)

자인   뭐야, 채비하란 말 안 들려?

이강   있어 봐. 죽고 사는 문젠디 나도 마음으 준비란 걸 쪼까 혀야 되지 않겠어?

자인   준비만이야... 맘 변해서 배째라는 안 돼.

이강   으디 한번 그래보끄나? 침쟁이 한나에 목심을 걸라니께 이거 영 밑지는 장사 겉어서 말여.

자인	밑지는 장사도 엄연히 거래. 난 거래를 깨는 자는 용서 안 해.
이강	뻥긋하면 그늠으 거래, 거래... 이녁은 매사에 주고받고밖에 읎어?
자인	그럼 뭐가 또 있는데?
이강	그냥.
자인	뭐?
이강	마음 가는 대로 그냥... 그런 게 있으.
자인	(물끄러미 보는)
이강	(후~ 숨 내쉬고) 근디 여자가 있어서 긍가 가심이 찌르르험서 으째 거시기 생각만 난다냐?
자인	(울컥) 이놈이 이젠 희롱까지! (잡아 일으키며) 일어나 채비나 해! 얼른! (하는데)
이강	(순식간에 자인을 벽으로 밀어붙이는)
자인	!
이강	머시여, 희롱?
자인	(긴장, 노려보는)
이강	(피식) 엄니 말이여, 엄니. 남도 사람이 거시기허믄 척허고 알아묵어야제... 조신허게 생개가꼬 의외로 음란헌 구석이 있구먼?
자인	(빙그레 웃는)
이강	?
자인	(냅다 사타구니를 무릎으로 가격하는)
이강	(윽! 주저앉는)
자인	잡것이 디질라고 으디서 찔빽대고 지랄이여.
이강	(비명도 못 지르고 버둥대는)
자인	허이구~ 엄살은... (휙 나가는)

33. 동 헛간 앞 (밤)

문을 닫고 나오는 자인... 멈칫 선다. 찜찜한 그녀의 시선에 지게 작대기가 보인다. 작대기를 양손으로 꼭 잡고 무릎으로 올려 찍는... 쩍! 단박에 부러지는 작대기... 헉! 놀라는 자인... 기다렸다는 듯 헛간 안에서 들려오는 이강의 처절한 비명소리... 흠칫한 자인, 서둘러 사라지는...

34.   백가네 담장 일각 (밤)

저만치 파수를 서는 민요군이 보인다. 담장을 넘어 어둠 속에 숨는 이강과 덕기. 이강, 몸을 낮춰 이동하면 덕기, 따른다.

35.   동 안채 / 백가의 방 안 (밤)

창밖을 바라보는 전봉준. 문이 천천히 열리고 석주, 들어온다.

석주   날세.
전봉준   ...

36.   동 안채 뒤란 (밤)

홀로 나타난 이강, 볏단 앞에 웅크린다. 볏단을 치우면 작은 쪽문이 나타난다. 뒤따라온 덕기, 적이 놀라는... 이강, 기어들어간다.

37.   다시 백가의 방 안 (밤)

석주   다른 고을의 동학접주들이 거병을 한다 하던가?
전봉준   여부가 있겠는가? 태인군, 무장현을 비롯하여 남접[7]의 접주 대부분이 봉기를

---

7   남접: 전봉준, 손화중, 김개남 등이 중심이 된 전라도 지역의 동학 강경파.

준비 중일세.

석주 정녕... 전주성으로 진격을 하겠다구?

전봉준 (돌아보는, 미소) 고부에서 끝낼 생각이었으면 시작도 하지 않았어.

38. 동 안채 / 거실 + 복도 (밤)

슬며시 열리는 문, 단검을 입에 문 이강이다. 캄캄한 실내에는 아무도 보이지 않는다. 이강, 덕기를 향해 고개를 젓는다. 복도를 몇 걸음 나아가면 불이 켜진 백가의 방이 보인다. 이강, !

39. 다시 백가의 방 안 (밤)

석주 (설득조로) 그러지 말고 백가놈을 찾아내 참수하는 선에서... 거사를 마무리하세.

전봉준 (싸해지는) 뭐라... 마무리?

석주 (내심 섬뜩해지는... 굳는)

전봉준 (노려보는)

40. 동 앞 (밤)

다가선 이강, 덕기와 눈짓을 주고받는다. 덕기, 칼을 뽑아 들고 이강, 들어가려는 순간 화살이 날아와 이강의 얼굴 옆에 박힌다. 이강과 덕기, 보면 복도 끝에서 민요군들이 활을 들고 서 있다. 좌우 복도에서 횃불과 칼을 들고 나타나 포위하는 최경선과 송희옥의 민요군들.

최경선 칼 버려.

덕기, 순순히 칼을 던진다. 이강, 분한 듯 단검을 내던지는... 문이 벌컥 열리고 놀란 표정으로 뛰쳐나오는 석주.

석주	(흠칫) 이런!
덕기	(덤덤히) 관찰사 대감이 시키가 억지로 온 깁니더. 아량을 베풀어 주이소.
석주	(이강을 발견하고 다가서는) 백가, 지금 어디 있느냐?
이강	(태연히) 나허고 전주로 내뺐응게 시방은 딸내미 집서 주무시것제라?
석주	혀를 잘라버리기 전에 이실직고 하거라! 전주서 보았다는 사람이 없어!
이강	(피식) 고부서 봤다는 사람언 있고?
석주	이놈이!
최경선	그믄... 느넌 으째 다시 온겨?
이강	여그가 장두청인디 그짝이 관찰사래믄 언 늠을 보내것어?
최경선	(미심쩍은 듯 보는데)
전봉준	(E) 오랜만이구나.

이강, 보면 덤덤한 표정의 전봉준이 모습을 드러낸다.

이강	진즉에 요절을 내부렀어야 혔는디... 원통허네이.
전봉준	(이강의 단검을 집어드는) 오늘도 어김없이 날이 아주 바짝 서 있구나... (이강을 미소로 보며) 그거 하난 마음에 들었었다.
이강	먼 개소리여?
전봉준	주인을 제대로 만났으면 좀 더 큰 칼이 되었을 터인데...

전봉준, 지나쳐간다. 이강, 보는...

41.   동 이현의 방 안 (밤)

전봉준, 탁자에 단검을 내려놓고 앉는다.
맞은편에 앉은 여인, 냉랭한 표정의 자인이다.

전봉준	덕분에 낭패를 면했소이다... 고맙소.

자인	공치사 듣자고 한 일이 아닙니다. 사람들이나 풀어주세요.
전봉준	행수는 곧 방면하겠소. 허나... 거시기놈은 아니 되겠습니다.
자인	!... 나으리.
전봉준	놈이 워낙에 지은 죄가 많아놔서... 원한을 품은 백성이 부지기수요.
자인	(노려보는) 봉기란 것이 고작 사사로운 복수심으로 잔챙이들의 목숨이나 거두는 짓이었습니까?
전봉준	(부드럽게) 그만 돌아가시오.
자인	(다부지게) 선처하세요... 그래야 봉기이구... 장두십니다.
전봉준	놈은... 이미 내 손을 떠났소.
자인	!

42. 백가네 앞 거리 (밤)

손과 발에 족쇄를 찬 이강, 성난 군중들에게 끌려 나온다. 대문가의 송희옥과 민요군들조차 말릴 엄두를 내지 못한다. 저주와 욕설 속에 이리저리 걷어차이며 끌려가던 이강, 누군가 휘두른 몽둥이에 머리를 직격당하고 고꾸라진다. 충격에 얼이 빠져버린 이강의 얼굴에 아낙이 퉤! 가래침을 내뱉는다. 머리채를 잡힌 채 끌려가는 이강.

43. 관아 앞 거리 (밤)

다급히 달려오던 자인, 눈앞에 펼쳐진 광경에 아연실색한다. 도르래가 달린 형틀 밑에 널브러진 이강. 그의 목에 올가미가 걸리고 사내들이 힘껏 밧줄을 당긴다. 끄윽! 버둥대며 허공으로 딸려 올라가는 이강.

| 자인 | (토하듯) 안 돼... |

허공에서 발버둥치는 이강. 당혹스러워하는 자인. 이강의 눈자위가 희번득해지는데...

| 유월 | (군중을 헤치고 뛰쳐나오는) 그만~!!! |

유월, 사내들을 우악스럽게 밀쳐버린다. 사내들, 우르르 넘어지고 이강의 몸뚱이가 바닥에 떨어진다. 이강, 크흑! 숨이 넘어갈 듯 목을 부여잡는다. 곡괭이를 집어 들고 대치하는 여인, 핏발 선 눈의 유월이다.

| 유월 | 으째들 이려? 야가 먼 죄가 있다고!!! |
| 사내1 | 저리 안 비켜! (다가서면) |

곡괭이가 사정없이 허공을 가른다. 움찔 물러서는 사내1.

| 유월 | 야는 암 죄도 없당게. 즈그 아부지가 시키는디 야가 멀 으째? 느덜은 느그 아부지 말 안 듣고 산대? 느덜은 다 호로새끼들이대!!! |
| 이강 | (버둥대듯 팔을 뻗으며) 엄니... |

맨손의 사내들, 서서히 유월을 압박해가는...

| 유월 | 그려, 와야. 모다 대그빡을 조사줄텅게 오라고! |

사내들, 달려들고 유월, 필사적으로 곡괭이를 휘두르는... 한 사내에게 밀려 비틀대던 유월, 본능적으로 곡괭이를 치켜들다가 멈칫한다. 정면에 군은 표정의 전봉준이 서 있다. 자인, !

유월	(곡괭이를 쥔 손에 힘이 풀리며 울컥하는) 장두어른...
사내들	(다가와 유월의 팔을 제압하는)
유월	지발... 우리 아덜, 올 이강이 좀 살려주셔라... 야?
전봉준	...
사내1	시방 먼 헛소릴 허고 자빠졌디야!
유월	(사내들에게 끌려 나가며 절박하게 외치는) 장두어른~!!!
전봉준	...

아낙	장두께선 상관허덜 마쇼! 요건 거시기허고 우덜 문제니께!
노인	이딴 늠 살려주믄 장두고 머시고 읎어!

군중, '암먼!', '맞당게', '죽여부러!' 등 일제히 성토를 해대는... 전봉준, 제지하듯 한 손을 든다. 이강의 단검이 쥐어져 있다. 사위가 잠잠해지고 전봉준, 이강에게 다가가 한쪽 무릎을 굽혀 앉는다. 기진한 이강, 노려보면...

전봉준	이름이 이강이었더냐?
이강	(피식) 거시기라니께...
전봉준	(지그시 보는)
이강	(체념한 듯) 인자... 그만 끝내주쇼...
전봉준	나를 위해서라도 너는 다시 오지 말았어야 했다. 대의보다 복수에 집착하는 군중에게... 혁명은 실패로 복수하는 법이거든.

전봉준, 땅을 짚고 있던 이강의 오른 손등에 사정없이 단검을 박는다. 이강의 눈이 커지고 자인, 헉! 이내 섬뜩한 비명이 터져 나온다.

유월	(끌려가며 절규하는) 이강아!!!
전봉준	(이강의 뒷덜미를 잡아 목전에 당기고) 똑똑히 들어라! 저것이 너의 이름이다!
이강	(흐느끼듯 신음을 토하는)

단검을 뽑아낸 전봉준, 이강의 올가미를 잘라버린다. 이강, 손등을 부여잡으며 쓰러진다. 일어나 군중을 돌아보는 전봉준.

전봉준	거시기는... 이제 죽었소.

흥분이 가신 듯 숙연해져 흩어지는 군중... 넋을 놓고 주저앉은 유월을 본 전봉준, 침통하게 사라진다. 자인, 이강을 착잡하게 지켜보는...

44.　백가네 앞 (밤)

얼빠진 표정의 유월, 터벅터벅 걸어와 대문 앞에 쪼그려 앉는다.

명심　(E) 나 좀 보세.

유월 보면 쓰개치마를 쓴 명심이 다가선다.

명심　(쓰개치마를 어깨 정도로 내리고) 자네가 유월인가?
유월　... 근다라?

45.　황진사댁 별채 / 명심의 방 안 (밤)

문이 열리고 유월, 명심을 따라 들어선다.

명심　(헛기침하고, 누군가에게) 데려왔네.

병풍이 걷히고 이현이 나타난다. 유월, 헉!

이현　(헛헛한) 그간 무탈하셨냐는 말은 하지 않겠습니다.
유월　되렌님...
이현　형님 얘긴 명심아씨께 이미 들었습니다.
유월　(설움이 북받쳐 주저앉는) 어이구~ 되렌님... (입을 틀어막고 흐느껴 우는)
이현　(힘든)

46.　고부관아 형옥 안 (밤)

복도를 민요군이 순찰한다. 손에 헝겊을 감은 이강의 옥방... 맞은편 옥방엔
기진하여 널브러진 홍가... 민요군 지나가면... 옆 옥방에서 억쇠와 철두가 머

리를 내미는...

억쇠　(속삭이듯) 대장... 많이 다친겨? 이?

이강　(멍하니 벽만 바라보는)

철두　(답답한) 염병... (문득 어딘가 보고) 아짐?

헝겊을 든 유월이 걸어온다. 뒤편에선 남서방이 민요군에게 엽전을 슬쩍 찔러준다. 유월, 이강 옥방의 창살 앞에 쪼그려 앉는다.

유월　(헝겊에서 약을 꺼내며) 손 내봐.

이강　... 놓구 가.

유월　(창살 안에 손을 넣어 이강의 팔을 끌어당기며) 등신 되고 잡어 이려? 덧나믄 잘라야 된디야!

이강　(고통에 표정이 절로 일그러지는... 끙!)

유월　(헝겊을 푸는... 억장이 무너지는 것을 꾹 참는)

이강　... 미안혀.

유월　(흡! 눈물 삼키고, 나직이) 되렌님이 왔구먼.

이강　!

유월　... 아부지 으디 기시냐?

홍가　(눈을 번쩍 뜨는)

47.　장터 임방 헛간 안 (밤)

백가, 컥! 기침하며 몸을 비튼다. 통증이 몰려오는 듯 신음을 토하는...

백가　물... 거시기 뭐더냐?... (버둥대며) 물... 물~!!

48.　백가네 안채 / 거실 안 (밤)

최경선, 석주에게 술잔을 올린다. 불편한 기색의 석주, 받아 마시면...

최경선   (서글서글한 미소) 진사나리... 인자 장두헌티 쪼까 양보를 허시쥬?
석주   무슨 양보?
최경선   다 험께 관찰사 때레잡으러 가장게요. 백가늠도 전주 있다니께 고놈도 다 험께 잡고요. (너스레) 으따 허버 재미지겄소이?

석주, 피식 술잔을 드는데 송희옥이 홍가를 끌고 들어온다. 일동, 보면

송희옥   이늠이 황진사께 긴히 고할 것이 있다고 헙니다.
석주   뭔가?
홍가   백가가... 숨은 곳을 아는구만이라!
석주   !
최경선   거가 으디여?
홍가   말씀드리믄 소인언... 살려주시는 거지라이?
석주   ... 그리하지.
홍가   (울컥, 바닥을 짚고 엎드리며) 장터... 보부상 임방[8]에 있습니다!

49.   장터 임방 헛간 안 (밤)

백가, '물', '물' 하며 문 쪽으로 기어나온다. 어둠 속에서 사방으로 손을 뻗다가 쟁반의 물그릇을 엎는다. 허겁지겁 흘린 물을 핥고 그릇을 빨아먹는데... 문 밖에서 누군가 다가서는 발소리... 백가, 흠칫해서 보면 툭! 열쇠를 부수는 소리... 백가, 불안감에 안으로 기어들어가는... 문이 열리고 들이닥치는 누군가... 질겁하여 볏단으로 기어들어가는 백가... 공포에 질린 백가의 눈앞에 나타나는 사내... 백가, 헉! 소리도 내지 못하고 침을 꿀꺽 삼키는... 칠흑 같은 어둠 속에서 품의 무언가를 꺼내는 사내.

---

8   임방: 지역본부.

백가   (칼이다 싶은) 살려주쇼...

허공에 켜지는 성냥불... 불빛 너머로 참담한 표정의 이현이다.

백가   (홉뜨는) 느!... 느가 으찌 여길!
이현   (탄식) 아버지...
백가   (표정 일그러지는, 성마른 목소리로) 과거넌 으쩌구... 과거럴 봐야지이!
이현   (참담한)

50.   거리 (밤)

최경선과 민요군들을 태운 말들이 달려간다.

51.   말목장터 (밤)

보부상을 대동한 자인, 굳은 표정으로 종종걸음을 걷는다.

52.   장터 임방 일실 안 (밤)

등롱 옆의 백가, 경첩장 서랍들을 힘겹게 열어젖힌다. 속타는 이현.

이현   대체 왜 이러세요? 속히 피하셔야 합니다.
백가   (들은 척도 않는)

플래시백〉9씬의,
자인   **우선은... 각서부터 받으시구.**

현재〉
백가, 서찰을 하나 꺼내드는 순간, 대문 열리는 소리! 백가, 헉!

53.   동 마당 안 (밤)

보부상들과 들어온 자인, 곧장 헛간 쪽으로 걸어간다. 자물쇠가 바닥에 떨어
진... 의아한... 문을 열면 스르륵 열리는... 순간, 바깥에서 말발굽 소리가 들리
는가 싶더니 최경선과 횃불을 든 민요군들이 들이닥친다.

자인   웬 놈들이냐!
최경선   (칼을 뽑으며 다가서는) 비켜!

최경선, 민요군과 헛간으로 들이친다. 자인, !

54.   동 헛간 안 (밤)

최경선과 민요군들, 들이닥친다. 안쪽 볏단에 피 묻은 헝겊과 그릇 등이 보일
뿐, 백가는 보이지 않는... 헝겊을 집어든 최경선, 되돌아 나오면 문가에 자인,
침착하게 서 있다.

최경선   (헝겊을 들어 보이며) 백가늠 워딨어?
자인   저야 모르지요. (미소) 헌데 그 흉한 물건은 뭡니까?
최경선   시침 띠지 말어! 다 알고 왔으니께!
민요군   (E) 거기 서!

바깥에서 요란한 말 울음소리! 최경선, 뛰쳐나간다.

55.   동 뒤란 + 거리 (밤)

두 사람을 태운 말이 임방을 뛰쳐나간다. 잠시 후 최경선과 민요군의 말이 달려와 뒤를 쫓는다.

최경선 잡아라!

어둠 속을 맹렬히 질주해 가는 말들... 의아한 표정의 자인, 뒤란 후문에 모습을 드러낸다. 말발굽 소리 멀어지면 옅은 한숨 내쉬며 돌아서는데... 이현이 나타난다. 자인, !

이현 (다가서며) 저를 기억하시겠습니까?
자인 기억은 합니다만.
이현 청이 있습니다.
자인 ?
최경선 (E) 이런 빌어먹을!

56. 들판 (밤)

말에서 내린 최경선, 분통을 터뜨린다. 민요군에 포위된 말 위에서 눈만 껌뻑대고 있는 남서방과 유월.

남서방 유월아... 우덜이 뭘슬 잘못혔으끄나?
유월 글씨...
최경선 (말에 오르며) 아직 장터 으디 있을 것이여! 가자!

최경선과 민요군들, 말을 타고 달려간다.

57. 장터 임방 뒤란 (밤)

가마 앞에 가마꾼들 서 있고 이현, 자인에게 금괴를 내미는...

자인	거스름돈 세다가 날 새라구요?
이현	설마요. 받기만 하세요.
자인	받은 셈 칠 터이니 가마나 가져가세요.
이현	적선은 원치 않습니다.
자인	적선은커녕 외상도 아니 주는 사람입니다. 이건...

인서트〉32씬의,

이강	**... 그냥.**

자인	그냥이란 것입니다. (가는)
이현	(의아한)

58. 말목장터 일각 (밤)

가마가 어둠 속으로 빠져나간다.

59. 고부 어귀 + 가마 안 (밤)

장승을 향해 빠른 속도로 나아가는 가마... 말발굽 소리가 들리면서 최경선과 민요군의 말이 나타난다. 놀란 가마꾼들 걸음을 재촉해보지만 장승께에서 따라잡혀 포위되는... 가마, 멈추면...

최경선	물러서라.

가마를 내려놓고 빠지는 가마꾼들... 말에서 내린 최경선, 칼을 빼고 가마를 향해 다가간다. 긴장을 늦추지 않고 조심조심 다가간 최경선, 가마창을 열면... 헉! 과장되게 놀란 척하는 명심이다. 최경선, 멈칫!

명심	누, 누구냐?
최경선	아니, 저기…
명심	어서 창을 닫지 못하겠느냐! 소리를 지를 것이다!
최경선	아, 죄송허게 됐소. 가쇼. (가마창 닫는)

가마, 떠난다. 최경선, 애꿎은 장승에게 화풀이하는.
가마 안의 명심, 안도의 한숨 푹 내쉬는…
최경선과 민요군의 말이 돌아간다. 근처 수풀에서 백가를 업은 이현이 나타난다. 땀범벅이다. 백가, 끄으으… 힘들어하면…

이현	조금만 참으세요. 날이 밝기 전에 백산까지 가야 합니다. (끙차! 업고 산으로 들어가는)

60. 장터 임방 헛간 안 (밤)

등롱을 들고 볏단께를 착잡한 표정으로 바라보는 자인.

61. 관아 형옥 이강의 옥방 안 (밤)

벽에 기대앉은 채 눈을 질끈 감고 있는 이강… 역시 착잡한…

62. 몽타주 (밤)

1) 능선 – 삭풍이 몰아치는… 백가를 업고 악착같이 걷는 이현.

플래시백〉1회 32씬의,

백가	(껄껄 웃는) 오매, 내 새끼 용맹헌 거 보소! (대견한) 그려, 장혀!

2) 개울 – 얼음장 같은 물을 디디며 백가를 업고 가는 이현.

플래시백〉1회 31씬의,

백가 　**느자구 읊는 늠. 자석이 과거를 보는디 긴장 안 헐 애비 있대?**

3) 경사길 – 나뭇가지와 옷으로 만든 들것에 백가를 실어 위에서 끌어당기는 이현... 그러나 들것이 미끄러지면서 딸려가는 이현... 가까스로 디딜 곳을 찾아 필사적으로 버티는 이현!

플래시백〉1회 33씬의,

백가 　**이현아, 이 애비는 말여...**

현재〉
이현, 안간힘을 써서 당기는... 꼼짝도 않는 들것... 신음하는 백가...

백가 　(Na) 지지리도 가난헌 아전집 아들로 태어나서 요날 요때꺼정 아전 나부랭이로 살았지만... 죽을 띠는 말이여... (간절함이 섞인) 정승 아부지로 죽고 잡다.

이현, 괴성을 지르면서 젖 먹던 힘을 다해 들것을 끌어올리는...

63. 　**역참 앞 (새벽)**

역졸이 화덕불 옆에 앉아 졸고 있다. 고개를 주억이다 흠칫 눈을 뜬 역졸, 앞을 보고 창을 겨눈다. 저만치 여명이 밝아오는 가운데 백가를 업은 이현이 터벅터벅 걸어온다. 금방이라도 쓰러질 듯 위태로운...

역졸 　누, 누구냐!

역참에 다다른 이현, 백가와 함께 엎어진다. 역졸, 놀라서 다가가면...

이현   (숨을 몰아쉬며) 이분을 방으로 뫼시세요...

백가, 의식을 잃은 채 사시나무 떨듯 떨어대는... 안도하듯 긴 숨을 내쉬더니
이내 혼절하는 이현의 모습에서 F.O.

64.   백가네 행랑채 마당 안 (낮)

잔뜩 긴장한 박원명, 공손한 자세로 전봉준 앞에 서 있다. 전봉준, 교지를 확
인하고 있다. 석주, 곁에서 지켜본다. 일꾼들이 닭이며 육고기 덩이를 부지런
히 나르고 있다. 대문 앞까지 구경꾼들 들어찬...

박원명   재주도 없는 사람이 신관사또의 중책을 맡게 되어 몸 둘 바를 모르겠습니다.
해서 장두께 고견도 들을 겸 인사를 드리러 왔습니다.
전봉준   (교지를 도로 주며) 고부군민의 장두를 맡은 전봉준입니다.
박원명   박원명이라 합니다. 참! 관찰사 대감께서 장두와 의병들을 위로하는 뜻에서
음식을 보내왔으니 소찬이나마 거두어주시기 바랍니다.
전봉준   (흠...)
석주   음식 이전에 백성의 성난 마음부터 달래셔야 합니다.
박원명   (시원시원하게) 그래야죠. 암요!

65.   말목장터 (낮)

연단 위에서 군중들을 향해 큰절을 올리는 박원명... 군중들, 동요한다. 일부
는 박수를 치고, 눈물까지 흘리는... 선비들과 더불어 흐뭇한 표정으로 지켜
보는 석주. 일각에 나타나는 의문의 사내들. 김개남, 손화중이다.

66.   백가네 안채 / 거실 안 (낮)

전봉준, 반색하며 문가에 나와 손화중과 김개남을 반긴다.

전봉준   (잔뜩 들떠서 손을 부여잡으며) 기별을 하였으면 마중이라도 나갔을 터인
데... 하여튼 낮도깨비 같은 작자들!

김개남   (애정 어린 미소로) 천하으 전녹두 낯짝이 으째 이려? 고새 반쪽이 되야부렀
구먼!

전봉준   (웃으며) 이게 다 자네들 때문일세! 그래, 무장현과 태인군에서는 언제 군사
를 일으킬 것인가?

김개남   (안색이 어두워지는)

전봉준   (웃음기 가시며 손화중을 보면)

손화중   (주변을 살피고 나직이) 주인[9]께서 오셨습니다.

전봉준, 놀란 표정으로 보면 최시형, 들어온다.

최시형   (자리에 가 앉는... 부드러운 미소) 속히 사태를 수습하고 도인들의 안위를 도
모하시게.

전봉준   (불만스러운) 봉기를 접으란 말씀입니까?

최시형   작년 충청도 보은에서의 집회 이후로 동학에 대한 탄압이 더욱 심해지고 있
네. 당분간은 평화로운 방법으로 억울하게 돌아가신 대주인[10]의 명예를 회복
하고 동학의 정당성을 인정받는 데 주력해야 하네.

전봉준   (날이 선) 동학이 무엇입니까?

김·손   !

최시형   (그윽하게 보는)

전봉준   사람이라면 누구나 마음속에 한울님이 있고, 해서 사람이라면 문무양반부
터 칠반천인[11]에 이르기까지 다 같이 평등하고 고귀한 존재! 바로 그 지고의

---

9   주인: 동학 제2대 교주 최시형.

10   대주인: 동학을 창시한 수운 최제우.

11   칠반천인: 조선 시대에 차별받던 일곱 가지 천민. 백정, 장인바치, 기생, 노비, 승려, 무당, 광대 등.

존재들이 착취와 수탈에 말라 죽어가는데... (토하듯) 이를 외면하고 조정의 선처나 바라자는 것입니까?

손화중   (타이르듯) 전접주님, 자중하세요.

최시형   (미소) 허면 자네에게 동학은 무엇인가?

전봉준   (보는)

최시형   고결한 믿음인가, 아니면 한풀이를 위한 무기인가?

전봉준   믿음이고 무기입니다. 이 더러운 세상이 가고 인즉천[12]의 세상이 오리라는 믿음! 세상을 뒤집기에 그보다 강한 무기가 있습니까?

최시형   (흠... 끄덕이는) 우문에 현답이로구만... (일어나는) 허나 교주로서의 내 인내심은 여기까질세. (나가는)

김개남, 손화중, 난감한... 전봉준, 이를 악무는...

67.   백가네 마당 정자 안 (밤)

전봉준, 밤하늘을 바라보며 생각에 잠겨 있다. 최경선, 다가선다.

최경선   (침통한) 나으리... 황진사쪽에서 전갈이 왔는디요.

전봉준   말해보게.

최경선   신관사또가 사죄허고 선정을 약속혔응게... 양반들은 장두청에서 철수허겠답니다.

전봉준   ...

최경선   괜찮으신게라?

전봉준, 말이 없고 최경선, 숙연하게 사라진다. 전봉준, 고뇌가 깊다.

---

12   인즉천: '사람이 곧 하늘이다'라는 동학의 사상.

68.   고부관아 / 형옥 앞 (새벽)

새벽 어스름 속에 안개가 자욱한... 삐걱, 문 열리는 소리... 형옥을 빠져나오는
사내의 실루엣... 이강이다.

69.   백가네 대문 앞 (새벽)

인적 없는... 굳게 닫힌 대문 위 '장두청' 종이 앞에 다가서는 이강... 버릇처럼
오른손으로 뜯어내려는데 헛손질... 오른손을 바라보는... 꿈틀댈 뿐 움직이지
않는... 순간 어디선가 북소리가 들려온다. 둥! 둥! 둥!

70.   몽타주 (낮)

북소리가 점점 커지면서
1) 백가네 마당 안 - 하인들과 함께 가재도구를 정리하던 유월과 남서방, 대
청에 얼빠진 듯 앉아 있던 채씨, 불안한 표정으로 일어서는...
2) 황진사댁 마당 안 - 석주, 급히 집을 나서고 명심, 걱정스레 보는...
3) 고부관아 동헌 안 - 넋 놓고 퍼질러 앉은 홍가와 철두, 억쇠... 대청을 내려
서는 박원명, 의아한...
4) 말목장터 - 이강, 달려와 서면 중무장한 감영군이 북을 울리며 나타난다.
양쪽 길가로 나뉘어 위풍당당하게 전진해온다. 한복판으로 교자를 탄 백가
와 말을 탄 이현이 나타난다. 교자에 비스듬히 앉은 핼쑥한 안색의 백가, 살
기 어린 미소로 인파들을 굽어본다. 선비들을 대동한 석주와 눈이 마주친다.
백가, 슬며시 손으로 목을 긋는 시늉... 석주, 표정이 굳어지는...

71.   장터 임방 마당 안 (새벽)

자인, 댓돌을 내려서는데 덕기가 뛰어 들어온다.

덕기	안핵사가 온다캅니더! 백가도 방금 돌아왔고예!
자인	(회심의 미소) 이제 백산의 쌀을 가져가는 일만 남았군요. 백가 지금 어디 있습니까? (하는데)

문이 벌컥 열리고 당손과 감영군이 들이닥친다.

덕기	머, 머꼬!
당손	니년이 송자인이냐?
자인	(꾹 참고 미소) 헌데요?
당손	(바짝 다가서서) 동학쟁이들이 민란을 작당하는 걸 미리 알았다면서?
자인	(안색이 변하는)

72. 다시 말목장터 (새벽)

사발통문을 펼쳐든 백가, 의미심장한 표정이다. 갑자기 교자가 멈춘다. 백가, 고개 들어보면 이강, 만감이 교차하는 표정으로 서 있다. 이강의 피 묻은 붕대를 싸늘하게 바라보는 백가... 이현, 옅은 한숨을 내쉬는...

백가	꼬락서니허곤...
이강	송구헙니다, 어르신.
백가	(마뜩찮은) 누가 니 어르신이여?
이강	(옅은 한숨)
이현	(말리듯) 아버지...
백가	... 아부지라 불러.
이강	!

73. 다시 장터 임방 안 (새벽)

끌고 가려는 감영군을 밀치는 자인.

자인   놔라! 이놈들!

         당손이 칼등으로 자인을 내려친다. 털썩 주저앉는 자인.

덕기   (감영군에 양팔을 제압당한 채) 객주님!
자인   (헉!... 신음을 토하는)

74.   다시 말목장터 (새벽)

백가   싸악 털려부렀응게... (싸하게) 수금이나 허러 가끄나?

         기괴한 미소의 백가, 얼떨떨한 이강, 그늘진 이현의 모습에서 엔딩!

3회

1.   백가네 행랑채 마당 안 (낮)

이현과 이강, 지켜보는 가운데 백가가 탄 교자가 내려진다. 남서방, 유월, 하
인들, 울먹이며 맞는다.

남서방   (부축하며) 아이구, 어르신~ 을매나 고초가 심허셨습니까~
백가   (끙! 일어서는) 사는 거시 원래 고행이여.
유월   (인사하는) 오셨어라?
백가   자네도 무탈혔능가?
유월   야... (하다가 한발 물러나 허리 숙이는)

백가, 보면 쪽문에서 다가오는 뚱한 표정의 채씨.

채씨   종년헌티 겁나게 다정해부요이... (스윽 훑어보며) 으째, 아랫도린 깨꼬롬헌
        갑소이?
백가   (탐탁찮은) 깨꼬롬허기만? 누워만 있다봉게 양기가 쏠려가꼬 손오공이 여으
        봉 저리 가라여.
남서방   (킥! 웃음을 참는)
채씨   (흥! 이현 쪽으로 다가서는)

이현	(미소) 어머니...
채씨	(억장이 무너지는) 도대체 으쩔라고 그랬다냐? 느꺼정 봉변 당허믄 이 엄니넌 으쩌라고?
이현	(애써 미소) 그래서 이렇게 무사히 돌아왔잖아요.
유월	(나직이 이강에게) 손은 잠 으떠?
이강	암시랑토 안 혀. (하는데)
채씨	거시기 는 머더는 늠이여?
이강	야?
채씨	머더는 늠인디 어러신 건사 하나 지대로 못 혀서 이현이꺼정 심쓰게 맹글었냐고오!
백가	(쓰읍) 고만혀.
채씨	(앙칼지게) 나가 고만허게 생겼소! 이현이가 과거를 못 봐부렀는디!
백가	(매섭게 노려보는데)
당손	(E) 장인어른!

일동, 보면 당손, 자인을 끌고 들어온다.

당손	(의기양양) 송자인이 끌고 왔습니다요!
이강	!
이현	...
백가	(탐탁찮은) 거 곱게 뫼셔오라니게...
자인	(죽일 듯이 노려보는)

2. 동 안채 / 거실 안 (낮)

사치품이 사라진 휑한 실내... 당손, 포박이 풀린 자인을 거칠게 앉힌다. 맞은 편에 앉은 백가.

백가	집이 누추혀서 송구허네요이. 원래는 이런 디가 아넌디...
자인	이러는 이유나 말씀해보시지요. 이유가 이유 같아야 뒤탈이 없을 겝니다.

백가   (킬킬대며 뭔가를 꺼내는) 오매, 일 나부렀네이... 모쪼록 이유가 마음에 드셔
야 헐 턴디...

3.   동 앞 복도 (낮)

이현과 이강, 문 앞에 나란히 서 있다.

이강   송객주가 민란이 터질 거슬 알고 있었다고?
이현   (착잡한) 동학쟁이들의 사발통문을 갖고 있었답니다.
이강   ...

4.   다시 거실 안 (낮)

자인 앞에 떡하니 펼쳐진 사발통문. 자인, 안색이 변하는...

백가   관아에 신속허니 발고만 혔어도 민란을 막을 수 있었것지라이? 민란을 방조
허는 거시 을매나 중헌 죈지 몰랐당가요?
자인   (대차게 허! 웃고) 덤터기를 씌워 한몫 뜯어내시려는 모양인데 사람 잘못 보
셨습니다. 안핵사¹가 왔다 하니 관아로 가서 따져보시지요!
백가   (미소) 안핵사가 누군지는 아시고?
자인   (누구냐는 듯 보면)
백가   장흥서 부사허시는 양반인디...
자인   (굳는) ... 이용태?

5.   말목장터 + 전봉준의 약방 (낮)

---

1   안핵사: 지방의 사태 수습을 위해 파견한 임시 벼슬.

이용태, 군교들을 거느리고 걸어오는... 연단이 무참히 부서지고, 약방에서 불길이 솟구친다. 질겁하는 구경꾼들 앞에 멈춰서는 이용태.

이용태 전봉준과 잔당들의 행방을 아는 자는 즉각 관아에 고하라! 숨겨주거나 함구하였다 발각되는 자는 참수할 것이다!

거세게 타오르는 불길... 사람들의 표정에 공포가 드리워진다.

6. 다시 백가네 거실 안 (낮)

자인 (심각한)

백가 인자 쪼까 분간이 되시나베... 안핵산지... 저승사잔지.

이현이 들어온다.

이현 아버지!

당손 처남... (잡으면)

이현 (손 밀어내고) 그냥 보내주세요. 송객준 아버질 구해준 은인입니다.

백가 아니께 이러잖여.

자인 (보는)

이현 (어이없는) 뭐라구요?

백가 곳간 싹 털리고 니늠 과거 망치고 나넌 몸땡이가 벌집이 되야부렀으... 맘 겉어선 사지럴 조단조단 썰어부러도 분이 풀리지 않제마넌 구해준 거 아니께 이런다고.

자인 (뭔가 짚이는)

백가 (의미심장하게) 고 똘똘헌 머리로 워치케든 살아날 방도럴 찾어보라고 말이시.

갈등하던 자인, 일순 체념의 빛이 스친다. 자인, 품에서 문서를 꺼내 툭 던진다. 백가의 눈빛이 빛난다.

자인   백산 싸전의 쌀을 시세의 절반에 팔겠다는 이방어른의 각섭니다.
백가   (천천히 펼쳐 확인하는)
자인   (애써 태연한 미소) 그러면... 제가 살겠습니까?
백가   (흡족한) 배웅을 해드려야 경운디 몸이 이려서...

백가, 각서를 찢는다. 자인, 통문을 찢어발긴다. 이현, 실망스러운...

7.   동 앞 복도 (낮)

자인, 분을 삭이며 나오다 멈칫한다. 이강, 다가선다.

이강   으째서 관아에 발고를 허지 않은거?
자인   비켜.

무언가 본 이강, 오른손을 슥 뻗는다. 자인, 흠칫하는데 이강의 손바닥 안에서 영롱히 빛나는 십자가 목걸이...

이강   동학쟁이도 아닌디... 으째서 동학쟁이들 역성을 들었냐고?
자인   (목걸이 낚아채고, 다부지게) 느덜 겉은 망종덜 싹 다 디져부러라고.

자인, 이강을 밀치고 지나간다. 이강, 오른손으로 자인의 옷깃을 잡아챈다. 순간, 손등에 느껴지는 격렬한 통증! 이강, 이를 악물고 참는...

자인   놔.
이강   두 번 다시... 내 눈에 띄지 말어.

이강, 밀치듯 멱살을 풀고 사라진다. 자인, 노려보는...

8. 동 행랑채 / 이강의 방 안 (낮)

의원1, 이강의 오른손에 침을 놓는다. 유월, 곁에서 지켜보는...

유월   (기대감 섞인) 으째... 치료만 잘허믄 되겄지라이?

의원1   (깐족대는 어투로) 이. 큰 걱정언 안 혀도 되겄는디?

유월   (한숨 내쉬며 격하게 안도하는) 오매... 난 또 병신 되부는 줄 알었네이...

이강   (내심 안도하는데)

의원1   먼 소리여? (이강의 손을 보여주며) 칼이 이짝으루다가 칵 쑤셔백혀가꼬 요짝으루 팍 뚫고 나옴스로 심줄이 작살이 나부렀는디 병신 안 되믄? 요거시 먼 무쇠팔이여?

이강   ?

유월   (당황) 방금... 큰 걱정 허지 말람서요?

의원1   손목언 안 잘라도 된다, 그 말이잖애.

유월   그믄 야가 병신이 되붓다고라?

의원1   손꾸락만 못 쓰는 거인디, 뭘... 요즘 겉은 시상에 병신 축에나 들간디? (하는데)

이강   (손을 확 빼버리는)

의원1   !

이강   (몸을 일으키는) 이런 떠그럴 늠이...

의원1   (헉!)

유월   이강아!

9. 동 앞 마당 안 (낮)

남서방, 하인들 두어 명과 부서진 대문을 수리한다. 방문이 벌컥 열리며 의원1이 허겁지겁 도망쳐 나와 우왕좌왕한다. 남서방, ?

이강   거그 서!

요강을 집어 들고 따라 나오는 이강... 매달리듯 이강의 다리를 부여잡은 유월, '안 되야!' 하며 딸려 나온다. 툇마루에서 마당으로 굴러떨어지는 이강과 유월...

이강	아우 쫌 놔 봐! 느 거그 안 서! (요강 집어던지는)
의원1	(잽싸게 피하고 쪽문으로 냅다 사라지는)
이강	거그 서!! (하다가 남서방 일행 보고 멈칫)
남서방	먼 일이여?
이강	(칫! 유월을 뿌리치고 일어나는, 침을 뽑아 내던지며 나가버리는)
남서방	(침을 주워드는, 유월 보면)
유월	(꺼질 듯한 한숨)

10.   동 안채 / 백가의 방 안 (낮)

당손, 이현, 앉아 있는... 의관을 걸치는 백가의 옷매무새를 가다듬어주던 채씨, 놀라서 남서방을 쳐다본다.

채씨	거시기가 손꾸락 병신이 되야부렀다고?
남서방	야...
이현	(눈을 질끈 감는)
백가	(덤덤한)
당손	그놈 이제 표창질도 못 해먹겠구만.
채씨	(백가에게) 기왕지사 이래 된 거 돈푼 쪼까 쥐어줘서 으디 멀리 보내붑시다. 유월이랑 농사나 짓고 살라 허제.
백가	표창도 못 쥐는 늠이 호미라고 쥐겠능가?
채씨	아, 고늠이 독이 올라가꼬 이현이헌티 해꼬지라도 허믄 으쩔라고라?
이현	(옅은 한숨)
남서방	마님두 참... 거시기가 식구덜헌티는 깍듯허잖여라.
채씨	모르는 소리 말어! 뒤통수 치는 늠이 은제 인상 쓰고 치는 거 봤어?

백가　(나가며) 김서방, 등청허세.

당손, 남서방 따라 나가는... 이현도 갓을 집어드는...

채씨　이현이 는 으디 갈라고?
이현　(씁쓸한 미소) 숨 좀 쉬어볼까 해서요. (나가는)
채씨　?

11.　황진사댁 앞 거리 (낮)

감영군들에게 끌려오는 양민들... '東匪(동비²)'라 적힌 패를 걸고 있다. 길가에 비켜서서 침통하게 지켜보는 이현.

12.　동 별당 마당 안 (낮)

열린 쪽문을 의아하게 바라보며 들어오는 이현... 별당을 향해 걸어가 툇마루 앞에 선다.

이현　명심아씨, 저 이현입니다... (대답 없는) ... 아씨?

문이 드르륵 열리고 눈물범벅의 명심이 앉은 채로 내다본다.

이현　아씨!
명심　(울먹이는) 백도령...
이현　무슨... 일입니까?
명심　(흐느끼는) 오라버니께서...

2　동비: 동학군을 얕잡아 부르는 말.

이현   !

13.   고부관아 / 형옥 안 (낮)

칼을 쓴 석주, 눈을 감은 채 홀로 갇혀 있다. 홍가, 죄수들이 가득 찬 옥방을
지나 석주의 옥방 앞에 선다.

홍가   (주변 살피며 나직이) 진사나리!
석주   (눈을 뜨는)
홍가   존게 좋다고 민란 때 나리헌티 당헌 거 소인은 싹 잊어불랍니다. 긍게 나리도
         소인이 백가 숨은 디 꼰질렀던 거... 잊어주쇼.
석주   (도로 눈을 감는)
홍가   (미소) 하긴 진사나리가 으떤 분이신디... 아무튼 기시는 동안 최대한으루다
         가 편으럴 봐드리겠습니다.
석주   ...

14.   동 작청 안 (낮)

관속들, 정리 중인... 홍가, 들어오다 흠칫 보면 지팡이를 짚고 선 백가.

백가   (씨익 웃는) 하여튼 재주 존 건 알어줘야 혀. 고 아사리판서 으째 살어남었디
         야?
홍가   ... 성님?
백가   ?
홍가   (울먹이는) 손에 고게 뭐다요? (다가서는) 고부바닥이 좁아라고 똥 찾는 강
         아지 맹이로 종횡무진허시던 분이... (주저앉아 지팡이 부여잡고 서럽게) 주
         령³이 웬말이다요~~!!!
백가   느자구없이 으째 이려, 성님?
홍가   (훌쩍이며) 나 도로 성님이라 부를라네? 이방어런언 덧정없더랑게? 성님~

만득이 성~!!!

백가　옘병! (발로 차듯 밀어내는)

홍가　(오매, 발랑 나자빠지는)

백가　꺼떡대덜 말고 따라와. (나가는)

홍가　?

15.　동 수령 집무실 안 (낮)

상석에 이용태, 곁에 박원명, 그들 앞에 백가, 홍가, 엎드려 있다.

박원명　(난감한) 안핵사 영감. 소관이 부임일성으루다가 민란을 풀면 보복은 일절 하지 않겠다 약조를 하였습니다.

이용태　(티꺼운) 그러게 왜 주제넘은 짓을 하시었소? 민란에 관해서는 안핵사가 전권을 갖고 있음을 모르시오?

박원명　(한숨) 황진사만이라도 풀어주시지요. 공석 중인 향청⁴의 좌수로 거론될 만큼 고부에서 명망이 높은 양반입니다. (아전들에게) 아, 자네들이 더 잘 알 것이 아닌가? 안핵사께 뭐라 말씀을 좀 드려보게.

홍가　긍게 황진사로 말씀얼 드리자면, (하는데)

백가　(손 짚어 제지하고) 민란도 막지 못헌 죄인덜이 뭔 낯짝으로 주둥일 나불대겄습니까?

홍가　(큼.) 긍게요... 유구무언이지라이.

박원명　이런 답답한 인사들 같으니... 영감, 황진사는 방면하시고 잡아온 동학쟁이들이나 물고를 내심이, (하는데)

이용태　듣기 싫소! 지체 높은 양반이라 하며 풀어주면 영이 서겠소이까! 내 놈을 극형으로 다스릴 것이외다!

박원명　(헉!) 그, 극형이라니요?

3　주령: 지팡이.

4　향청: 조선 시대 지방 수령의 자문기관.

깜짝 놀란 홍가, 백가를 보면 덤덤한 백가의 표정 위로...

백가   (E) 고부 기심서 잡비허십시오.

16.   플래시백 (회상) - 역참 침소 안 (밤)

침의 차림의 이용태 앞에 납작 엎드린 백가, 금괴 한 덩이를 바친다.

이용태   (받아 곁으로 툭 던지고) 용건이 뭐냐?
백가   관찰사 대감헌티 동학쟁이덜 씨럴 말리겄다 허셨다고 들었는디라.
이용태   나라를 좀먹는 버러지 같은 놈들이 아니더냐, 헌데?
백가   전봉준이허고 민란을 모으혔던 동학쟁이덜 이름얼 알 수 있을 것 같아서라...
이용태   !
백가   다덜 대가리급이니게 잡아다 족치믄 도처에 숨은 동학쟁이덜이 고구마 줄기 캐디끼 딸려 나올 거신디...
이용태   ... 내게 바라는 게 뭐냐?
백가   (고개 드는) 진사... 황석줍니다.

17.   현재 - 다시 집무실 안 (낮)

백가, 회심의 미소를 머금는다.

18.   고부관아 외삼문 앞 (밤)

이현, 보따리를 든 명심과 다가선다. 파수 보던 감영군이 막는다.

이현   이방어른 아들입니다. 길을 여세요.

감영군	아무도 들이지 말라는 안핵사의 엄명이오!
명심	(힘겹게) 옥사에 먹을 것이나 전하려는 것이니 아량을 베풀어주시게.

순간, 동헌에서 들려오는 처절한 비명소리! 명심과 이현, 사색이 된다.

19.　동 동헌 마당 안 (밤)

대청의 이용태가 굽어보는 가운데 죄인들에 대한 고신이 이루어지고 있다. 곳곳에서 태형을 가하는... 눈이 뒤집힌 홍가, '매우 쳐!'를 외치며 독려하는... 중앙에 빈 주리 형틀에는 억쇠와 철두가 주장을 들고 선...

20.　동 작청 안 (밤)

멀리서 비명소리 들려오는... 찻잔을 내려놓은 백가, 앞을 보면 두 손이 앞으로 묶인 석주가 앉아 있다.

석주	무슨 수작이냐?
백가	진사나리 등잔 밑이 야그 좀 나눠볼라고라.
석주	등잔 밑이라니?
백가	이현이 늠이 소인얼 구허겄다고 내려왔을 띠 말여라. 명심아씨께서 자기 처소에 맻날 매칠을 숨겨줬다는디요.
석주	(안색이 변하는)
백가	아무리 이현이 처지가 딱혀도 고거시 측은지심만 가꼬 되는 일은 아니잖여라?
석주	닥쳐라...

백가, 깍듯이 작은 함을 석주 앞에 놓는다. 석주, 보면...

백가	이현이 늠... 사주단잡⁵ 니다.

석주	!!!
백가	그늠 됨됨이넌 잘 아실 거이고... 가문만 번듯허믄 일을 쳐도 아주 크게 쳐불
	늠인디, 으따 그늠의 가문 고거슨 억만금으로도 으째 안 됩디다?... 두 사람
	맺어주고 우덜도 상생허게요. (하는데)

문서함이 벽으로 날아가 박살이 난다. 홍보가 튀어나와 나뒹군다.

석주	내 대답은 이것이다. (박차고 나가는데)
백가	가문으 대가 끊겨도 좋으싱게라?
석주	(멈칫)
백가	일찍이 상처허시고 혈육이래야 달랑 여동상 하난디... 진사나리꺼정 탈이 나
	불믄 가문이 으찌 되겄어라?
석주	니놈과 사돈의 연을 맺느니... 폐족을 택할 것이야. (나가는)
백가	...

21.   주막 앞 (밤)

입구에 몰려든 구경꾼들, 주막 안을 들여다보는...

22.   주막 안 (밤)

손님들, 눈치 보면서 일각을 보면... 이강, 사발을 들이켜는... 곁에는 의원2가
전전긍긍하며 이강의 손을 살피다 내려놓는...

이강	솔직허니 야그혀. 기여 아니여?
의원2	(조심스레) 긴디라...

---

5   사주단자: 신랑집에서 신랑의 사주를 적어 신부집으로 보내는 간지.

이강	... 기라고?

23. 다시 주막 앞 (밤)

의원2, 혼비백산 뛰쳐나온다. 안에서 술병이 날아와 박살이 난다.

24. 다시 주막 안 (밤)

이강	주모! 딴 늠 델꼬 와! 써글 늠덜이 으째 돌팔이들 뿐이여... 주모!!!

굳은 표정의 유월이 들어선다. 이강, 외면하고 술을 따르는...

유월	차라리 동네방네 방을 써 붙이제 그냐? 백가네 거시기 등신 되야붓다고!
이강	(쓸쓸한 듯 피식) 그러끄나? 고부 인간덜 십 년 묵은 체증이 싹 나서부릴 틴디...
유월	(한숨, 잡아 일으키며) 집이 가. 어여 인나.
이강	있어 봐. 술 잠 묵고... (사발 비우고 입 슥 닫는... 슬며시 화가 치미는) 씨벌늠덜... (술병 거꾸로 꼬나쥐고 일어서는)
유월	으째 이려, 머덜라고?
이강	나가 낯짝 다 봐놨구먼. 나 밟은 늠, 침 뱉은 늠, 매단 늠, 엄니 쥐 팬 늠꺼정 싹... 모다 작살을 내부릴랑게 엄닌 집에, (하는데)

유월, 이강의 뺨을 후려친다. 벙찐 이강, 얼얼한 뺨을 만지는...

유월	그늠덜 낯짝만 기억허고 장두어른이 살려준 거슨 기억 못허냐!!
이강	살려주긴 누가 살려줬다고 이려!! 잡것이 무신 꿍꿍이가 있었겄제!!
유월	(눈물 그렁한) 아이구 이 멍청헌 늠아... 죄는 미워도 인간이 불쌍허니께... 거시기, 거시기, 개처럼 불림서 개처럼 사는 늠... 개과천선혀서 사람겉이 좀 살어보라고 그런 거잖여!

이강   (일그러지는)

플래시백〉2회 43씬의,
전봉준   **거시기는... 이제 죽었소.**

현재〉
이강   (욱! 해서 구경꾼들 쪽으로 병을 내던지고) 구경났어!!!
구경꾼들 (움찔하는)
유월   (독하게) 그려. 엄닌 인자 상관 안 헐팅게 작살을 내든, 엠병을 허든 니 맘대
       로 혀. 근디 그 손... 넘 탓 아녀. 니 탓이여!! (가버리는)
이강   ...

25.   고부관아 외삼문 앞 (밤)

      담장 너머 들려오는 비명소리... 망연자실해서 벽에 기대앉아 있는 명심... 이
      현, 외투를 명심의 어깨에 걸쳐준다.

명심   아까... 오라버니의 비명이 들리는 것 같았는데...
이현   (알고 있는... 그러나 애써 미소) 다른 사람입니다. 제아무리 안핵사라 해두
      양반을 고신하진 못할 것입니다.
명심   (울먹이는) 아니야... 분명 오라버니의 목소리였어...
이강   (E) 느덜 고신 똑바로 안 헐래!

      이현, 보면 술병을 든 이강이 담장 너머를 향해 고함을 지른다.

이강   먼 놈으 곡소리가 모기 숨 넘어가는 소리만도 못혀! 나가 허끄나!
이현   (급히 다가가) 형님!
이강   (얼큰히 취한) 음마? 우리 이현 되렌 아녀라? 되렌님이 요로코롬 살벌헌 디
      럴 뭐땀시... (하다가 명심을 보는... 정색하는)
이현   아버지를 만나게 해 주세요.

이강	(티꺼운) 머딜라고? 황석주 살려돌라 그럴라고?
이현	... 도와주십시오.
이강	정신 챙개. (지나치는데)
이현	(잡으며) 형님!
이강	(뿌리치며) 씨벌 정신 챙개라고!
이현	(비틀하는)
이강	민란얼 주동헌 늠이여. 니 아부진 평상 주령잽이로 살어야 허고... 몰러?
이현	압니다. 형님 손... 못 쓰게 된 것두요.
이강	!
이현	(눈물 맺히는) 허나 제겐 하늘 같은 분입니다... 도와주세요.
이강	...

26.   동 작청 안 (밤)

이강, 백가 앞에 서먹하게 마주 앉은...

이강	되렌님이 황석주 동상허고 외삼문 앞에 있는디... 만나보시지라?
백가	(덤덤하게 차 마시고) 그 손... 망개져 부렀담서?
이강	...
백가	인자 밥값은 으떻게 헐래?
이강	(취기가 가시는)
백가	나가 밥값 모더는 늠은 식구로 안 치는 거 알잖애.
이강	어르신께선... 지가 밥값 모더믄 으떻게 허실 건디라?
백가	(빤히 보는)
이강	(버티듯 보는)
백가	(피식) 되칠 줄도 알고 다 컸시야?... 인자... 니가 이방혀.
이강	... 야?
백가	(끙! 지팡이 짚고 일어나는) 나넌 몸이 이래가꼬 더 헐래도 못 햐.

백가, 나간다. 이강, 얼떨떨한...

27. 동 형옥 안 (밤)

봉두난발에 피투성이로 의식을 잃고 널브러진 석주.

명심   (E, 흐느끼듯) 오라버니... 어서 눈을 떠 보시어요...

석주, 가늘게 눈을 뜨면 창살을 부여잡은 명심이 보인다.

석주   (가늘게) 명심아...
명심   오라버니!
석주   (기진하여 숨만 몰아쉬는)
명심   (오열하며) 내일도 안핵사가 고신을 할 거랍니다... 무조건 잘못했다 비세요... 살려달라 하세요... 오라버니께서 잘못되시면 소녀는 하루도 살지 못합니다...
석주   (서서히 눈꺼풀이 감기는)
명심   오라버니! 오라버니!

석주, 다시 의식을 잃고 명심, 서럽게 흐느낀다.

28. 동 형옥 헛간 안 (밤)

각종 형벌도구들이 보관된... 태연한 백가 앞에서 믿기지 않은 표정으로 사주가 적힌 간지를 보고 있는 이현.

이현   (간지를 내리고) 이 모든 게... 혼인 때문이었습니까?
백가   장개 들 때 됐잖여... 그만 헌 혼처도 읎고.
이현   (노기 어리는) 소자는 아버지가 두시는 장기판의 말이 아닙니다.
백가   그려두 애비가 판은 깔아줘야제.
이현   소자가 거절하면... 스승님을 어찌하실 겁니까?

백가	(너털웃음) 아, 으째 그래싸아? 넘덜은 꿈도 못 꾸는 신붓감허고 혼인얼 시켜
	준다는디... (하는데)
이현	(버럭) 어찌하실 것인지!!
백가	(덤덤한)
이현	(파르르 떨며) 소자가 여쭈었습니다.
백가	(일순 싸하게) 으쩌긴?... 애비 몰러?
이현	(질리는 듯 보다가 피식) 아버질 구하는 게 아니었어요.
백가	(굳는)
이현	(빈정대듯) 아버지와 고부를 빠져나갈 때 문득 이런 생각이 들었거든요. 내
	가 오늘 아버지를 살리면... 누군간 내일 아버지를 잃을지 모른다... (킥킥대
	는) 어떻습니까? 역시 소자가 총명하지 않습니까?
백가	닥치지 못혀?
이현	(정색하는... 눈물 한 줄기 흐르는)
백가	!
이현	그래도 조금은 달라질 거라 믿었습니다... 사람은 누구나 변하니까.
백가	... 니 애비 되믄서... 사람 겉은 거 안 허기로 혔어.
이현	(원망스러운)

29. 동 형옥 안 (밤)

석주의 눈이 뜨인다.

석주	... 명심아?

간신히 몸을 일으키던 석주, 흠칫 놀라는... 백가가 서 있다.

백가	(진솔한) 사돈 대접 바래지도 않고 행세도 않겠습니다... 명심아씬 이현이랑
	한양서 오순도순 살게 허고... 종당에는 정경부인 되게 허겠습니다... 약조헙니
	다.
석주	...

백가	(창살 틈으로 홍보를 집어넣고 무릎을 꿇는)
석주	!
백가	긍게 우리 이현이... 날개 좀 달아주셔라.

망연히 홍보를 바라보는 석주... 간절한 백가... 마침내 체념이 깃든 한숨을 길
게 내쉬는 석주의 모습에서 F.O.

30. 전주여각 마당 안 (낮)

차인들, 물화를 나르는... 안채 앞에 덕기, 사무라이와 마주 서 있는... 칼을 가
슴에 안은 사무라이, 거만하게 보는...

덕기	(티꺼운) 눈 깔아라, 자슥아.
사무라이	?
덕기	뭘 보노? 확 마 눈까리를 쪽 빨아무뻘라. (불만스레 안채를 바라보는)

31. 동 자인의 집무실 안 (낮)

마뜩찮은 표정의 자인, 나카무라와 대화 중이다.

자인	(일본어) 개항장에서 여기까진 어인 일이십니까? 위약금은 기한 내에 지불한 다지 않았습니까?
나카무라	(예의 바른, 일본어) 청이 있어 왔습니다. 일이 잘되면 위약금을 탕감해 드릴 수도, (하는데)
자인	(태도 표변하며, 일본어) 오시느라 고생 많으셨습니다. (샤방샤방한 눈빛으로) 그래, 청이 뭡니까?
나카무라	(의미심장한 미소, 일본어) 부친께서 보부상 전라도접장이시지요?
자인	?

32. 도임방 봉길의 집무실 안 (낮)

상석의 봉길, 좌우에 자인과 덕기가 앉아 있다.

봉길 누구를 찾아돌라겠다고?

덕기 전봉주이 말입니다.

봉길 (피식) 나카무라 그늠... 인자 봉게 장사꾼 행세허는 간자였구먼.

덕기 전봉주이를 지네 편으로 꼬시볼라카는 거 같십니다. 갑신년에 개화당 작살 나뻐린 담에는 조선이 청나라 시상이다 아입니꺼.

자인 (큼) 발품은 나가 팔팅게 아부진 으디럴 으째 쑤시믄 되는지 고거나 쪼까 갈쳐주쇼이.

봉길 발써 한 달째 오리무중이여. 지리산 깊은 디나 쩌그 황해도 이북 으디로 튄 거신디 느가 먼 수로 찾을라고?

자인 고로코롬 매가리 없는 사람이 아닌디...

봉길 매가리고 머시고 백가늠 으떡헐겨? 그냥 당허고 말려?

자인 (씁쓸한) 으쩌겠소... 시상 공부헌 셈 쳐야제.

봉길 (탐탁찮은 듯 보고) 생각 잘혔으. 황석주허고 사둔 맺는 거 봉게 애시당초 니가 대적헐 수 있는 늠이 아녀.

자인 사돈?

덕기 그기 참말입니꺼?

자인 (허! 하는)

33. 황진사댁 석주의 방 안 (낮)

병석의 석주, 명심이 건넨 탕약을 마신다. 애잔하게 바라보는 이현.
이현을 곁눈질하는 명심, 옅은 미소를 머금는...

석주 (명심에게 사발을 건네며) 내어 가거라.

명심 예. (받아 나가는)

석주	(후~ 숨 내쉬는... 이현의 시선을 피하는)
이현	혹여 후회가 되신다면...
석주	(천천히 보는)
이현	번복을 하신다 해도 원망치 않겠습니다.
석주	(노기 어린) 사대부더러 일구이언을 하란 말이냐?
이현	강압이 있었습니다. 허물이 아닙니다.
석주	혼례를 앞두고 이리 오는 것은 법도가 아니다. 걸음을 삼가거라.

석주, 돌아눕는다. 이현, 착잡한...

34.   동 별채 툇마루 안 (낮)

마주 앉은 명심과 이현. 수줍은 표정으로 다소곳이 한복배자 자수를 놓는 명심... 어색한 듯 쭈뼛거리던 이현, 말문을 뗀다.

이현	아씨께선 저와 혼인하는 것이 저어되지 않으십니까?
명심	양가 어른들이 결정한 일인데 따라야지요.
이현	지금... 제게 존대를 하신 겁니까?
명심	지아비가 될 분이니 응당 존대를 해야지요.
이현	스승님뿐만 아니라 아씨께서도 문중과 향촌의 양반들로부터 원성을 사게 되실 것입니다. 그래도 괜찮으시겠습니까?
명심	(불만스레 보는, 대뜸 수틀을 치우고 다가앉는) 따라해 보시어요.
이현	?
명심	낭자.
이현	네?
명심	어서요. 명심낭자.
이현	(난감한... 딴청 피우듯 수틀을 집어드는) 와~ 매화로군요. 스승님께 아주 잘 어울릴 듯싶습니다.
명심	(새침한) 어째서 오라버니 거라 여기십니까?
이현	매화는 선비의 지조를 상징하는 꽃이니까요.

명심, 배자를 들어 이현의 상체에 견주어보는... 뻣뻣해지는 이현...
흡족한 미소를 머금은 명심, 수틀을 도로 가져가는... 이현, 보면...

명심   (수를 놓으며) 여인의 절개를 뜻하기도 한답니다.

이현, 보면 명심의 볼이 발그레해진다. 비로소 이현의 얼굴에 편안한 미소가
떠오른다.

35.   고부관아 / 수령 집무실 안 (낮)

박원명 앞에 긴장한 표정으로 서 있는 이강... 훨씬 핼쑥해진 안색의 백가, 미
소 띤 채 엉거주춤 앉은...

이강   백... 이강이라고 헙니다요.
백가   담달에 안일방⁶이 열리믄 이방에 천거될 늠인디... 미리 인사 올리러 왔구먼
이라.
박원명   그때 보면 되지, 뭐 굳이 인사까지... 게 앉게.
이강   야. (앉는)
백가   천거넌 안일방서 혀도 종국적으로 임명허시는 분은 사또나링게요... 모쪼록
이쁘게 봐주셔라.

박원명의 시선이 헝겊이 감긴 이강의 오른손으로 향한다. 이강, 쭈뼛 왼손으
로 덮고... 박원명, 탐탁찮은 듯 보는...

36.   동 형옥 앞 (낮)

---

6   안일방: 은퇴한 아전들의 모임.

시무룩하게 걸어오는 이강, 답답한 듯 갓을 벗어버린다. 문득 보면 일각에 통인들이 몰려 있다. 그 안... 철두 앞에 죄인들 꿇어앉아 있다.

철두　(죄인1 앞에 서서) 복창. 최제우[7]는 개새끼다.

죄인1, 머뭇대면 사정없이 몽둥이를 내려치는 철두... 죄인1, 컥! 하며 쓰러지는... 흥미진진해서 보는 억쇠 옆으로 이강이 끼어든다.

이강　먼 일이여?

억쇠　이. 철두가 동학쟁이덜 개종시키는 중이구먼.

철두　(죄인1에게) 복창. 전봉준은 개새끼다.

죄인1　(울먹이는)

철두　복창!!

이강　(탐탁찮은) 그만혀.

철두　(죄인1을 사정없이 가격하는)

이강　(다가가 잡으며) 그만하라니께. (하는데)

철두　(뿌리치며) 놔 봐!

철두의 팔에 얼굴을 맞고 비틀거리는 이강. 일동, 헉!

철두　(훅! 숨 내쉬며 껄렁하게) 난 또 누구라고... 미안혀.

이강　(꾹 참고) 다덜 들어가.

죄인들　(우루루 들어가는)

철두　(불만스러운) 으째 이려?

이강　나가 머슬?

철두　으째 말리냐고... 맨날 이러고 같이 놀았잖애?

이강　(말문 막히는)

7　최제우: 동학을 창시한 교조.

철두	(기가 살아) 대장 니가 더 신나서 설쳤잖애! 인자 이방 된다고 착헌 척허는 겨, 뭐여! (하는데)
이강	(왼손으로 멱살 잡아채는)
철두	!
이강	디지고 잡어?
철두	(이강의 오른손 흘끔 보고는 피식) 말로 허자?
억쇠	(다가와 말리는) 동무들끼리 으째 이래싸. 그만들 혀.

이강, 멱살을 풀면 철두, 침 퉤! 뱉고 사라지는... 이강, 훅! 숨 내쉬는...

37. 동 작청 안 (낮)

홍가와 이강, 책상 너머 아낙1과 대좌하고 있다. 문가에 억쇠 서 있다.

홍가	서방이 입이 허벌나게 무겁고만? 사지 멀쩡허니 풀려날라믄 동학쟁이 다섯 늠은 불어야 허는디 당최 토설을 안 허네?
아낙1	(지친) 인자 불라개도 불 늠이 없응게 그런 거잖여라.
이강	(듣는 둥 마는 둥 오른손을 바라보는)

38. 플래시백 (과거) - 동 형옥 앞 (낮)

통인들이 지켜보는 가운데 머리에 호박을 이고 벽에 붙어 선 죄인, 벌벌 떠는... 이강, 표창을 연달아 던지면 죄인의 팔과 얼굴 사이에 박힌다. 마무리로 단검을 호박에 꽂는... 주저앉는 죄인... 으스대는 이강.

39. 현재 - 다시 작청 안 (낮)

이강	...

홍가   (큼. 아낙1에게) 나가 심을 좀 써볼 테니께... 오천 냥만 마련혀 봐.

아낙1   (헉) 오, 오천 냥요?

홍가   이. 다음!

억쇠, 아낙1을 내보낸다. 보퉁이를 든 아낙2가 들어온다. 앉기가 무섭게 보퉁이를 낚아채 펴보는 홍가... 엽전 꾸러미가 가득 들어 있는...

홍가   (꾸러미 개수를 세며... 큼) 이현이 혼사 준빈 잘 돼가냐? 무신 문제 겉은 거슨 없고? (대꾸가 없자 짜증이 치미는) 써글, 귓구녕에 말뚝얼 박았나... (이강 보며) 이현이 혼사 잘 돼가냐고!

이강, 아낙2를 뚫어져라 바라보는... 홍가, 의아한... 피골이 상접한 아낙2의 초췌한 몰골... 이강, 심란한...

40.   백가네 행랑채 외경 (밤)

41.   동 이강의 방 안 (밤)

유월, 이강 앞에 소반을 놓고 돌아앉는다. 국수에 나물 일색인...

이강   (탐탁찮은) 주먹밥이나 해돌라니께...

유월   ...

이강   (왼손으로 젓가락 집으며) 참말로 나랑 야그 안 허고 살겨?

유월   (대꾸 대신 물레를 잡는)

이강   엄니 맘은 아는디 나가 멀 으쩌겠능가? 몸이 성허길 혀, 헐 줄 아는 거시 있어... 집안 건사허고 이현이 출세도 시킬라믄 나가 이방 허는 수밖에 없당게.

유월   ...

이강   (품에서 엽전 꾸러미 꺼내 죽 밀어주며) 이현이 혼례 때 입을 옷이나 한 벌 허소.

유월	(이강에게 도로 던지는)
이강	(엽전을 보는)

플래시백〉39씬의,
초췌한 아낙2의 모습.

현재〉
심란함을 참으며 음식을 집던 이강, 국수가 주루룩 흘러내리자 젓가락을 문
쪽으로 던져버린다.

이강	손등신 저굼질허는 꼴이 고로코롬 보고 잡은가! 으째 사람 속얼 이리 후벼 파는겨!

유월, 미동도 않는데 문이 열리고, 이현이 들어온다.

유월	(당황해 일어서는) 되렌님...
이현	(젓가락 집어 들고) 어찌됐건 아직 식전인 건 분명하군요.
이강	(보는)
이현	스승님께서 택일단자를 보냈습니다. 같이 식사하러 가시죠.
유월	(놀라) 식사럴... 같이요?
이현	(미소) 예... (이강에게) 날받이떡도 있으니 젓가락 던질 일은 없을 겁니다.
이강	(피식)

42. **동 안채 거실 안 (밤)**

날받이떡이 올려진 식탁... 채씨, 이화, 당손, 놀란 표정으로 문가를 본다. 이
강, 유월이, 이현이 서 있다. 백가, 덤덤히 간지를 보고 있는...

이화	느덜 시방 머더는겨?
이강	떡 먹으러 왔는디라.

이화	머시여?
백가	나가 허락혔어.
이화	!
이현	앉으세요, 작은어머니.
이강	(망설이는 유월이를 잡아끌어 같이 앉는)
이화	(어이없는) 작은 머시기? 이현이 느 미쳤냐?
이현	누님도 이제 그만하세요. 한 식구끼리 언제까지 척을 지고 살 겁니까?
이화	식구는 누가 식구여? 아, 엄닌 으째 맹추겉이 가만 있당가?
채씨	(씁쓸한) 경사시런 날이잖여...
이화	오매, 보살이여이. 이현이 낳기 전이 겪은 설움 다 까묵어부렀디야? 나넌 구경만 헌 년인디도 가심에 피고름이 서 말이여!
채씨	나넌 처묵은 양잿물이 서 말이여, 이년아!
이화	!... 엄니.
채씨	(독하게) 나도 조동아리 닫고 있응게 느도 닫으라고.
당손	그래, 당신은 좀 가만있어.
이화	(칫! 눈물 그렁해져 유월을 쏘아보는)
유월	(견디기 힘든)
이강	(유월의 손을 꽉 잡는)
일동	(정적)
백가	(간지 내려놓고 태연히) 굿덜 다 헌겨? 그믄 떡이나 묵자고.

백가, 떡 집어먹으면 식구들 하나둘씩 떡을 입에 집어넣는... 열심히 씹는... 서먹하고 어색한... 설움이 북받친 이화가 으헝! 울고... 채씨, 끄윽끄윽 속울음을 토하고... 유월도 눈물을 찍어내는... 이강, 질겅질겅 씹고... 옅은 한숨을 토하던 이현, 원망 섞인 시선으로 백가를 바라보는...

백가	(덤덤한) 식구들끼리 싸우덜 말어. 시상에 식구 이상 읎어.

43.   동 안채 마당 일각 (밤)

나란히 밤하늘을 보고 선 이현과 이강.

이현   차차 나아질 것입니다. 너무 걱정 마세요.

이강   자주만 불러줘.

이현   … 형님.

이강   (보는)

이현   아버지와는 다른 이방이 되셔야 합니다.

이강   (너털웃음) 평상 아부지 허는 것만 봤는디 나가 먼 수로?

이현   (지그시 보는)

이강   ?

44.   (아낙2의) 초가집 마당 안 + 바깥 일각 (밤)

툇마루에서 식사 중인 노파, 처녀와 사내아이… 쌀 몇 톨 떠 있는 희멀건한 숭늉에 간장 한 종지가 전부인… 물을 벌컥벌컥 마신 아낙2, 트림하다가 사립문 가장자리에 놓인 자루를 본다. 의아한 표정으로 다가와 자루를 벌리면 쌀 위에 엽전 꾸러미가 올려져 있다.

아낙2   (헉!) 엄니! 이리 좀 와 보쇼!

초가가 보이는 길 모퉁이 일각. 수레를 세워놓고 지켜보는 이현과 이강. 아낙2 주변에 모여들어 기뻐하는 식구들의 모습이 멀리 보인다. 이현, 옅은 미소로 돌아보면 정작 이강의 표정은 침통하다.

45.   빈민가 일각 (밤)

이강, 굳은 표정으로 척척 걸어온다. 이현이 뛰어와 잡는다.

이현   왜 이러세요?

이강	낯 간지러서 더는 안 혀.
이현	(미소로) 저도 첨엔 그랬습니다. 자꾸 하다 보면, (하는데)
이강	(뿌리치는) 글씨, 안 헌다니께!
이현	형님...
이강	이런 건 동상 겉은 고상헌 사람헌티나 어울리는 거이제 나넌 아녀.
이현	형님은 왜 아닌데요?
이강	(대꾸하려니 짜증스러운) 고부 사람들헌티 물어봐. (가는데)
이현	전봉준이 그랬다면서요.
이강	(멈추는)
이현	거시기넌 죽었다구.
이강	(심란한... 애써 부정하듯) 미친늠 헛소리제.
이현	(다가서는) 전봉준... 광인일진 모르나 형님껜 더없는 은인입니다.
이강	(거슬리는) 시상에 손 한 짝얼 등신 맨들어부는 은인도 있당가?
이현	양민에게 흉기를 휘두르던 거시기의 손이었습니다.
이강	...
이현	젓가락질조차 서툰 형님의 그 어린애 같은 왼손... 그게 백이강의 손입니다.
이강	(보는... 서서히 노기가 가시는가 싶더니 피식) 하여튼 말로넌 못 당헌당게.
이현	(미소)
이강	나가 깜빡허고 그 말을 못 혔는디...
이현	?
이강	(왼손 내밀며) 혼인... 감축허네.
이현	(흔쾌히 악수하며) 함은 형님이 들어주셔야 합니다.
이강	안 시켜주믄 들고 내뺄라겄으.

미소로 바라보는 형제. 그 위로 달빛이 깊다.

46.   도임방 앞 (밤)

상점들 철시한... 자인과 덕기, 장부를 한 아름씩 안고 임방을 나온다.

덕기	장부 이거, 임방 기밀인 거는 알고 이카는 거지예? 봉길이 행님 알모 해딱 디
	비질 낍니더. (장부 내려놓고 문 조용히 닫는)
자인	하나뿐인 딸년을 설마 죽이기야 하겠습니까?
덕기	(장부 들며) 근데 참말로 이걸 보모 전봉주이를 찾을 수 있는 깁니꺼?
자인	(여각을 향해 걷는) 함께 잠적한 잔당의 수가 기백 명... 쌀이며, 의복이며 조
	달해야 할 물목과 수량이 엄청날 터이니 각 고을의 장터세 징수내역을 조사
	하면 분명 꼬리가 밟힐 것입니다.
덕기	것도 전봉주이가 전라도에 있을 때 얘기다 아입니꺼?
자인	있습니다. 제가 본 전봉준은 그런 사람이에요. (하는데)

골목에서 불쑥 튀어나오는 두 명의 삿갓 쓴 사내들... 자인, 한 사내와 부딪혀 넘어지고 장부책들이 바닥에 흩어진다.

| 덕기 | 객주님! |

아파하는 자인을 보고 당황하는 삿갓 속의 얼굴... 최경선과 송희옥이다.

최경선	죄송허게 됐소. (급히 자리를 뜨는)
자인	!
덕기	(삿갓들을 향해) 보소! 이거 쭈아주고 가야지!
최·송	(종종걸음 쳐서 골목으로 사라지는)
덕기	뭐 저런 것들이 다 있노, (하는데)
자인	최경선...
덕기	예?
자인	전봉준의 심복, 그자 목소리예요!
덕기	(말 끝나기 무섭게 냅다 뛰어가는)
자인	최행수!

47. 시장 골목 곳곳 (밤)

미로 같은 복잡한 골목에서 작대기 정도 쥔 덕기와 최경선 일행의 신중하고 조용한 추격전... 스칠 듯 엇갈리는 사람들... 마침내 구석으로 몰아넣었다 싶은 덕기, 작심하고 들이치면 막다른 골목이다... 두리번대는... 종적이 묘연한...

48.　전주여각 앞 (밤)

덕기, 터벅터벅 걸어온다. 자인이 심각한 표정으로 벽을 보고 서 있다.

덕기　놓치삣심더... 근데 최경서이가 확실합니꺼?
자인　(벽에 시선이 꽂혀 있는)
덕기　(다가서며) 먼데예? (하다가 표정이 대번에 변하는)

빛바랜 전봉준의 용모파기 옆에 '更爲起包' 네 글자가 쓰여진 패서.

자인　그자들이 붙인 것입니다.

자인, 시선을 돌리면 담장 곳곳에 나붙은 패서들! 자인, 불길한...

49.　전라감영 외경 (낮)

봉길　(E) 갱, 위, 기, 포.

50.　동 관찰사의 집무실 안 (낮)

패서를 보고 있는 김문현. 그 곁에 꾸부정하게 서 있는 봉길. 문가에 버티고 선 영장.

봉길　각 고을으 동학쟁이들이 모인 거슬 접이라고 허고 고 접이 여러 개 모인 늠을

	포라고 헙니다. 포를 다시 세운다... 긍게 다시 봉기한다는 야그지라이.
김문현	(발끈해서 탁자를 팍 치는) 놈이 여태 전라도에 있었다니... 영장!
영장	예! 대감!
김문현	안핵사에게 전해! 무슨 수를 써서라도 내 앞에 전봉준이 목을 가져오라구!
영장	예! (나가는)
봉길	...

51. 몽타주

1) 고부관아 외삼문 앞 (밤) – 말을 탄 이용태, 감영군을 이끌고 출정한다.
앞 열, 군교들 사이에 당손의 모습도 보인다.
2) 산간 마을 (낮) – 민가를 닥치는 대로 약탈하는 감영군들... 맞고, 죽고,
끌려가고... 더러는 저항하고 도주하는 양민들.
3) 산길 (낮) – 가재도구를 이고 피난하는 양민들.
4) 다른 산길 (낮) – 진군하는 감영군들.
5) 벌판 – 지평선을 향해 도망치는 농민가족들... 말을 타고 토끼몰이하는 감
   영군들... 말을 세운 군교, 아이를 안은 농부를 향해 활을 겨눈다. 농부의 표
   정에 절망이 스치고 활시위가 팽팽해지는... 순간, 군교의 표정이 일그러지더
   니 등에 화살이 박힌 채로 고꾸라진다. 그 너머로 모습을 드러내는 남루한
   행색의 사내들... 비장한 표정의 전봉준, 최경선, 송희옥 등 동학군들이다. 주
   춤대는 감영군들... 분노를 내뿜으며 전진해오는 동학군들의 모습에서...

52. 백가네 안채 / 거실 안 (낮)

새 가구를 든 하인들이 복도를 분주히 오간다. 화려한 자개장을 든 하인 두
명이 남서방을 따라 들어와 구석에 놓는다. 의자에 앉아 차를 마시는 백가
와 홍가... 채씨와 이화가 화색이 되어 들어와 자개장을 본다.

이화	오매, 방이 다 훤허네이~

채씨	왕실에 진상허는 자개쟁이가 맨든 거랴. 디져블제이?
이화	이! 오지네이.
홍가	으째, 봄맞이 새 단장 허시는 갑소이?
채씨	속 쓰린 소리 허덜 말드라고. 고 망헐 동비늠덜 땀시 집안이 아사리판이 되부렀잖여... 인자 양반 메누리도 들오는디 쪼글시럽게 빈티나 풍겨싸믄 쓰겄어?
홍가	안 되지라이. 그냥 양반도 아니고 정승 자손 메누린디요.
채씨	(좋아 죽는) 그라제! (낄낄대며) 오매, 이화야. 느그 엄니, 정승 소리만 듣고 흘렸는디도 기 빨려 디질라근다. 으쩌냐? 이?
이화	근디 요새 우덜 형편에 넘 무리허는 거 아녀?
채씨	음마? 느그 아부지 있고, 백산에 싸전이 있는디 먼 걱정이여? (친근하게) 영감, 안 그라요?
백가	...
채씨	(머쓱, 흥얼대며 이화 끌고 나가는) 이현이 방에~ 병풍은~ 으째 됐으끄나~
이화	(따라 나가는)
백가	(진지한) 그래서... 전봉준이가 또 나타났다고?
홍가	야. 어제 태인서 출몰했다는디라.
백가	그제는 장성이라고 안 혔어?
홍가	여그저그 찔뻑거림서 갱위기폰가 염병인가럴 도모허는 모냥입디요. 으째 분위기가 쪼까 껄쩍지근허잖여라?
백가	... 염병.

53.   백산 싸전 (밤─낮)

사립문으로 빈 수레들이 들어간다. 일각에 남서방, 마름들 앞에 서 있다.

남서방	읍내 싸전으로 최대한 신속허니 옮기라는 어러신으 엄명이여. 요령 피다 걸리믄 거적말이 당헐 줄 알드라고. 알었어!
마름들	야!

그때 어디선가 날아와 대문에 박히는 불화살! 일동, 기겁해서 보면 칼을 든 괴한들이 어둠 속에서 나타난다. 남서방, 헉!

〈시간경과〉

여기저기 불을 놓는 괴한들... 포박당한 채 벌벌 떠는 남서방과 마름들 앞에서 동학 주문을 외우는 사내들... 불길이 헛간을 집어삼킨다.

〈시간경과 - 낮〉

남서방과 마름들, 죄인처럼 꿇어앉아 있다. 잿더미로 변한 싸전을 망연자실하게 바라보는 백가... 그 곁에 씁쓸한 표정의 이현... 이강, 부적을 들고 백가에게 다가선다.

이강   (보여주며) 수레에 붙어 있던 늠입니다.

부적을 일별한 백가, 저주 같은 신음을 뱉으며 잿더미를 향해 걸어간다. 다리에 힘이 풀린 듯 털썩 무릎을 꿇는... 넋 나간 얼굴로 잿더미를 응시하는...

백가   전봉준이... 이늠... 이 찢어죽일 늠...
이강   (착잡하게 백가를 바라보며 혼잣말처럼) 으째 쪼까 거시기헌디... 참말로 동학쟁이덜 짓일랑가...
이현   ... 누군들 무슨 상관이겠습니까? 어차피 자업자득... 뿌린 대로 거둔 것입니다.

이강, 보는... 이현, 냉담한 표정으로 걸어간다.

54.   도임방 집무실 안 (낮)

문이 벌컥 열리고 굳은 표정의 자인이 들어온다. 홀로 있던 봉길,

봉길   고래가꼬 문짝이 부서지겄냐?

자인   (쏘아보는)

봉길   으째 이려?

자인   백산에 백가늠 쌰전, 홀라당 타부렀다는 야그 들었능가?

봉길   고딴 것도 모르고 도접장 자리에 앉어 있었냐? 전봉준이가 니 대신 복수를 지대로 혔더구먼.

자인   시방 썩은 쌀 한 톨도 아쉬운 처질 턴디 생쌀을 태워분다고?

봉길   그믄 지고 가? 감영군은 굼벵이여?

자인   아부지가 헌 짓이제?

봉길   (보는)

자인   백가네 혼인허는 것꺼정 아는 게 이상허다 혔으... 동태럴 살피다가 동학쟁이 덜이 설칠 띠를 노렸던 거 아녀?

봉길   ... 그려, 나가 그렸어.

자인   (실망스러운) 고거밖에 안 되넌 분이셨능가?

봉길   머시여?

자인   장똘뱅이 목심보다 중헌 거시 물건이람서... 근디 물건을 태워부러야?... 그것 도 피 겉은 쌀얼!!!

봉길   딸년 목심 가지고 장난치는 늠을 그믄 그냥 놔둬?

자인   나가 참는다지 않았능가! 시상 공부 헌 셈 치겄다고!

봉길   (발끈) 시상 공부했다는 늠 입에서 참는단 소리가 나와!!

자인   !

봉길   장사넌 둘째 치고 밥그륵 간수라도 허고 살래믄 고딴 소리 지꺼딜 말어! 시 상 그리 호락호락헌 디 아녀! 전장터여!

자인   (보다가 차갑게) 아니... 고건 아부지가 사는 시상이여.

봉길   (보는)

자인   나넌 다른 시상 살래니께 아부지나 밥그륵 싸움 많이 허고 살드라고. (박차 고 나가는)

봉길   ...

55. 전주여각 대청 안 (낮)

심란한 표정의 자인 옆에 덕기, 앉는다.

덕기   고부관아에서 전봉준의 소행이라꼬 결론을 내릿다캅니더. 전라감영에도 그
            리 고한 모양이고예.

자인   백가네 분위기는요?

덕기   백가는 몸이 불편해가 등청도 몬하고 뒷방 늙은이 다 됐다캅니더. 거시기가
            이방 될 끼라카는데 손이 망가지가꼬 힘도 못 쓰고예.

자인   손이... 망가지다니요?

덕기   ... 불구예.

자인   (가슴이 철렁하는... 대문으로 멍한 시선을 돌리는)

덕기   와 그라십니꺼?

아무 말이 없는 자인... 이현이 대문으로 들어선다. 자인과 덕기, !

이현   (가벼운 목례... 미소로) 그간 무탈하셨습니까?

자인   ...

56. 동 자인의 집무실 안 (낮)

이현, 옅은 미소를 띠고 앉은... 태연히 차를 따르는 자인, 이따금 이현, 표정
을 살피는... 묘한 긴장감이 느껴지는...

자인   (찻잔 건네며) 드세요.

이현   감사합니다. (홀짝이는)

자인   이곳까지 어인 일이십니까?

이현   필요한 물건이 있는데 송객주님이라면 구할 수 있을 듯하여 왔습니다.

자인   뭡니까?

이현   무라다총... 메이지 22년식.

자인	(보는)
이현	동비들이 다시 난을 일으킬지 모른다 하니 대비를 해두려구요.
자인	책이나 파던 서생이 총을 다룰 수 있겠습니까?
이현	경응의숙 유학시절에 제일 좋아했던 과목이 사격이었습니다.
자인	(의외라는 듯 보다가) 장담은 못하겠습니다. 개항장의 왜상을 통해 밀거래를 해야 할 터인데 백도령 춘부장 덕분에 제 신용이 바닥이거든요.
이현	그 일은 아버질 대신해서 사과드리지요. 그리고 백산 싸전은 불이 나서 폐허가 됐습니다.
자인	... 저런, 어쩌다가요?
이현	동비들의 짓이랍니다.
자인	(내심 안도하는데)
이현	불을 지르면서 보란 듯이 13자 주문을 외우고 곳곳에 동학부적을 붙여놓았으니까요. 역시 보란 듯이 말입니다.
자인	무슨... 말씀이신지?
이현	동비의 소행으로 보이기를 원하는 자... 그자의 소행이라는 얘깁니다.
자인	(짐짓 불쾌한) 혹시 저를 의심하시는 겁니까?
이현	(미소) 그럴 리가요. (주전자를 집어 자신과 자인의 잔에 차를 따르는) 어릴 적에 스승님의 총애를 받는다는 이유로 양반 자제들에게 몰매를 맞은 적이 있습니다. 이강 형님께서 복면을 하구서는 일일이 찾아가 초죽음을 만들어 놨더랬죠. 그 후론 아무도 저를 건드리지 못했습니다.
자인	아주 멋진 형님을 두셨군요.
이현	객주님도 멋진 아버님을 두신 것으로 압니다만.
자인	!
이현	(보는)
자인	(이내 여유로운 미소로 말 돌리는) 형님은 그런 짓을 하고도 용케 무사했군요.
이현	(미소) 양반들이 그랬거든요.
자인	(미소) 뭐라구요?
이현	(정색하며) 물증이 없으니 참고 넘어가겠다, 허나... 두 번은 용서 못한다고.

자인과 이현의 시선이 팽팽히 부딪힌다.

| 자인 | (싱긋) 총은 제법 비싼데... 선금은 가져오셨습니까? |
| 이현 | (미소) 물론입니다. |

57.   백가네 안채 / 백가의 방 안 (낮)

머리에 수건을 두른 핼쑥한 안색의 백가, 앞에 선 이강에게 장부를 내민다.
이강, 뭐냐는 듯 보면,

백가	(독기 서린) 작년에 군포[8]럴 미납헌 집덜이여. 갓난 늠, 기집, 늙은이 헐 것 읎이 대가리당 곱절쓱 매겨서 거둬 와.
이강	(찜찜한) 곱절씩이나요?
백가	(다그치듯) 이현이 혼사 안 치를겨?
이강	...

58.   말목장터 (낮)

(1회 3씬과 비슷한 느낌으로) 가게들이 속속 철시하고 남루한 행색의 사람
들이 길가로 비켜서거나 골목으로 숨어든다. 이강, 억쇠, 철두, 통인들, 수레
와 함께 나타난다. 철두, 주변의 물건을 걷어차며 으스대는... 잔뜩 굳은 표정
으로 걸어오는 이강의 표정 위로...

플래시백〉24씬의,
| 유월 | **죄는 미워도 인간이 불쌍허니께... 거시기, 거시기, 개처럼 불림서 개처럼 사는 늠... 개과천선혀서 사람겉이 좀 살어보라고 그런 거잖여!** |

---

8   군포: 군복무 대신 베로 내는 세금.

현재〉
사람들의 두려운 시선이 불편하기만 한 이강의 표정 위로...

플래시백〉43씬의,

이현   **아버지와는 다른 이방이 되셔야 합니다.**

현재〉

이강   (울컥) 씨벌, 뭘 봐! 쩌리 안 꺼져!

사람들, 혼비백산 숨어들고... 이강, 작심한 듯 속도를 내면... 흡족한 표정의
철두, '가즈아!' 외치고... 통인들, 따르는...

59.   (아낙2의) 초가집 마당 안 (낮)

아낙2의 가족들, 철두 앞에 주저앉아 오열한다. 통인들이 헛간에서 면포와
곡식자루 등을 갖고 나간다. 문가의 이강, 애써 냉정을 유지한다. 안방에서
나온 억쇠, '대장!' 하며 무언가를 던진다. 이강, 받으면 엽전 꾸러미다. 꽂힌
듯 바라보는...

60.   동 초가집 앞 (낮)

통인들, 분주히 오가는... 수레에 차곡차곡 쌓이는 현물들... 침통하게 지켜보
는 이강... 옆의 민가에서 장부를 든 억쇠가 나온다.

억쇠   여그도 빈집이구먼. 야반도주여.
이강   ...
억쇠   이래가꼬 고부에 사람이 남어날라나 모르겠다.

순간, 어디선가 들리는 여인의 비명소리! 이강, 돌아보는.

61. 골목 (낮)

겁에 질려 벽으로 주춤 물러나는 처녀. 단검을 놀리며 다가서는 철두.

처녀 사, 살려주쇼이.
철두 (비릿한 미소로 처녀의 뺨을 어루만지며) 살고 잡음 잠자코만 있드라고.
처녀 (터지는 울음을 가까스로 참는)
철두 흐미... 곱상허네이...
이강 (E) 철두야.

철두, 돌아보면 오른손의 헝겊을 풀며 속보로 걸어오던 이강, 엽전 꾸러미를
슬쩍 던져준다. 무심코 받으려는 철두에게 발차기를 날리는 이강. 나동그라
지는 철두. 엽전 꾸러미를 주워 헝겊으로 감는 이강. 울컥한 철두, 단검을 바
투 쥐고 반격하려는데 헝겊 뭉치가 머리를 강타한다. 맥없이 실신하는 철두...
이강, 쓸쓸하게 내려다보는... 처녀, 다리에 힘이 풀린 듯 주저앉는... 이강, 엽
전 꾸러미를 처녀 앞에 툭 내던진다.

이강 엄니 갖다 디려.

처녀, 놀라서 보면 이강, 걸어간다. 뭔가 결심이 선 표정이다.

62. 백가네 행랑채 / 이강의 방 안 (밤)

착잡한 기색의 유월, 억쇠를 바라본다.

유월 혀서... 철두년 으째 됐냐?
억쇠 정신은 겨우 차렸는디 대그빡이 깨져부러가꼬 돈이 솔찬히 들어가겄는디라.
유월 ...

억쇠　아짐, 대장 넘 머라 허지 마쇼. 철두가 맞얼 짓을 혔구먼이라.

유월　이강이, 시방 으됬냐?

63.　동 안채 / 백가의 방 안 (밤)

이강, 백가 앞에 서 있다.

이강　모더겠습니다.

백가　(보는... 노기 어리는)

이강　...

백가　(참는) 딴 늠 시킬텅게 그만 나가 봐.

이강　(망설이는)

백가　나가라잖애.

이강　(작심하고) 이방얼... 모더겠다고라.

백가　... 머시여?

이강　면목 없습니다.

백가, 지팡이를 짚고 일어나 다가선다. 이강을 빤히 바라보는... 이강, 애써 그 시선을 피하지 않는... 백가, 느닷없이 이강의 뺨을 톡 때린다.

백가　으째 이려? 정신 나갔으?

이강　정신 멀쩡형게 이러는 거제라. (하는데)

백가, 사정없이 이강의 뺨을 갈긴다. 비틀 물러선 이강, 보면...

백가　(날이 바짝 선) 다시 지껴 봐... 머시라고!

이강　(다부지게) 안 허겄다고요... 이방!

백가와 이강의 격한 시선에서... 엔딩!

4회

1.   (3회 엔딩씬의) 백가네 안채 / 백가의 방 안 (밤)

백가, 사정없이 이강의 뺨을 갈긴다. 비틀 물러선 이강, 보면...

백가   (날이 바짝 선) 다시 지껴 봐... 머시라고!
이강   (다부지게) 안 허겄다고요... 이방!

격렬히 부딪치는 두 사람의 시선!

2.   동 마당 안 (밤)

남서방, 이현을 맞는다.

남서방   (짐 건네받으며) 말씀도 않구 으디럴 다녀오셨당가요? 마님께서 을매나 걱정
       허셨다고라...
이현   바람도 쐴 겸 해서 전주에 다녀왔어요. (하다가 보면)

유월이 억쇠와 행랑채에서 들어온다.

이현	작은어머니...
유월	(수심 가득한) 되렌님.
이현	무슨 일입니까?
억쇠	대장이 철두를 디지게 패부러가꼬요.
이현	...

3.   동 앞 복도 (밤)

이현, 유월과 걸어와 문을 열려는데...

| 백가 | (E) 이방얼 안 허믄 머덜라고? |

멈칫하면서 서로를 마주보는 두 사람.

4.   다시 백가의 방 안 (밤)

이강	이현이 혼사 마치믄 엄니랑 고부 뜰랍니다.
백가	뜨믄?
이강	땅 파서 묵고 살어야제라.
백가	고 땅에는 사또 없디야?
이강	있겄지요.
백가	나 겉은 아전 없고 느 겉은 통인[1] 늠덜 없대!
이강	각오는 섰승게 엄니 면천만 시켜주셔라.
백가	이방 혀... 그게 니 팔자여.
이강	... 아부지.

---

1   통인: 예비 아전.

백가   (보는)

이강   (간절한) 나 좀 그만 놔 주쇼.

백가   (싸늘해지는)

이강   엄니랑 잘 살 자신 있당게요.

백가   ... 그려 그믄.

이강   !

백가   (차갑게) 그러라고.

이강   (보는... 안도하는)

5.   다시 복도 + 백가의 방 안 (밤)

나오던 이강, 멈춘다. 노려보는 유월... 지켜보는 이현.

이강   으째 도끼눈이여?

유월   써글 눔...

이강   환장허네... 아, 엄니 소원대로 혔는디 으째, (하는데)

유월, 이강을 안는다. 이강, 적이 놀라는... 이현, 흐뭇한 미소로 목례하고 사라지는...

이강   고상 징허게 헐 것이구면.

유월   다 고로코롬 살어.

이강   끼니도 오지게 걸러불 거신디...

유월   디지기밖에 더 혀?

이강   디지긴 누가 디져... (힘주어 안으며) 안 디져... 나만 믿어.

유월, 눈물 그렁해지는... 이강, 의지를 다지는... 열린 문틈으로 지켜보는 백가... 문을 닫고 돌아서는... 무언가 결심하는 그의 표정에서 F.O.

6. 백가네 행랑채 마당 안 (새벽)

    멀리서 닭 우는 소리가 들리는... 마루 한 켠, 헝겊 안에 놓인 가죽장갑... 수건 정도 걸치고 의아하게 바라보는 이강.

7. 동 안채 / 이현의 방 안 (낮)

    이강과 마주 앉은 이현, 의아한 표정으로 장갑을 보고 있다.

이강   동상이 전주서 사 온 거 아녔어?
이현   전주에서 살 수 있는 물건이 아닙니다. 일본에서도 고관대작이나 끼는 사치품이거든요.
이강   그려?

8. 고부 어귀 (낮)

    장승 일각. 남장을 한 자인, 덕기와 나란히 앉아 있다. 곁에는 말 두 마리가 한가롭게 풀을 뜯는...

덕기   거 관찰사 줄라캤던 거 아입니꺼?
자인   또 구하면 되죠.
덕기   거시기한테 와 그라시는데예? 둘이 머 짜다라 친했십니꺼?
자인   (피식)

      플래시백〉3회 7씬의,
이강 **두 번 다시... 내 눈에 띄지 말어.**

      현재〉
자인   (덕기에게 싱긋 웃어보이며) 뭐, 나름?

덕기	(중얼) 뭐라카노?
자인	(일어나는) 일어나세요. 무장현[2]으로 갈 것입니다.
덕기	(따라 일어나며) 갑자기 무장현은 와예?
자인	(말에 타며) 아버지 임방에서 훔쳐온 장터세 징수 장부 기억하시지요?
덕기	(말에 타며) 근데예?
자인	무장현의 장터세가 예사롭지 않게 늘었습니다. 근자에 사람이 많아졌단 얘기지요.
덕기	(혹해서) 그라모... 전봉주이네 은신처가 거 오데 있을 끼란 말입니꺼?
자인	(자신만만) 아마도.
덕기	(조금 놀란 듯 보다가) 궁금한 게 있는데예.
자인	(삐기듯) 물어보세요.
덕기	객주님 혹시... 거시기 글마 좋아합니꺼?
자인	... 이런 써글!

덕기, 냅다 말을 달려 나가는... 자인, 어이없는...

9.   백가네 안채 / 거실 안 (낮)

냉랭한 표정의 백가, 채씨, 이화, 이현, 식사하는...

이화	미친 거 아녀? 남덜언 못혀서 안달허는 이방을 으째 안 헌다고 난리디야?
채씨	개도 묵으라는 똥은 안 처묵는 뱁이여. 영감, 거시기 맘 변허기 전에 홍가럴 이방으로 앉힙시다.
이현	(백가를 보면)
백가	(묵묵히 먹기만 하는)
채씨	홍가가 장터 대서꾼 시절버텀 오널날 형방에 이르기꺼정 우덜헌티 을매나 극진혔소? 재산 절반만 뚝 잘라 상납허라 허고, (하는데)

---

2   무장현: 지금의 전라북도 고창군 무장면.

홍가	(E) 이방어런!

일동 보면 홍가가 부산하게 들어선다.

홍가	부르셨습니까요?
일동	(백가 보면)
백가	(수저 놓으며) 따라와. (지팡이 짚고 일어나는)
일동	?
이현	…

10. **동 백가의 방 안 (낮)**

백가 앞에 홍가 서 있다.

백가	이강이가 이방얼 안 허겄디야.
홍가	(깜짝 놀라) 야? 그믄 누굴 시키실라고라?
백가	(쏘아보는)
홍가	(머쓱한 듯, 큼)
백가	나가 허는 말 잘 들어.

홍가, 냉큼 귀를 기울인다. 백가, 무어라 지시하는…

11. **동 앞 복도 (낮)**

듣고 있던 이현, 심각해지는…

12. **다시 백가의 방 안 (낮)**

백가의 지시를 듣는 홍가의 눈이 놀라움으로 점점 커지는...

13.   백가네 행랑채 / 마당 안 (낮)

이현, 뛰어 들어온다.

14.   동 이강의 방 안 (낮)

유월, 걸레질 정도 하는데 이현이 다급히 들어온다.

이현   형님!
유월   (의아한) 되렌님...
이현   형님은요? 벌써 등청을 한 것입니까?
유월   야, 철두 보약 땀시 일쩍 나갔는디요.
이현   (탄식하더니 유월을 빤히 보는)
유월   ?

15.   고부관아 / 통인청 앞 (낮)

머리에 붕대를 감은 채 주장을 들고 있는 철두... 약첩 꾸러미를 내미는 장갑
낀 오른손... 서먹한 표정의 이강이다. 억쇠가 중간에 서 있다.

철두   (차갑게) 머여?
억쇠   싸게 받기나 혀. 대장이 식전버텀 싸돌아다녀가꼬 지어온 거여.
철두   (이강 보면)
이강   다친 딘 잠 으뗘?
철두   (피식, 가래 퉤! 뱉고 외면하고 가는)
억쇠   쪼잔헌 늠.

이강   …

16.   동 동헌 안 (낮)

홍가와 형리 두 명 앞에 초주검이 된 죄인1이 앉아 있다. 주장 하나가 부러져
있다. 철두, 들어와 주장을 건넨다. 형리들이 다시 주장을 끼우면 질겁하는
죄인1. 이강과 억쇠가 따라 들어온다.

이강   철두야.
홍가   (흠칫)
이강   나 좀 보게.
철두   …
홍가   (죄인1에게) 아, 싸게 토설을 하라니께! 같이 입도식헌 동학쟁이덜이 누구냐
       고!
죄인1   (형리들 주리 틀면 고통에 으아! 비명을 지르는)
이강   (홍가에게 다가서며) 으따 살살 좀 헙시다. 송장 치겄네이. (하는데)
죄인1   (토하듯) 유월이…
이강   !
홍가   누구?
죄인1   (울먹이며) 백가네 유월이 말여라~!!!
철두   (깜짝 놀라 이강을 보면)
이강   (안색이 변하는)
억쇠   (벙한) 이게 먼 소리디야?

홍가, 긴장해서 흘끔 보면 이강의 표정이 일그러지는…

17.   동 작청 안 (낮)

적막한… 덤덤한 표정으로 이방 책상을 쓸어보는 백가.

백가	(중얼대듯) 여그가 극락인디... 으딜 갈라고 지랄이여...

백가, 의자에 앉으면 맞은편에 이강이 노려보고 있다.

이강	(어이없다는 듯 웃으며) 시방 머더는 거다요?
백가	전봉준이 잡으러 간 안핵사가 허탕만 치고 있다니게 조만간 약이 바짝 올라 가꼬 돌아올 것이여. 돈을 솔찬히 갖다 바쳐야 유월일 풀어 줄 턴디 하나 남은 싸전언 홀라당 타부렀고... 니 힘으로 맨들어야겄다?
이강	장난 그만 허시제라? 한나도 재미 읎당게요?
백가	(피식) 느 머리털 나고 나가 장난치는 거 봤냐?
이강	나 눈깔 돌아가기 전에 원상복구허라고요!
백가	보고 들은 늠이 으디 한둘이여? 늦었으. (하는데)
이강	(책상 옆으로 집어던지는)
백가	(태연히) 엄니랑 잘 살 자신 있담서? 그믄 보란 듯이 옥에서 꺼내 봐.
이강	아부지!!!
백가	...
이강	(파르르 떠는) 으떠케... 으떠케 이럴 수가 있능게라?
백가	니 애비니께.
이강	(기막히는) 머라고요?
백가	(끙! 일어나는) 험헌 시상서 살아남을라믄 말여... 자신감얼 힘으로 착각하덜 말어... 디지는 지름길잉게. (나가는)
이강	(억장이 무너지는)

18. 동 작청 앞 (낮)

백가, 나온다. 홍가가 다급히 뛰어온다.

홍가	이방어런!
백가	유월이 심허게 다루덜 말고 곱게 가둬만 놔. (하는데)

홍가   유월이가 집에 없는디라!

백가   머시여?!

19.   말목장터 골목 (낮)

나졸들이 우루루 몰려와 지나간다. 골목에 쓰개치마를 쓴 유월과 보퉁이를
든 이현이 숨어 있다.

유월   지가 동학쟁이라니 이게 으찌된 영문이다요?

이현   (착잡한) 우선은 고부를 빠져나가야 합니다. (나가려는데)

유월   (잡고) 아녀라! 무담시 되렌님헌티 불똥 튀믄 으쩔라고라?

이현   걱정 마세요. 안전한 곳으로 갈 것입니다.

이현 문득 보면, 허름한 행색의 꼬마가 빤히 바라보고 있다.

20.   고부관아 / 통인청 앞 (낮)

이강, 억쇠 앞에 앞 씬의 꼬마가 서 있다.

꼬마   (또박또박) 동생하고 처음 술 먹었던 데로 오십시오... 이랬는디라?

이강   ...

이현   (E) 드세요.

21.   플래시백 (삼 년 전 쯤 과거) - 선운사 일각 (낮)

일각에 쪼그려 앉아 호로병을 꺼내는 이현, 봇짐을 진 이강에게 건넨다.

이강   으따, 공부허러 와서 술만 늘었는갑소이.

이현	(싱긋) 약입니다. 복분자로 빚었거든요.
이강	(마시고) 오매, 혹 들와부는디요? (건네는)
이현	(받아 마시는)

흐뭇하게 바라보는 이강의 시야에 들어오는 현판... '禪雲寺'다.

22. 현재 - 다시 통인청 앞 (낮)

꼬마	(엿을 쥐고 싱글벙글 뛰어가는)
이강	(마음을 다잡는)
억쇠	말 한 필 쌔배다 줄팅게 싸게 가야.
이강	(일어나는) 엄니 누명부터 벗개야제. 평상 숨어살 순 없잖여.
억쇠	?

23. 움막 앞 (낮)

개울가에 다 쓰러져가는 움막 한 채... 이강이 나타난다.

억쇠	(E) 집두 절두 없이 혼자 사는 놈이랴.

움막으로 걸어가는 이강... 일각 나무 뒤에서 모습을 드러내는 철두.

24. 움막 안 (낮)

천이 홱 걷혀지고 이강, 들어온다. 죄인1, 모로 돌아누워 있다.

이강	생사람 잡어놓고 태평허게 잠이 와? 인나.
죄인1	...

| 이강 | (어깨를 잡아당기며) 인나라니께! |

이마에 표창이 박힌 채 죽어 있는 죄인1!

| 이강 | (헉!) 머여, 이거... |

25. 다시 움막 앞 (낮)

당황한 이강, 움막을 빠져 나오는데... 어디선가 날아와 가슴에 박히는 단검!
비틀대는 이강... 철두가 이죽거리며 서 있다.

철두	안에 저늠... 사람덜이 다 거시기가 그런 줄 알겄제?
이강	(으윽! 가까스로 버티고 서는)
철두	(헝겊으로 돌을 말아감으며) 누명만 씌우고 말라갰는디 으째 와부냐?
이강	처, 철두야...
철두	잘 왔으. 깨끔허니 끝내부러.

철두, 뛰어와 돌뭉치로 이강의 머리를 가격하는... 이강, 폭 쓰러지는... 철두,
움막 안으로 들어가 시체를 끌고 나온다. 이강, 눈만 껌뻑이고...

| 철두 | (시체를 이강 곁으로 옮기며) 거시기 넌 느그 엄니 일러바친 늠허고 싸우다
가 칼 맞어 뒤진 거시고 이늠은 대그빡에 표창얼 맞어가꼬... (하는데 죄인1
의 이마에 표창이 없는) 음마? 표창 으디 갔대? (이강 보면) |

이강, 오른손을 드는... 장갑 안에 넣어둔 표창이 떨어지고 왼손으로 잡아 철
두의 목을 찌르는... 철두, 컥!... 이강의 눈망울이 떨린다.

26. 고부관아 외삼문 앞 (밤)

나졸들, 횃불을 밝히고 선... 수레 위 거적에 덮인 두 구의 시체... 죄인1의 얼굴이 드러난... 황망한 표정의 백가, 다른 시체의 거적을 내리면 철두다. 마뜩찮은 표정으로 바라보는 박원명, 곁에 홍가 서 있다.

홍가   (박원명에게) 억쇠라고 통인늠 말이 낮에 백이강이가 찾아갔다는디라.

박원명   죽은 통인놈은?

홍가   고거시 쪼까 의문시럽긴 헌디 어짓밤에 백이강이헌티 작살나게 맞아부렀다네요이.

백가   (절뚝대며 다급히 다가서는) 사또! 그늠이 쪼까 거칠긴 혀도 사람얼 죽일 위인언 아니구먼이라.

박원명   (차갑게 보는)

백가   (비굴한 미소로) 날도 춘디 내아³로 드시제라. 소인허고 긴히 야그를 좀, (하는데)

박원명   형방!

홍가   야?

박원명   사건을 전라감영에 고하고, 백이강을 관속명부에서 삭제토록 하게!

백가   사또!

박원명   나졸들은 뭐하는 게야! 냉큼 가서 놈을 추포해오지 않구!!

나졸들, '예!' 하고 흩어진다. 백가, 당혹스러운... 홍가, 보는...

27.   황진사댁 외경 (밤)

홍가   (E) 진사나리께는 늘 감사허고 있구먼이라.

28.   동 석주의 방 안 (밤)

---

3   내아: 수령이 기거하는 관아 안채.

홍가, 병석의 석주 앞에 납작 엎드려 있다. 석주, 덤덤히 보는.

플래시백〉2회 48씬의,
홍가	**백가가... 숨은 곳을 아는구만이라!**
석주	!

현재〉
석주	무슨 일인가?
홍가	사둔댁 소식을 좀 아셨으믄 혀서... 거시기늠이 살인을 혔구먼이라.
석주	뭐라?
홍가	엄니 누명 벗긴다고 염병허다가 한 늠도 아니고 두 늠이나 골로 보내부렀당게요.
석주	누명이라니?
홍가	거시기가 먼 바람이 불었는지 이방얼 안 헌다고 뻐팅기니께, 백가가 정신 차리게 헌담서 유월이럴 동학쟁이로 몰아부렀구먼이라.
석주	(기가 막히는)
홍가	백가가 고로코롬 숭악헌 인간인디... 그래도 혼인을 하실라고라?
석주	... 그만 돌아가게. 자초지종은 이현이에게 들을 것이야.
홍가	이현이 시방 유월이허고 사라져붓는디라.
석주	!

29.　선운사 경내 (밤)

남루한 행색의 노약자, 부녀자들이 삼삼오오 모여 있는... 일각에 나란히 걸터앉은 이현과 유월.

유월	시절이 수상혀서 긍가, 불공 디리러 오는 사람들이 많네요이.
이현	(착잡한) 도망쳐온 동학쟁이들입니다. 개중엔 작은어머니처럼 누명을 쓴 사람들도 있을 테구요.

유월	그나저나 인자 그만 고부 가셔야제라. 걱정덜 허실 틴디... (하다가 보면)
이현	(힘겨운 듯 고개 숙인)
유월	되렌님...
이현	작은어머닌 화도 안 나세요? 저는 지금 너무 화가 나서... (처연한 미소) 미칠 것 같습니다.
유월	(따뜻하게 보다가) 으쩌먼 지도... 동학쟁일런지 몰러라.
이현	네?
유월	낫 놓고 기역 자는 몰러도, 동학이란 거시 사람얼 한울님 매이로 중히 여기고 귀천도 따지덜 않는다는 거슨 아는구먼이라... 허서 나도 새벽마동 정화수 떠놓고 을매나 빌었다고라.
이현	뭐라고 비셨는데요?
유월	(옅은 미소) 우리 이강이... 귀천 없는 시상서 사람겉이 살게 해돌라고요...
이현	(먹먹한)

30. **야산 (밤)**

눈이 퉁퉁 부어오른 이강, 가슴을 부여잡은 채 필사적으로 도주한다. 앞이 잘 보이지 않는 듯 손을 휘휘 저어가며 힘겹게 나아가는... 발을 헛디뎌 굴러 떨어지는... 울컥, 피를 토하는 이강...

31. **선운사 경내 (밤)**

유월, 탑 앞에서 머리를 조아리며 간절히 기도하는...

32. **개천가 (밤)**

가쁜 숨을 몰아쉬며 힘겹게 개천을 건너는 이강... 물살에 휩쓸리면서도 가까스로 땅을 밟은 이강... 기진맥진해서 털썩 무릎을 꿇는...

이강   (토하듯) 엄니...

의식을 잃고 서서히 엎어지는 이강... 달이 무심하게 빛난다.

33.   야산 일각 (낮)

풀밭에 퍼질러 앉아 주먹밥을 먹는 덕기와 자인.

덕기   (꿍얼대는) 세금 마이 걷히고 사람만 많으모 머하노? 전봉주이가 없는데...
자인   밥이나 드세요.
덕기   헛다리 짚을 만큼 짚었다 아입니꺼? 인자 그만 전주 가입시더.
자인   끈기를 좀 가지세요. 전봉준을 찾아내야 나카무라에게 위약금을 탕감받을
         것 아닙니까?
덕기   (큼.) 객주님예.
자인   (귀찮은) 또 왜요?
덕기   저리로 쪼매만 가모 선운사라꼬 있는데예. 그 동네 복분자술이 꺼삑 직입니
         더. 한 잔만, (쪽! 마시는 시늉) 예?
자인   (어이없는) 차라리 애를 데리고 다니는 게 낫지.

풀밭 아래 오솔길로 죽창과 칼을 든 사내들이 나타난다. 하나같이 비장한 얼
굴로 어디론가 빠르게 걸어가는... 선두의 손화중, 내려다보는 자인을 일별하
며 지나쳐간다.

덕기   (긴장) 뭐꼬?
자인   이번엔 제대로 짚은 것 같습니다.
덕기   !

34.   선운사 일주문 앞 (낮)

승려들이 줄지어 선 사람들에게 죽을 나눠준다. 이현과 유월도 있다.

이현   (동학교도들을 보며) 많아도 너무 많아요. 아무래도 다른 절로 옮겨야겠습니다.

유월   이강이넌 으쩌고라?

이현   주지스님과 친분이 있으니 전언을 부탁하면 될 것입니다.

유월   (불안한) 그늠 걸음이믄 진즉에 왔어야 허는디...

어디선가 탕! 하는 총성이 울리고 좌중, 보면 승려가 다급히 뛰어온다.

승려   감영군이오! 어서 피하시오!

승려를 베고 들이닥치는 감영군들... 비명이 터져 나오면서 순식간에 아수라장이 되어버리는... 이현, 유월을 이끌고 도주한다. 감영군들 뒤를 쫓고 당손 등 군교들을 거느린 이용태, 나타난다.

이용태   버러지 같은 것들...

35.   동 관음전 앞 (낮)

이현, 유월의 손을 잡고 달려온다. 곳곳에서 맞거나 저항하거나 끌려가는 사람들... 이현, 유월과 빠져 나간다.

36.   동 대웅보전 앞 (낮)

감영군들 진을 친... 이용태, 군교들에게 하명한다.

이용태   전봉준이 숨어 있을지 모른다. 샅샅이 뒤져라!

| 군교들 | 예! |

순간, 와~ 하는 함성소리와 함께 손화중의 무리가 들이닥친다. 이용태, 흠칫 보면 손화중이 들어선다.

| 손화중 | 감히 무장현의 도인들까지 핍박하다니... 하늘이 두렵지 않느냐! |
| 이용태 | 이런 발칙한! 쳐라! |

동학도들과 감영군들 사이에 격전이 벌어진다.

37. 동 경내 뒤편 + 인근 산비탈 (낮)

양민, 승려, 동학도, 감영군이 뒤엉켜 난전이 벌어지는... 법당의 문이 부서지 며 동학도가 굴러 떨어지는... 흥분해서 튀어나오는 당손, 모퉁이를 도는 순 간 몸을 날려 덮치는 사내. 엎치락뒤치락하다가 올라탄 당손, 주먹을 치켜들 다 멈칫한다. 눈앞의 사내, 이현이다.

| 당손 | (헉!) 처남? |
| 이현 | (극도로 흥분한) |

순간, 뒤에서 유월의 비명소리가 들린다. 돌아보면, 유월이 감영군에게 끌려 간다. 이현, '안 돼' 뱉으며 일어서는데 이번엔 당손이 덮친다.

당손	죽을라구 환장했어? 가만있어!
이현	놔요, 이거!
유월	되렌님!!
이현	(발악하듯) 이거 놔~!!!

탕! 총성이 울린다. 멍해지는 유월... 경악하는 이현... 뜻밖에도 유월을 끌고 가던 감영군이 풀썩 쓰러진다. 유월, 보면 산비탈에 우뚝 서 마우저 소총을

겨누고 있는 버들... 총구에서 스멀스멀 연기가 피어오르는... 곁에선 번개가 방패로 막아주는... 정신을 차린 듯 유월, 허겁지겁 도망친다. 이현, 당손을 뿌리치고 쫓아간다. 번개, 뿔피리를 분다.

38.   다시 대웅보전 앞 (낮)

격전이 벌어지는... 난데없는 뿔피리 소리에 돌아보는 이용태와 손화중... 산 곳곳에서 영부[4]를 붙인 동학군들이 모습을 드러낸다. 경내를 향해 포위망을 좁혀오는 동학군들...

손화중   (화색이 도는, 무리들에게) 힘을 내시오! 원군이 왔소이다!
이용태   빌어먹을!

손화중의 무리들이 기세가 올라 감영군을 공격한다. 숨어 있던 승려와 양민들까지 가세하는... 감영군이 수세에 몰리고 뒷걸음질 치는 이용태.

39.   선운사 일주문 앞 (낮)

사색이 된 이용태와 감영군들이 도망쳐 나온다. 그들을 포위하듯 프레임에 나타나는 가늠자... 그 안에서 어지럽게 흔들리는 이용태... 나무 정도에 번개와 함께 몸을 엄폐한 버들, 방아쇠를 당긴다. 이용태의 갓이 허공으로 날아간다. 이용태, 헉! 해서 보면 진입로에 위풍당당하게 버틴 동학군 검사들... 선두에 동록개·해승·김가!

동록개   저늠이 안핵사구먼?
김가   어디 몸 좀 풀어볼까?

---

4   영부: 동학 부적.

해승 (칼 뽑으며) 자~ 가세~!

함성을 지르며 이용태를 향해 돌진하는... 응전하는 호위병들과 접전을 벌이는... 버들, 지원사격을 가하는... 버들에게 달려드는 감영군들을 새총으로 공격하는 번개... 일각의 군교들, 이용태를 에워싸고 퇴각한다.

버들 (몸을 숨겨 총알 장전하며) 잡것들... 안핵사 으딨냐?
번개 (두리번대다 샛길 쪽 가리키며) 누야! 쩌그!

장전을 마친 버들이 지체 없이 사격을 가한다. 군교들의 인간방패를 뚫고 이용태의 어깨에 박히는 총탄! 버들이 노리쇠를 당기는 사이 공격해오는 감영군들... 난사하는 버들과 번개... 점입가경의 전투 속에서 군교들, 실신 직전의 이용태를 끌어안고 도주한다.

40. 산비탈 (낮)

총성과 함성이 아련히 들려오는... 유월, 이현과 가파른 산비탈을 기어오른다. 거의 다 올라왔을 무렵 발을 헛디디는 유월... 비명과 함께 본능적으로 돌부리를 부여잡고 버티는...

이현 작은어머니!

공포에 질리는 유월... 그때, 그녀의 눈앞에 불쑥 내밀어지는 누군가의 손... 유월, 올려다보면 비탈 위에 엎드려 손을 뻗은 전봉준이다.

유월 장두어른...
이현 !
전봉준 (미소) 이강이는 철 좀 들었소?
유월 (허!... 믿기지 않는 듯 보는)
전봉준 (따뜻한 어조로) 올라오시오... 새 세상이오.

유월, 힘을 내어 전봉준의 손을 잡는다. 전봉준, 힘껏 당기는... 곁에 있던 최경선과 송희옥이 이현을 끌어올린다. 비탈 위로 올라온 유월과 이현, 눈앞에 펼쳐진 장관에 입을 다물지 못한다. 산등성이 곳곳에서 대열을 지어 전진해 오는... 긴장이 풀린 유월, 전봉준의 손을 부여잡은 채 무릎을 꿇는다. 터져 나오는 울음을 간신히 참는... 흥분이 가시지 않은 듯 숨을 몰아쉬는 이현... 한쪽 무릎을 굽히고 앉아 유월의 어깨를 다독여주는 전봉준의 장엄한 모습에서...

41. 거리 (밤)

명심, 하인과 걸어오다 멈춘다. 사람들이 지켜보는 가운데 패잔병들이 비틀대며 나타난다. 끙끙대며 말잔등에 실려오는 이용태, 명심을 지나쳐간다.

명심   (보다가 짐짓 어른스레) 어허, 이런... 거 참 쌤통이로구만. (킥! 웃는)

42. 백가네 안채 거실 안 (밤)

백가, 채씨, 이화, 거지꼴이 된 당손을 바라본다.

채씨   (병한) 머시여?
이화   이현이럴 선운사서 봤다고라?
당손   어. 유월이랑 같이 있더라구.
채씨   혀서... 이현이 시방 으딨는겨?
당손   (한숨 푹) 면목 없습니다.

말 끝나기 무섭게 백가가 던진 침목이 당손 옆의 벽에 가 맞는다.

이화   아부지!

백가	(이를 악무는)
채씨	(울먹이는) 으쩌끄나이... 안핵사도 곤죽이 되야부렀다는디... 우리 이현이 먼 일 나믄 으쩌끄나...
백가	재수 없는 소리 말어! 이현이... 그리 약언 늠 아녀.
전봉준	(E) 백가의 아들이라구?

43.   숙영지 막사 안 (밤)

이현, 굳은 표정으로 앉아 있다. 전봉준이 지그시 바라보는...

이현	... 그렇습니다.
전봉준	긴장할 것 없네. 아비의 죄를 자식에게 묻는 치졸한 짓 따윈 하지 않아.
이현	(조금 안도하며) 허면 그만 저를 풀어주십시오. 혼례를 앞두고 있습니다.
전봉준	소문 들었네. 정혼자가 명심이라구?
이현	... 네.
전봉준	(미소) 일본에서 유학을 했다던데 어디서 수학하였는가?
이현	경웅의숙 보통과를 겨우 마쳤습니다.
전봉준	허면 망명한 개화당 인사들과도 교분이 있었겠구만.
이현	박영효 대감께서 호구지책으로 운영하는 기숙사에 묵었더랬습니다.
전봉준	(피식) 천하의 박영효가 기숙사라... 인생무상이구만.
이현	천하의 박영흅니다... 와신상담이라 해야 옳을 것입니다.
전봉준	(제법이라는 듯 보다가) 자네... 우리와 함께할 의향은 없는가?
이현	(보는)
전봉준	백성의 고혈을 짜낸 돈으로 얻은 지식... 백성을 위해 써보란 말이네.
이현	송구한 말씀이지만, 소생은 나으리의 방식에 동의하지 않습니다.
전봉준	어째서?
이현	죽창은 야만이니까요. 새로운 세상을 여는 열쇠일 수 없습니다.
전봉준	(옅은 미소) 허면 자네가 생각하는 열쇠는 뭔가?
이현	개화된 세상의 선진문물... 문명입니다.
전봉준	문명...

이현	문명이 사람을 교화시키고 세상을 바꿀 것입니다.
전봉준	내가 아는 야만 중에 가장 참담한 것이 무엇인지 아는가?
이현	글쎄요.
전봉준	소위 문명국을 자처하는 열강.
이현	(보는)
전봉준	약소국을 침략하여 등골을 빼먹고, 또 다른 약소국을 놓고 저들끼리 물어뜯는 괴물들이지.
이현	빛이 있으면 어둠도 있는 법입니다.
전봉준	문명의 빛에 현혹되지 말게. 문명을 만든 것이 사람이듯 세상을 바꾸는 것도 사람일세.
이현	...
전봉준	풀어줄 터이니 가서 명심이한테 전하게. (농처럼) 이 오지랖 넓은 오래비가 전주성에 볼일이 있어 참석을 못하겠다구... 진심으로 축하한다구.
이현	(일어나) 전주성으로 가는 길이 쉽지만은 않을 것입니다.
전봉준	걸어가면... 길이 되는 것이네. (미소)
이현	...

44. 동 막사 앞 (밤)

이현, 막사를 나온다. 여운이 남는 듯 막사를 일별하고 돌아서면 숙영지의 위용이 펼쳐진다. 무수한 횃불과 깃발... 망루와 막사들... 연병장을 오가는 수많은 동학군들! 이현, 심경이 복잡해지는...

〈자막〉 전라도 무장현 여시뫼 (현 전북 고창군 왕제산)

45. 왕제산 일각 + 숙영지 (밤)

자인과 덕기, 수풀 속에 숨어 숙영지를 내려다보고 있다.

자인	(어안이 벙벙한) 세상에...
덕기	(입이 떡 벌어진) 저 많은 사람을 우예 모았노?
자인	모은 게 아닙니다. 모인 것이에요.
덕기	나카무라 말고 관찰사한테 알려야 하는 거 아입니꺼?
자인	... 가요. (사라지는)
덕기	(뒤따르는)

46.　　개천가 벌판 (낮)

　　자인, 덕기, 맹렬히 말을 달려간다.

덕기	포상금 쫌 달라캐야 되는 거 아입니꺼!
자인	달라고 줄 사람들입니까!
덕기	안 주모 확 들누버뿌지예!
자인	잠깐만요!

　　자인, 멈춘다. 덕기, 따라 멈추고 자인의 시선을 따라가면 개천가에 엎드려 쓰러져 있는 한 시체...

덕기	선운사서 티끼다가 당한 거 겉심더.
자인	(한숨)
덕기	퍼뜩 가입시더.

　　자인과 덕기, 다시 나아가는... 안쓰러운 듯 시체를 바라보며 지나치던 자인의 표정이 일순 굳어진다. 뒤편에선 보이지 않던 시체의 오른손에 가죽장갑이 끼워져 있다! 자인, 말에서 뛰어내려 달려간다.

덕기	(따라 내리며) 객주님!

　　자인, 시체를 뒤집으면 역시 이강! 탄식하는 자인... 뒤따라온 덕기, 깜짝 놀

라 이강의 맥을 짚는...

덕기	아직 살아 있심더!
자인	(이강을 거세게 흔들며) 백이강! 정신 차려, 백이강! 백이강!
이강	(서서히 눈을 뜨는)
자인	!!!
덕기	봐라, 우리가 비나?
이강	(자인을 보는)
자인	날 알아보겠어?
이강	(가늘게) 으째 말얼 안 들어...
자인	뭐라구?
이강	(희미한 미소) 두 번 다시 내 눈에 띄지 말랬잖여.
자인	(격한 안도의 한숨을 토하는)

47.   전라감영 외경 (밤)

48.   동 관찰사의 집무실 안 (밤)

김문현, 심각한 표정으로 봉길을 바라본다. 곁에 덕기, 앉은...

김문현	동비[5]들의 수가 천 명이나 된다구?
봉길	이늠이 눈대중으로 시어봉게 적게 잡아도 그 정도라는디라.
김문현	(덕기에게) 그 말에 니놈 목을 걸겠느냐?
덕기	예. 어느 안전이라고 거짓을 고하겠십니꺼?
김문현	많아봤자 오합지졸... 정예병을 보내 싹 쓸어버릴 것이야!
봉길	...

---

5   동비: 동학군을 얕잡아 부르는 말.

49.   동 앞 동헌 (밤)

봉길, 덕기와 걸어 나온다.

덕기   (꿍얼대는) 칭찬 한 마디 하모 오데 쎄바닥에 종기 난다카드나? 포상은 못할
        망정 뭐어? 모가지? (안채를 향해 주먹감자 멕이며) 아나 콩이다, 자슥아!
봉길   (어딘가 보고) 나리!

덕기, 헉! 해서 보면 아무도 없는... 봉길, 한심한 듯 보는...

덕기   (가슴 쓸어내리며) 아, 행님예!
봉길   으째 혼자 온겨?
덕기   예?
봉길   자인이 으따 팔어묵었냐고?
덕기   선머시마 겉은 아를 누가 사간다꼬예? 팔아봤자 반품입니다.
봉길   (쓰읍) 시방 으됬냐니께!
덕기   걱정 마이소. 사갈 사람 직접 알아보는 중이라예. (툴툴대며 가는)
봉길   ?... 머라는겨?

50.   폐가 외경 (밤)

51.   동 일실 안 (밤)

바닥에 피 묻은 헝겊, 약종이 등등 널브러진... 자인, 앉아서 꾸벅꾸벅 졸고
있다. 고개 주억거리다가 설핏 잠에서 깨는... 다시 잠을 청하려다 소스라치
게 놀라는... 탈의한 상체에 헝겊을 감은 이강이 주시하고 있다.

자인	아우 놀래라... 야, 기척 좀 해~.
이강	이게 으떠게 된 사달이여?
자인	전주 가다 너를 발견했구, 최행수가 데려왔구, 대충 이렇게 됐구.
이강	(빤히 보는)
자인	(불편한) 거 가리든지 걸치든지 좀 하지?
이강	(상의 걸치며) 으차피 다 봐놓구선 뭘.
자인	(참고) 그러는 넌... 왜 그 꼴로 거기 있었던 거야?
이강	(그제야 떠오른 듯) 여기 으디여? 선운사 멀어?
자인	선운사?
이강	(불쑥 일어나다가 윽! 하고 비틀대는)
자인	(잡아 앉히는) 무슨 일인지 몰라도 이 몸으론 아직 무리야.
이강	가야 되야. 엄니하고 동상이 거그 있구먼.
자인	(놀라) 뭐라구?
이강	(불길한) 으째 그려?
자인	(난감한)

52. 산골 민가 (밤)

이강, 비틀대며 걸어온다. 자인이 걸어와 말린다.

자인	가봤자 소용없다니까? 거긴 이미 쑥대밭이라구.
이강	내 눈으로 보기 전엔 쑥대밭 아녀. (가다가 무언가 보는)
자인	가면 안 돼. 감영군들이 곧 무장현으로 쳐들어갈 거야. 큰 싸움이 날 거라구.

이강, 벽으로 다가간다. 살인범으로 수배된 이강의 용모파기다. 자인, 헉! 하는... 이강과 자인의 시선이 부딪친다. 자인, 본능적으로 주춤 물러서는... 이강, 침통한 표정으로 사라진다. 망연자실한 자인... 용모파기 클로즈업.

53. 고부 말목장터 (밤)

용모파기를 떼어내는 손... 이현이다. 믿기지 않는 듯 바라보는... 맥없이 손을
떨구고 멍하니 주위를 둘러보는... 참담함이 밀려오는...

54.　백가네 안채 복도 안 (밤)

머리에 헝겊을 두른 채씨, 당손의 부축을 받으며 이화와 걸어온다. 남서방이
싱글벙글 안내한다.

채씨　머시여, 이현이가 왔다고?
남서방　그렇다니께요.

55.　동 거실 안 (밤)

일동, 들어서면 이현이 덤덤하게 앉아 있다.

이화　이현아!
당손　처남!
채씨　(울먹이며 다가와) 참말로 이현이 맞냐? (얼굴 매만지며) 오매, 내 새끼 맞네
이... 이현아, 으째 이래 엄니 맴을 졸이는겨?

채씨의 손을 잡는 이현... 냉정하게 떼어낸다. 일동, !

채씨　이현아?
백가　(E) 왔냐?

이현, 돌아보면 입구에 백가가 서 있다. 이현, 일어나 인사한다.

백가　유월인 으째 됐냐?

이현	소자가.. (피식) 죽여버렸습니다.
일동	!
이현	(킬킬대는) 천한 종년이 주제도 모르고 국법으로 금한 사교를 믿는데 그걸 그냥 놔둔다면 장차 이 집안이 어찌 되겠습니까? 아버지께서 어떻게 일군 백가넨데요.
백가	이늠이!
채씨	(불안한) 이현아, 으째 이려?
이현	어머니도 더는 걱정 마세요. 이 위대한 집안과 식구들의 안위를 위해서라면 (용모파기를 천정으로 뿌리며) 거시기놈도 죽여버릴 것입니다!
백가	닥치지 못혀!!

이현, 백가를 노려본다. 살기마저 느껴지는... 백가, 내심 뜨끔하는... 이현, 박차고 나간다. 일동, 벙쪄서 보는... 백가, 어이없는...

56. 산길 (밤)

이강, 헉! 헉! 대며 가슴을 부여잡고 터벅터벅 걸어간다.

57. 폐가 일실 안 (밤)

자인, 착잡한 듯 용모파기를 바라보고 있다. 심란한... 고개를 파묻는...

58. 다른 길 (낮)

얼굴을 숨기며 마주 오는 나무꾼을 지나쳐가는 이강... 나무꾼이 사라진 것을 확인한 뒤 나무 정도 짚고 숨을 몰아쉬는... 다시 기운 내어 걸어가는데 뒤에서 말발굽 소리가 들린다. 이강, 보면 냉랭한 표정의 자인이 말을 타고 다가와 보조를 맞춘다.

자인	타.
이강	(멈춰 보는)
자인	(멈추는) 아무리 봐도 그림 속의 사내가 너무 준수해. 너일 리가 없지.
이강	나헌티 왜 이러는겨?
자인	세상엔 주고받는 거래 말고도 그냥이란 게 있다며? 나도 그냥 이러고 싶어서.
이강	그만 가아. 나랑 있어봐야 이녁헌티 좋을 거 읎어. (가는)
자인	(망설이다가) 니 오른손!
이강	(멈추는)
자인	(작심한 듯) 나 때문에 다친 거야.
이강	(천천히 돌아보는)
자인	최행수랑 전봉준 죽이러 가는 거... 내가 미리 알려줬었어. 전봉준한테...
이강	...
자인	너희를 살리려고 그런 거였는데... 미안해.
이강	(다가와 장갑 낀 오른손 들어 보이며) 그믄 이것도... 이녁이여?
자인	그래.
이강	병 주고 약 줬구먼?
자인	... 그래.
이강	... 이녁이 뒤에 타.
자인	뭐?
이강	(말에 올라타며) 머긴 머여, 꼴도 보기 싫단 말이제.
자인	(흔들림에 저도 모르게 이강의 허리를 잡는)

이강, 하! 경쾌하게 말을 몰아간다. 점차 속력을 내는... 자인의 얼굴에 편안한 미소가 떠오르는...

| 이현 | (E) 차도가 있어 다행입니다. |

59. 황진사댁 / 석주의 방 안 (낮)

석주, 이현과 마주 앉아 있다. 표정이 썩 밝지 않다.

석주   내 혼례 전까지 걸음을 말라 하였거늘...
이현   저희 이복형의 일로 심려가 크실 듯하여 왔습니다.
석주   ... 유월이와 선운사에 갔었다구?
이현   (의외라는 듯) 그것도 알고 계셨습니까?
석주   용케도 무사히 돌아왔구나.
이현   (겸연쩍은 미소) 실은 동비들에게 잡혀 전봉준을 만나고 왔는데... 저희 혼인 소식을 알고 있었습니다.
석주   ...
이현   명심아씨에게 축하한다는 말을, (하는데)
석주   그만하거라!
이현   !
석주   (수치스러운)
이현   (보는... 냉랭해지는) 혹시... 제가 돌아온 것이 기쁘지 않으십니까?
석주   (거슬리는) 뭐라?
이현   (도전적인) 왠지 그런 느낌이 들어서요.
석주   (발끈) 이놈이!
이현   (언뜻 정신 차리고, 당황하여) 송구합니다. 제가 실언을 했습니다.
석주   (외면하며) 썩 물러가거라.
이현   예... (인사하고 나가는)
석주   (침통한)

60.   동 앞 마당 (낮)

당황한 기색이 역력한 이현, 마당으로 내려선다. 내가 왜 이러지 싶은... 인기 척에 보면 명심이 원망 어린 표정으로 서 있다.

이현   아씨...

명심	선운사라니... 어찌 그런 위험한 짓을 하셨습니까?
이현	(옅은 한숨) 어쩔 수 없었습니다.
명심	(다가서는, 걱정스러운) 어디 아픈 데는요?
이현	없습니다.
명심	거짓말 마시어요. 안색이 백지장입니다.
이현	(힘든)
명심	아니 되겠습니다. 의원을 부를 터이니 별당으로 가시어요. 어서요. (앞장서는데)
이현	(명심의 손을 잡는)
명심	(놀라) 도련님...
이현	그래요, 아픕니다. (눈물 맺히는)
명심	!
이현	살인자 백이강... 그게 너무 아파요.

이현의 눈에서 한줄기 눈물이 흘러내린다. 명심, 안타까운...

61. 선운사 대웅보전 앞 (낮)

이강, '엄니!' 외치며 들어온다. 모여 있는 시체들 앞에서 염불을 외던 스님들, 돌아보는... 이강, 정신없이 시체들을 확인한다. 자인이 뒤따라와 말린다.

자인	백이강, 그만 포기해. 여긴 없다니까?

들리지 않는 이강, 휘적휘적 이동한다. 자인, 따라가는... 스님들, 염불을 재개하는...

62. 황진사댁 / 별채 툇마루 안 (낮)

명심과 이현, 묵묵히 툇마루에 나란히 걸터앉아 있다.

명심	허면 유월인 어찌 되었습니까?
이현	전봉준이 구해주었습니다.
명심	불행 중 다행이네요. 녹두 오라버니라면 안전할 것입니다.
이현	... 지금은 다른 곳에 있습니다.
명심	?

63. 선운사 경내 뒤편 (낮)

이강, '엄니!' 간절하게 뛰어 들어오는... 일각의 시체들을 일별하고 다른 곳으로 가려는데...

유월	(E) 이강아?

이강, 돌아보는... 모퉁이 시체들 앞에 수건으로 얼굴을 가린 여인!
수건을 걷으면 유월이다.

64. 다시 황진사댁 별채 툇마루 (낮)

이현	선운사... (애써 미소 지어 보이며) 형님이 반드시 그리 올 거라구요.

65. 다시 선운사 경내 뒤편 안 (낮)

이강	(울컥) 엄니...
유월	이강아!!

달려가 얼싸안는 두 사람... 환희의 울음을 터뜨리는...
뒤따라온 자인, 믿지 않는... 덩달아 눈물이 그렁해지는...

66.   전주여각 마당 안 (밤)

덕기, 쪼르르 나와 자인을 맞는다.

덕기   무사하십니꺼? 오데 다친 데 없고예?
자인   왜 또 수선입니까?
덕기   거시기 글마, 알고 보이 사람을 두 명이나 직이고 토꼈던 깁니더. 저자에 용
       모파기[6]가 쫙 깔릿다니까예.
자인   (귀찮은... 밖을 향해) 들어오세요.

덕기, 보면 이강과 유월이 들어온다. 덕기, 헉!

이강   (자인에게 능청스레) 나가 깜짝 놀랠 거라 혔제? 그림 보고 나 보믄 다 디져
       부러... 잘생겨가꼬.
자인   허이구...
덕기   (허! 하고 유월에게) 아지맨 눈교?
유월   (삐진) 우리 아덜... 나쁜 늠 아니구먼이라.
덕기   예? 아, 예...
자인   (핏 웃는)

67.   동 행랑방 안 (밤)

이강과 유월, 방을 둘러본다. 자인이 문가에 서 있다.

자인   떠돌이 장사치들이 묵어가는 곳이라 많이 누추합니다.

---

6   용모파기: 범인을 잡기 위해 용모의 특징을 기록한 것.

유월	아, 아녀라... 이거 지들이 너무 폐를 끼쳐서 으쩌까라?
자인	서로 돕고 사는 게지요. 그럼... (나가려는데)
이강	송객주.
자인	(보는)
이강	... 고맙구먼.
자인	(미소, 나가는)
이강	...

68.   동 자인의 집무실 안 (밤)

탁자 위에 기다란 케이스가 놓인... 자인을 따라 들어오는 덕기.

덕기	고부서도 그라드만 또 와 이라십니꺼? 숨카줬다가 들키모 우얄라꼬예?
자인	길 잃은 어린 양들 아닙니까? 야소[7]님의 뜻입니다.
덕기	짜다라 성당도 나가도 안하믄서 독실한 척 좀 하지 마이소.
자인	(쓰읍, 케이스 보며) 이건 뭡니까?
덕기	(뚱한) 일전에 백도령이 주문했던 겁니더.

자인, 덮개를 열면 무라다총이다.

69.   동 행랑방 안 (밤)

이강, 유월 무릎에 누워 있다. 유월, 이강의 이마에 약 정도 바른다.

이강	(쓸쓸한 미소) 써글... 이현이 함 들어주기로 혔는디 배레부렀네이.
유월	니 걱정이나 혀.

---

7   야소: 예수.

이강	나가 머슴?
유월	몰라서 물어? 평상 누명 쓰고 도망다닐 판이잖여.
이강	사둔 넘 말 허고... 엄니넌? 평상 동학쟁이로 살 판 아녀?
유월	나야 으째 되겄제.
이강	(까부는) 나도 으째 된당게?
유월	(상처 톡 때리는)
이강	오매! (엄살 피우는) 오매, 쓰라린 거, 오매...
유월	(밀어내며) 다 발랐응게 자빠져 자.
이강	(우쒸! 억울한 척 흘겨보는) 엄니도 아녀이...
유월	그나저나 느 송객주허곤 으째 되는 사이다냐?
이강	... 몰러. (눕는)
유월	똑부러지고 강단진 거시 허버 진국이든디... 장사치가 똑 양반매이로 기품도 있고 말여... (힛! 웃고) 낯짝도 엄니 소싯적 매이로 곱상허니... 아, 참말이랑 게? 느그 엄니가 고만헐 때 을매나 이뻤다고... (하다가 보면)

이강, 깊이 잠든... 유월, 애잔해지는... 이강의 머리칼을 쓰다듬는...

| 유월 | 그려, 으째 되도 되겄제... 이강아... 기운 내. |

70. 백가네 행랑채 / 마당 안 (밤)

백가, 헛헛한 표정으로 툇마루에 앉아 있는... 남서방이 다가온다.

남서방	날이 쌀쌀헌디 그만 안채로 드시지라.
백가	(한숨 푹 쉬고) 남서방, 홍가 잠 불러와야 쓰겄다.

71. 동 안채 / 백가의 방 안 (밤)

백가 앞에 홍가, 앉아 있다.

백가	안일방[8]이 을매나 남었지야?
홍가	담달 중순잉게 한 달도 채 안 남었지라이.
백가	자네가 이방을 혀.
홍가	!... 이방어런!
백가	썩어도 준치란 말 알제? 배신언 용서 안 혀.
홍가	오매, 먼 고런 섭헌 말씸얼... 충성허믄 이 홍가 아닙디여?
백가	(미덥지 않은 표정으로 보는)
홍가	(감격해서) 고맙구면이라... 참말로 고맙구면이라!
백가	...

72. 동 이현의 방 안 + 앞 (밤)

이현, 통음한다. 문이 열리면 백가가 지켜보고 선... 이현, 본 척도 않고 따라 마시는...

백가	안주 먹음서 마셔... 속 배래.
이현	(술을 따르는)
백가	(들어와 마주 앉는)
이현	(잔 비우고 보는)
백가	(잔 가져가 내밀며) 한잔 따러 봐.

이현, 냉정하게 나가버린다. 씁쓸한 백가, 직접 따라 마시는... 안주를 집어 질 경질경 씹어대는... 헛헛한...

73. 전주여각 행랑방 안 (밤)

---

8   안일방: 은퇴한 원로아전들의 모임. 이방 등 아전의 추천권을 가진 집단.

벽에 기대앉은 이강, 곤히 잠든 유월을 바라보는... 착잡한...

74.   전주여각 마당 안 (새벽)

덕기, 단전호흡 중인... 대청의 자인, 생각에 잠겨 있다. 유월이 두리번대며 나온다.

덕기   (큼) 펜히 주무싰습니꺼?
자인   (일어나는)
유월   야... 근디 우리 이강이 못 보셨어라?
자인   (내려서는)
덕기   안에 없십니꺼?
유월   일나봉게 비덜 안혀서요.
자인   (다가서서) 이강이... 떠났습니다.
유월   ... 야?
자인   여각의 일손이 부족하니 아짐은 저를 좀 도와주세요.
유월   (떨리는) 으디로 간다는 야그도 없었능게라?
자인   (유월의 손을 꼭 잡으며) 이 말을 전해달라 하였습니다. 선운사에서 그랬듯이 기다려달라구... 기다리면 반드시 만날 거라구요.

유월의 무릎이 천천히 꺾이는... 자인, 유월을 따뜻이 감싸 안는... 짠하게 바라보는 덕기... 자인을 부여잡고 서럽게 흐느끼는 유월...

75.   강가 (낮)

삿갓을 벗어놓고 앉은 이강... 오른손의 장갑을 바라본다... 손가락 부분이 잘려나간 반장갑.

자인　　(E) 아우 이 비싼 걸...

76.　　플래시백 (전날 밤) – 동 대청 안 (밤)

　　　　등롱 앞. 바늘과 장갑을 각각 쥔 채 난감해하는 자인... 이강, 머쓱한.

자인　　준 지 며칠이나 됐다구 손가락이 삐져나오게 만들어?
이강　　(쩝) 물건이 보기보다 부실허드면?
자인　　(쓰읍 하다가 뭔가 떠오른) 백이강. 거기 가위.
이강　　(얼결에 주는)
자인　　(손가락 부분을 슥슥 자르는)
이강　　머더는겨?
자인　　(미소 머금고) 있어 봐. 깜짝 놀랄 테니까.
이강　　(자인의 모습을 꽂힌 듯이 보는)
자인　　떠나면... 어디로 갈 건데?
이강　　... 전봉준.
자인　　(보는)

77.　　현재 – 벌판 (낮)

　　　　이강, 유유히 말을 달려간다.

78.　　전라감영 동헌 안 (낮)

　　　　영장과 군교들, 긴장한 표정으로 걸어온다.

79.　　동 관찰사의 집무실 안 (낮)

심각한 표정의 김문현 앞에 영장과 군교들, 앉아 있는.

군교1 태인 사는 김개남이란 놈이 무리를 이끌고 전봉준에게 합류하였사옵니다!

김문현 무장현으로 출동한 병사들은 대체 무엇을 하고 있었단 말이냐!

군교2 동비들의 수가 많아 속수무책이었다 하옵니다!

김문현 장똘뱅이들이 천 명이라 하였어! 천 명이 뭐가 많다는 것이야!

영장 인근의 농민과 유랑민들까지 가세하여 지금은 사천을 넘는다 하옵니다!

김문현 !

영장 대감, 전라도 각지에 흩어져 있는 감영군을 집결시키고 각 고을에 동원령을 내려 군사를 징발해야 하옵니다!

김문현 이런, 빌어먹을!

80.   고부관아 앞 (낮)

당손을 비롯한 감영군들이 뒤를 따른다. 처음 진주할 때와 달리 사기가 떨어진 후줄근한 모습이다. 이용태, 시름시름 앓으며 교자에 실려간다. 탐탁찮은 표정으로 지켜보는 박원명. 그 곁의 홍가.

박원명 어허, 장차 이 일을 어찌하면 좋을꼬?

홍가 사또, 우덜도 감영군 따라 전주로 피난가야 허는 거 아녀라?

박원명 거 말 같잖은 소리! 소모관[9]이 곧 당도할 것이니 징병할 장정들의 명단이나 뽑아놓게!

홍가 (쩝) 야.

81.   동 작청 안 (낮)

---

9   소모관: 향병을 모집하는 임시 관리.

관속, 통인들 분주히 문서들을 나르고 뒤지는... 홍가, 들어온다.

홍가　　유람덜 나왔으? 싸게싸게 못 혀! (하다가 멈칫)

석주, 이방 책상 앞에 서 있다.

홍가　　진사나리?
석주　　자네가 이 자리에 앉게 된다구?
홍가　　(겸연쩍은) 안일방이 열려야제라. 근디 나리께서 여근 으젼 일루다가?
석주　　아랫것들을 물리게.
홍가　　?
석주　　(침통한)

82.　　백가네 마당 안 (낮)

대청 앞. 총케이스를 받아드는 이현. 남서방, 짐꾼에게 돈을 건네는.

이현　　(건조한) 송객주께 귀한 물건을 구해주어 고맙다 전해주세요.

83.　　다시 작청 안 (낮)

석주, 홍가와 독대 중이다.

석주　　징병 대상에 혹 이현이가 들어 있는가?
홍가　　아유, 그럴 리가 있습디여? 과거 공부 명목으로 군역에서 빠진 지 오래지라이.
석주　　... 넣어.
홍가　　(헉!) 야?

석주　자네가 백가의 은신처를 밀고했던 사실이 알려지길 원치 않는다면… 이현일 징집시키라구!

84.　백가네 안채 / 이현의 방 안 (낮)

총을 꺼내 노리쇠 등을 작동해보는 이현… 냉혹함이 느껴지는…

85.　다시 작청 안 (낮)

홍가　(병한) 진사나리…
석주　(이를 악무는, E) 미안하다. 니 말대로 난… 니가 돌아오지 않기를 바랐다.

86.　다시 이현의 방 안 (낮)

견착하여 정조준하는 이현, 그의 날카로운 눈매에서 엔딩.

5회

1.   (4회 83씬+85씬의) 고부관아 작청 안 (낮)

석주   징병 대상에 혹 이현이가 들어 있는가?

홍가   아유, 그럴 리가 있습디여? 과거 공부 명목으로 군역에서 빠진 지 오래지라이.

석주   ... 넣어.

홍가   (헉!) 야?

석주   자네가 백가의 은신처를 밀고했던 사실이 알려지길 원치 않는다면... 이현일 징집시키라구!

홍가   (병한) 진사나리...

석주   (이를 악무는)

2.   백가네 안채 / 이현의 방 안 (낮)

무라다총을 곁에 둔 이현, 과녁지를 그리고 있다.

남서방   (E) 되렌님? 남서방입니다요.

이현   들어오세요.

남서방, 묘한 미소를 띠고 들어온다.

남서방   손님이 왔는디 대문 앞에 잠 나가보시지라.
이현   안으로 모시지 않구요?
남서방   에이 아직은 들이믄 쪼까 거시기허지라.
이현   ?

3.   백가네 대문 앞 (낮)

쓰개치마를 걸친 명심이 배시시 웃고 있다. 이현, 보는...

명심   일전에 도련님 안색이 하도 좋지 아니 하여 소녀 그간 잠을 이루지 못했나이
        다.
이현   심려치 마세요. 이젠 괜찮습니다.
명심   전혀 괜찮아 보이지 않으십니다. (약첩 내미는)
이현   (조금 난처한 기색으로 받으며) 정말 괜찮은데... 아무튼 감사합니다.
명심   (빤히 보는)
이현   (뻘쭘한)
명심   (선 채로) 그럼 소녀는 이만.
이현   네, 살펴 가십시오. (인사하고 보면)
명심   (빤히 보고 서 있는)
이현   ?
명심   ... 벽창호.
이현   (헛웃음 뱉고 흔쾌히) 허면 저와 바람이나 쏘이시겠습니까?
명심   (기다렸다는 듯 반색) 네!

4.   사대 (낮)

갓과 의관을 받쳐 든 남서방, 건물에서 나와 사라지는... 평상복 차림으로 총을 멘 이현이 뒤이어 나온다. 기다리고 있던 명심, 뜨악한...

명심　도련님... (이내 풉! 웃음을 참는)

이현　이상합니까?

명심　아뇨, 이상해서가 아니라... 예, 이상합니다.

이현　(쩝, 탄창에 총알을 넣는)

명심　도련님은 서책을 들고 계실 때가 멋있지, 엽사는 음... 역시 좀...

이현　(미소 머금은 채 총알을 마저 넣으며) 아씨께 저는 백면서생에 약골... 그런 사내였군요.

명심　그렇다면 삐치실 것입니까?

이현　(탄창 장착하고) 귀 막아요.

명심　네?

이현　(재빨리 총을 견착하여 과녁을 조준하며) 귀 막으라구요.

　　　　명심, 얼른 귀를 막으면 탕!!... 움찔 놀라는 명심.
　　　　이현, 볼트를 당기면 탄피가 튕겨져 나오는...

명심　(헉! 질겁해서) 총알! 총알이 튀어 나왔습니다!

　　　　이현, 방아쇠를 당기는... 명심, 탕! 소리에 화들짝 놀라 귀를 막는.
　　　　다시 장전하여 사격하는... 탕! 탕! 탕! 그때마다 움찔대는 명심.

5.　　**동 안채 / 거실 안 (낮)**

　　　　백가, 채씨, 이화, 식사 중이다. 깨작대던 이화, 꺼질 듯 한숨을 내쉬는...

백가　복 나가게스리 으째 밥상 맡에서 한숨질이여?

채씨　서방이 전장터 나갔는디 밥이 넘어가겄소? 이화 쟈가 열녀랑게.

이화　안 되겠소. 요번 동비¹들 난리만 진압되믄 김서방 제대시켜불라네.

채씨	에이, 개두 집안에 군인 한나쯤언 있어야제. 아부지가 느럴 으째 김서방헌티 보냈간디?
이화	나가 당최 염통이 쪼여 못 살겄당게? 아부지, 전주시장통에 점빵 한나만 내 주쇼.
백가	흰밥 처멕여농게 흰소리허고 자빠졌네. 시방 이현이 혼례도 못 치를 판이여.
이화	(칫!)

그 때 홍가가 '어러신!' 하며 들이닥친다. 일동, 보면...

홍가	어러신! 일 나부렀습니다!
백가	(짜증 섞인) 또 먼 일인디 오두방정이여?
홍가	이현이가...
백가	(보는)
홍가	향병으로 징집이 되부렀당게요!
이화·채씨	!!!
백가	(살기마저 느껴지는) 머시라고?
홍가	싸게 이현일 피신시켜야 헙니다! 시방 소모관[2]의 군사들이 저자에 쫙 풀려 부렀당게요!

6. 서리 (낮)

소모관, 군사들을 대동하고 서 있는... 사내의 호패와 명부를 대조하는 부관... 군사들이 곳곳에서 징발당한 장정들을 호송해온다.

7. 사대 입구 (낮)

---

1   동비: 동학군을 얕잡아 부르는 말.
2   소모관: 병사 징발을 위해 파견된 임시 관리.

태평하게 걸터앉아 곰방대에 부싯돌을 붙이는 남서방, 인기척에 보면 군교1
과 군사들이 다가온다. 엉거주춤 일어나는...

8.   사대 안 (낮)

과녁 앞에 선 이현과 명심, 과녁지를 떼어내 보고 있다. 정중앙이 너덜너덜해
진 과녁지.

명심   (탄성) 세상에...
이현   혼례를 치르고 나면 사냥터로 모시겠습니다.
남서방   (E) 되렌님...

이현, 보면 잔뜩 쫄은 남서방이 군사들에 떠밀리듯 나타난다.
의아한 표정의 이현과 명심.

군교1   양반이시오?
이현   중인입니다.
군교1   (명부 꺼내며) 호패 꺼내 봐.
이현   ?

9.   다시 거실 안 (낮)

이화가 뛰어 들어온다.

이화   이현이 남서방허고 마실 나갔다는디?
채씨   (철렁) 마실 으디?
이화   (울상으로 모른다는 듯 고개 젓는)
백가   염병~!! (식탁 휘저어버리는)

채씨	(발끈해서 홍가에게 다가서는) 아녀, 그럴 리가 읎어! 징집이 먼 똥 싸다 풍
	맞는 소리여! 이현이 과거 본다고 전라감영에 녹명³꺼정 혔는디!
홍가	(답답한) 민란이 터져가꼬 과거를 못 봐부렀잖여라!
채씨	(헉!)
홍가	향교 학생덜 명부라도 있으믄 으째 손을 써보겄는디 아무리 찾어봐도 없더
	랑게요.
이화	명부가 읎다고라?
홍가	읎어. 민란 때 동비덜이 불태운 문서에 딸래드간 모냥이여.
채씨	(울먹) 오매...
백가	(이를 악무는)

10. 거리 (낮)

걸인들이 옹기종기 모닥불 주변에 앉아 있다. 불 위로 던져지는 명부, '校生案(교생안)⁴'... 걸인들, 보면 석주다... 순식간에 타들어가는... 침통한...

11. 다시 거실 안 (낮)

채씨	(망연자실) 영감...
이화	아부지...
홍가	(긴장해서 백가를 보면)
백가	(비틀, 일어서며) 멋덜 허냐? 이현이 찾어야제... (울컥, 절규하듯) 이현이 찾으
	라고!!!

---

3   녹명: 과거 응시자의 자격을 증명하는 제도.
4   교생안: 지방 향교 학생들의 명부.

12.   다시 사대 안 (낮)

이현	(헛헛한) 제가... 징집 되었다구요?
군교1	속히 따라 나서라.
남서방	(울음을 터뜨리는) 아이구, 되렌님~!
명심	(맥이 풀린 듯 털썩 주저앉는)
이현	(보는... 군교에게) 잠깐만요... (마주 앉아 명심을 바라보는) 아씨...
명심	이럴 수는 없습니다. 도련님께서 어찌 그 험한 전쟁터를...
이현	(먹먹히 보다가 탄피를 꺼내는) 아까 이걸 총알이라 하셨지요? (쥐어주는) 탄피라는 겁니다.
명심	(보는)
이현	보이는 건 이처럼 다 껍데깁니다. 아씨께서 보아오신 것도 제 껍데기... 그 속의 저는 아씨께서 생각하시는 것 이상으로 훨씬... 강합니다.
명심	(울먹이는) 아니 됩니다...
이현	(미소) 살아 돌아오겠습니다... 반드시!
명심	(울음을 터뜨리는) 도련님...
군교1	끌고 가라!

군사들, 이현을 잡아 일으킨다.

명심	도련님!!!
이현	(끌려가는... 처연한 미소로 바라보는)

13.   거리 (낮)

소모관을 필두로 장정들의 호송행렬이 다가온다. 이현, 행렬에 섞여 있다. 길가의 구경꾼들 사이에서 장정의 이름을 부르며 탄식하고 울부짖는 가족들...

군교1	고개 돌리지 마라! 속보!

행렬을 다그치는 군사들.... '오매~ 보리걷이가 낼모렌디 으짜쓰까이~' 한탄하는 중년의 향병1... '엄니!' 하며 행렬을 이탈하다 군사들에게 구타당하는 앳된 얼굴의 향병2... 이현, 구경꾼들 틈에서 자신을 바라보는 석주를 발견한다. 자괴감에 일그러지는 석주의 표정을 안타까움이라 여긴 이현, 진심을 담아 목례한다. 석주, 눈을 질끈 감아버리는... 이화, 헝겊에 엽전을 싸며 다급히 다가선다.

이화	이현아!
이현	누님!
이화	(눈물 그렁해서 헝겊 건네며) 이거 받어! 향병은 음석도 지 돈 내고 사묵어야 헝게 요거이 인자 니 목심이여. (군사들에게 떠밀려나가며) 알었지야?! (울컥) 이현아!

이화를 향하던 이현의 시야에 군사들 너머 채씨, 백가의 모습이 보인다. 부들부들 떨던 채씨, 결국엔 까무러치고 이화가 '엄니!' 하며 부축하는... 백가, 망연자실 지켜보는... 백가를 응시하던 이현, 이내 차갑게 외면하는... 석주... 백가... 마음을 다잡고 걸어가는 이현의 모습에서 F.O.

14.   산길 (밤)

맹렬히 말을 달려오는 사내... 오른손의 반장갑... 이강이다.

15.   다른 산길 (밤)

이강, 모퉁이를 돌아 나온다. 바닥에 깔려 있던 마름쇠를 밟은 말이 깜짝 놀라 몸부림친다. 낙마한 이강, 데굴데굴 굴러 큰대자로 뻗는다. 멍하니 눈만 끔뻑이는 이강의 주변으로 별동대들이 다가선다. 내려다보는...

번개	멀쩡헌디라?

해승	낙법을 썼으니까.
동록개	꼬락서니가 감영군 걷진 않은디?
김가	염탐꾼이 군복 걸치고 왔겠수?
이강	(끙! 상체를 일으키는)
버들	(총을 겨누며) 꼼짝 말어. 누구여?
이강	(꿍얼대는) 마가 껴부렀나... 허구헌 날 동네북이구면.
동록개	동네북이라는디?
김가	(킬킬대는) 동록개 접장⁵, 종씨 만났시다?
동록개	으병헐 만허다니께. 백정늠이 종씨도 찾고 말여이.
해승	(이강에게) 대답허슈. 누구냐 묻잖수.
이강	(끙! 일어나며) 이름자 읊어봤자 들어본 적도 없을티고... 동학군덜 같은디 싸게 길이나 잡드라고. (싱긋) 장두럴 만나러 왔응게.
별동대	(의아한)
최경선	(E) 먼 일이여?

별동대들 한발 물러나고 이강, 보면 무장한 최경선이 걸어온다. 이강, !

버들	대장, 수상한 사람이 산채 쪽으로 가는 거슬 붙잡았는디라.
최경선	(빤히 보며) 사람 아녀... 개여.
일동	(이강을 보는)
이강	그래서 왔잖애... (씨익 웃는) 사람 한번 돼볼라고.

16. (4회의) 창의군 숙영지 안 (밤)

노숙 중인 동학군들... 대열을 지어 오가고, 죽창과 발싸개 따위를 만드는.....
이강, 별동대와 들어온다.

---

5   접장: 접의 우두머리라는 뜻. 동학도들이 서로를 존대하여 부른 호칭.

이강	(여유, 둘러보며) 으따 징허게도 많이 뫄놨소이!
번개	(이강을 주시하며 중얼대는) 으서 봤더라?
버들	번개 접장, 으째 그냐?
번개	쩌늠 낯이 익어가꼬...
최경선	(막사들 틈으로 들어가는)
이강	(따라가며) 으쩌끄나~ 올해 농새도 글러부렀다~

17. 동 일각 마구간 앞 (밤)

이강과 별동대, 나타난다.

최경선	(멈추고) 이늠 쩌그 묶어 둬.
이강	머시여?
최경선	고부서 나리럴 암살헐라갠 늠이여. 절단 난 손모가지 복수허러 온 거시 분명혀.
별동대	(이강의 반장갑을 보는)
최경선	여차허믄 죽여불랑게 나리헌틴 함구덜 허고.
이강	(굳는... 이내 너털웃음) 오매 떠그럴... 꼰대짓허긴 아직 일러뵈는디 먼 호랭이 담배퓸던 시절 야그럴 고로코롬 섭허게 지껴쌌소? (너스레) 어제으 적은 오널으 아군, 고딴 거 몰러? (반장갑을 매만지며 번개 쪽으로 자연스레 다가가는) 동학군덜언 병법도 안 배우나베? (번개를 잡아당기며) 그믄 곤란헌디!

이강에게 목을 제압당한 번개. 번개 등에 붙어 바짝 웅크린 이강의 왼손엔 어느새 표창이 쥐어진... 버들, 재빨리 총을 겨누면,

이강	아그 목에 밭고랑 내고잡음 땡겨 봐아!
버들	...
김가	버들 접장, 아서.
동록개	그려, 오밤중에 총질허믄 으병덜 오줌 지래분당게.
해승	(버들을 제지하고) 장난감 그만 내려 노슈.

이강	(피식) 최경선이헌티 물어봐. (표창 쥔 손에 힘을 넣으며) 백가네 거시기헌티 요거시 장난감이까!
번개	!
해승·김가	(다가서는)
이강	(표창에 힘을 주며) 꺼떡대덜 말어!
해승·김가	(멈칫)
이강	(뒷걸음질 치며) 장두만 만나믄 되야. 그믄 암일두 읎어... 전봉준이 나오라 개!!!
전봉준	(E) 무슨 일이냐?

일동, 보면 마구간에서 여유롭게 말의 털을 빗겨주는 전봉준. 이강, !!... 최경 선, 난감한... 말의 목덜미를 쓰다듬고 나온 전봉준, 이강을 보면...

이강	(번개를 밀쳐내고 천연덕스럽게) 간만에 봉게 만감이 교차허네요이. 그간 별 고 없으셨소?
전봉준	덕분에... 자네는?
이강	무탈허지라... 덕분에. (오른손 들어보이는)
전봉준	... 여긴 어쩐 일이냐?
이강	으병 일으킨담서요?... 나도 헐라고요... 으병.
별동대	!
전봉준	...

18. 동 막사 안 (밤)

전봉준, 최경선, 송희옥 앞에 앉은 이강... 전봉준, 주시하는...

이강	선운사서 울 엄니 구혀주셨응게 아시겄지만 울 엄니 시방 동학쟁이로 몰래가 꼬 평상 숨어살 판입니다. (호기롭게) 써글 늠으 시상 나가 싹 뒤집어불라고 왔응게 끼워만 주쇼.
전봉준	(옅은 미소) 객기는 여전하구나... 그 손으로 싸울 수는 있고?

이강	방금도 보셨잖여라? 지가 으딜 가나 밥값은 허는 늠이랑게요. (씨익 웃는) 잘 아슴서.
송희옥	아니 됩니다. 일전에 고부서 동학도인과 철두라는 통인이 살해당한 사건이 있었는디 저늠이 범인이라 헙니다.
이강	!
전봉준	(지그시 보는)
최경선	잡것이... 나리럴 죽여 면죄를 받을라는 수작이었구먼.
이강	(피식) 도인은 철두늠이 죽인거. 나헌티 덤태기 씌울라고.
송희옥	(차갑게) 거짓말입니다.
이강	나가 살고 잡었으믄 멀리 도망을 치제 뭣허러 요 지랄얼 허겄능가!
전봉준	허면 그 철두란 자는... 니가 죽인 것이냐?
이강	... 으쩔 수 없었소.
전봉준	(실망스러운 기색으로 보는)
이강	(앞섶을 헤쳐 가슴의 자상을 떡하니 보여주고) 안 그믄 나가 디졌당게요!
전봉준	... 돌아가라.
이강	장두어런!
전봉준	우린 백성을 살리고자 모인 의병들... 경위야 어찌됐건 살인자는 필요 없어.
이강	(어이없는... 노려보는)
최경선	인나! (이강의 뒷덜미를 낚아채는데)
이강	(홱 뿌리치고) 놔 이거, 나두 발 있으... (전봉준을 노려보며) 나헌티 으째 이럴 수가 있다요? 나 손 아작낼 띠 머라겠소? 거시긴 죽었담서!
전봉준	헌데?
이강	나가 백이강이로 거듭날라고 을매나 개고상을, (하다가 말자 싶은) 그려... 나가 등신이제... 허세 떨라고 지낀 말에 혹했던 나가 등신이구먼.
전봉준	다시 태어나는 것이 너에겐 그리 쉬운 일이었더냐?
이강	(빈정대듯) 쉽기야 혔겄소? 신세 완전히 조져부렀제... 쓰벌.
전봉준	가라 하였다... 백가네 거시기.
이강	!
전봉준	(보는)
이강	(분을 삭이고 나가버리는)
전봉준	...

19.   전주 / 도임방 앞 거리 (밤)

　　　 횃불을 든 병사들 앞으로 칼과 총을 든 보부상군들이 집결한다. 용무늬물미
　　　 장을 든 봉길이 호위무사들과 서 있다. 염색물통을 든 부접장들이 군사들의
　　　 등에 큼지막한 붉은 도장을 찍어 나간다. 봉길, 침통한... 일각에서 착잡하게
　　　 지켜보는 자인과 유월.

20.   전주여각 마당 안 (밤)

　　　 칼을 찬 덕기, 잔뜩 긴장해 서 있는 보부상들의 무장을 점검하고 있다.

덕기 　　(한 보부상의 과하다 싶은 도를 보더니) 오데 소 잡으러 가나? (뒤로 툭 던지
　　　 며) 다시! (보부상 튀어나가면 다른 보부상의 발을 보고) 발싸개 꼬라지 봐
　　　 라, 다시! (보부상 튀어나가면) 단디 들으레이! 전쟁터에서 밥은 굶으모 되고
　　　 무기는 없으모 토끼모 되지만 발바닥 다치뿌모 고마 끝장인기라! 발바닥이
　　　 니들 목숨이라꼬, 알긋나!
보부상 　야!

　　　 자인과 유월, 들어온다.

덕기 　　(짜증 섞인) 오데 갔다가 인자 오십니꺼?
유월 　　감영에 다녀오는 길이구먼이라.
덕기 　　참말로 마, 하직인사도 몬하고 갈 뻔했다 아입니꺼?
자인 　　(차갑게) 어디 죽으러라도 가십니까? 거창하게 하직인사는 무슨...
덕기 　　(뜨악하게 보다가) 와~ 싸나이 인내심에 한계가 와뿔라카네. 저 보이소, 객
　　　 주님 얼라들이 전쟁하러 나간다 아입니꺼?
자인 　　(보부상들에게) 다들 그 흉한 물건 내려놓고 출행 준비나 하세요.
보부상들 ?

덕기　출행예?

유월　(걱정스러운) 객주님께서 군상[6]이 되셨어라.

덕기　(깜짝 놀라) 군상?!

자인　아버지한테 알릴 생각 같은 거... 꿈도 꾸지 마세요.

덕기　(눈치 보다가 후다닥 뛰쳐나가는)

자인　최행수! (짜증 팍!)

21.　동 자인의 집무실 안 (밤)

노기 어린 봉길 앞에서 태연히 육혈포를 품안에 집어넣는 자인.

봉길　도로 가서 물러.

자인　장사친 신용이 생명이람서요?

봉길　잔말 말고 아부지랑 전주에 처백혀 있으.

자인　갖다 바친 뇌물이나 돌려받으믄 몰러두 벌써 웃전, 아랫늠 골고루 나나갖고 퇴청얼 혔을 턴디...

봉길　(욱! 해서) 가나그[7]가 으딜 갈 디가 읎어서 전장터를 따라가!

자인　가나그 이전에 돈 따라대니는 객주잖여. 군상 한 번 허믄 객주집 머슴도 비단옷을 입는다 근디 안 허는 게 맹추제.

봉길　(꾹 참고 일어서는)

자인　(긴장) 으디 갈라고?

봉길　관찰사랑 해결혀야제.

자인　(노기 어린) 그믄 나넌 여각서 죽침스로 덕기 아재허고 차인덜 부고장이나 받으라고?

봉길　군상으로 가도 총알 피해 댕기는 건 마찬가지여.

자인　아부진 나가 시시헌 장사치로 엽전이나 시다가 호호백발 되불믄 좋겠능가?

6　군상: 종군상인.
7　가나그: 여자아이의 전라도 방언.

봉길	군상 안 혀도 대상이 될 길언 많어.
자인	아부지가 그랬잖여. 시상이 전장터라고.
봉길	(보는)
자인	(일어나는) 아부지가 말헌 시상이 보고 잡아 이러는겨... (간절한) 고심혀서 택헌 길잉게 딸년 앞길... 막덜 마쇼.
봉길	(망설이는... 결국 탄식하고 마는)

22. 동 집무실 앞 (밤)

엿듣던 덕기... 서 있던 유월을 손짓해 데리고 일각으로 나온다.

덕기	보이소, 행님이 몬 이긴다캤지예? 송객주가 이거, (손으로 조잘대는 시늉) 이 기 꺼뻑 직인다 아입니꺼?
유월	자석 이기는 부모 있간디요? 저준 거제라. (미소) 지도 만날 그랬는디...
덕기	그라모 아아들 배린다카이께네요... 그라이 거시기 글마가 갈지마오 아입니 꺼?
유월	(툭 치고, 쏩) 이강이라니께요!
덕기	(머쓱) 아, 예...

23. 산길 (밤)

이강, 굳은 표정으로 빠르게 걸어온다.

플래시백〉 18씬의,
전봉준 **가라 하였다... 백가네 거시기.**

현재〉
멈춰선 이강, 돌아선 곳을 향해 주먹감자를 날린다. '써글' 뱉으며 걸어가다 가 멈칫... 후방에 인기척이 느껴진다. 미행이 붙었음을 눈치챈 이강, 태연하게 걷다가 옆길로 잽싸게 빠진다. 번개, 숲에서 뛰쳐나와 칼을 뽑으며 뛰어간다.

24.   다른 길 (밤)

번개가 뛰어 들어와 두리번댄다. 칼을 뽑아들고 경계하며 나아가는데 이강이 몸을 날려 덮친다. 기선은 잡았으나 왼손만 사용하다보니 반격에 고전하는 이강. 연거푸 얻어터지다가 엉겁결에 오른손 날로 번개의 관자놀이를 가격한다. 번개가 맥없이 쓰러진다. 신무기라도 발견한 듯 신기한 표정으로 오른손 날을 바라보는 이강. 끙! 신음을 뱉는 번개.

이강   겁 쪼까 줬다고 어린 늠이 뒤끝을 부려싸믄 쓰겄냐? 고래서 훌륭헌 사람 되겄어?
번개   주뎅이 닥쳐, 이 새끼야!
이강   (어이없는 듯 허! 웃고) 천운인 줄 알어. 예전에 만났으믄 쎄바닥 뽑아부렀어. (가는데)
번개   학동애비네 기억 안 나야?

멈칫하는 이강, 돌아서면 새총을 겨누는 번개.

번개   옛날에 말목장터서 지전허다가 이방헌티 찍혀가꼬 야반도주혔던 집인디...
이강   ...

25.   인서트 (회상) – 말목장터 / 지전 안 (밤)

문짝과 함께 쓰러지는 중년사내. 몽둥이를 들고 들이닥친 이강, 닥치는 대로 물건을 부수는... 오들오들 떠는 아낙과 어린 아이들... 눈이 뒤집힌 이강의 뒤편에 뒷짐을 지고 선 백가.

26.   다시 그 길 (밤)

이강	(번개를 보는)
번개	(눈물 그렁해서) 거시기 느... 오늘이 제삿날이여.
이강	(긴장) 아그야, 일단 고거 쪼까 내려놓고 야그허자.
번개	개소리 말어! (최대한 줄을 당기는)
이강	(방어자세를 취하는데)
버들	(E) 그만!

이강 보면, 버들이 걸어와 새총을 낚아채고 번개의 뺨을 때린다.

버들	멋대로 탈영을 허서는 살생꺼정 헐라고! 그러고도 니가 별동대 선봉이여!
번개	그래두 식구덜 원한은 풀어줘야제...
버들	시끄러! 저깟 놈 죽인다고 느네 식구덜이 살아난대!
이강	!... 잠깐, 식구덜이 으째 됐다고?
버들	(노려보는... 차갑게) 야반도주허다가 비적떼헌티 몰살당했디야.
이강	(굳는)
번개	(울컥하는)
버들	긍게 으병 곁은 건 꿈도 꾸덜 말고 평상 죄인으로 살다가 디져부러.

버들, 번개를 데리고 사라진다. 이강, 멍한...

27.   읍성 안 일각 밭 (낮)

바람이 들풀을 누이며 지나간다.

〈자막〉 전라도 무장현 구수내 (현 전북 고창군 구수마을 일대)

김개남, 손화중이 지켜보는 가운데 외진 밭고랑에 씨앗을 흩뿌리는 전봉준.

손화중   땅이 팍팍해서 자라기는 하겠습니까?

전봉준   자랄 것이야. 박토[8]에서도 능히 자라고 종국엔 박토를 기름지게 만드는 것이
          녹두니까.

김개남   그리고 봉게 근자에 사람덜이 자넬 녹두장군이라 근다는디? 들었능가?

전봉준   (들은... 마뜩찮은) 장군은 무슨... (남은 씨앗을 뿌리고 밭을 나오는) 자~ 이
          제 떠날 채비를 하세. 녹두꽃이 피기 전에 돌아와야지.

손화중   ... 출정입니까?

          전봉준, 품에서 두루마리를 꺼내 건넨다. 손화중, 받아서 펼쳐보면 무장포고
          문이다. 김개남과 손화중의 눈빛이 번득인다.

전봉준   창의군[9]의 출정을 세상에 알리는 포고문일세. 동의해주시겠는가?

손화중   (두루마리 내리고, 흔쾌히) 갑시다... 전주성으로!

김개남   전주 정도로 되겠어? 한양꺼정 가자고!

전봉준   (두 사람의 손을 잡는) 인즉천의 그날까지... 함께하세.

김·손   (비장한)

전봉준   ... 살아도 한 날!

김·손   ... 죽어도 한 날!

          결연한 미소로 서로를 바라보는 세 사람의 모습에서.

          〈자막〉 1894년 음력 3월 20일 무장기포

28.   백산 역참 앞 길 (낮)

          드나드는 인파로 어수선한... 당손, 병사들과 검문을 하고 있다.

---

8   박토: 메마른 땅.

9   창의군: 의병.

짐을 이고 진 식솔들 앞에서 중년사내의 호패를 검사하는 당손.

당손   (호패 건네고) 통!

중년사내, 굽신대며 식솔을 데리고 지나가는... 당손, 고개 돌리면 상단을 대동한 자인이 미소를 짓고 있다. 덕기, 티꺼운...

자인   (신표를 건네며) 오랜만입니다. 군교어른.
당손   (받아보고 조금 의외라는 듯) 군상이슈?
자인   네.
당손   행선지는?
덕기   백산 무기창입니다.
당손   (건네며 비릿한 미소) 조심하슈. 여자한텐 아군이니 적군이니 그딴 거 없으니까.
자인   (긴장감을 감추려 미소로 받는)
당손   통!!

자인 일행, 지나가는데 일각에서 사람들의 어수선한 소리가 들려온다. 일동 보면... 병사들이 겁에 질린 사내 한 명을 끌고 와 패대기친다.

병사1   (당손에게) 탈영한 향병입니다!

당손, 다가선다. 무릎을 꿇고 간곡하게 비는 사내.

사내   하, 한번만 용서해 주셔라... 쇤네가 겁이 나부러가꼬, (하는데)

당손, 가차 없이 베어버린다. 자인, 흠칫하는.

덕기   (찌푸리며) 퍼뜩 가입시더.

덕기, 자인을 데리고 지나간다. 자인, 시체에서 눈을 떼지 못하는...

29.   백산 무기창 마당 안 (낮)

감영군의 감시 아래 향병들이 어지럽게 흩어져 밥을 먹고 있다. 일각의 전각 앞에선 자인의 상단이 좌판을 주욱 늘어놓고 주먹밥과 무기를 팔고 있다. 굶주린 나머지 엽전을 내밀며 먼저 달라 재촉하는 향병들...

덕기   에헤이! 줄 쫌 스이소. 밥 마이 가왔으이께네 걱정 말고... (새치기하려는 사람에게) 아, 쫌!! 줄 스라 안카요, 줄! (투덜대는) 무슨 껄배이떼도 아이고... (하다가 보면)

의자에 앉은 자인, 엽전을 세다 말고 생각에 잠겨 있는...

덕기   (다가서는) 아께 그 일 땜에 이랍니꺼? 고거 가꼬 쫄아삐모 군상 몬 하는데...
자인   쫄은 거 아닙니다. 백이강 때문이에요.
덕기   (어이없는) 갑자기 글마는 와예? 막 보고 싶고 그립고 그랍니꺼?
자인   (짜증을 참고) 전봉준에게 간다 했습니다.
덕기   !... 동비가 될라꼬예?
자인   (옅은 한숨) 지은 죄가 많아 받아주기나 할는지... (일어나며) 유월 아짐한텐 비밀입니다. (하다가 어딘가 보는) 저 사람?

덕기, 보면 저만치 무심한 표정의 이현이 헝겊에서 엽전을 꺼내 건네고 주먹밥을 가져간다.

덕기   백도령 아입니꺼?

착잡해지는 자인... 좌판 앞에 있던 향병1과 2, 눈짓을 주고받는다. 이내 향병들 여럿이 이현이 사라진 쪽으로 몰려간다. 자인, 불길한...

30. 동 뒤란 (낮)

이현, 향병들에게 구타당한다. 몸을 웅크린 채 방어하다가 향병1의 발길질에 나가떨어지는 이현. 헝겊이 떨어지며 엽전이 드러나는... 향병들, 다가선다.

향병2	(헝겊 보고) 역시 있는 집 아들은 다르구먼?
향병1	이게 다 우덜헌티 뺏어간겨... 내놔.
이현	(피식) 이건 안 되겠는데... 내 목숨이라서.
향병1	머시여?... 밟어!

향병들, 달려드는데 이현이 총으로 향병2를 쓰러뜨린다. 난투극이 벌어진다. 한 대 때리면 두 대를 맞으면서도 물러서지 않는 이현, 독기를 내뿜는다. 격투 끝에 향병1을 쓰러뜨리고 올라탄 이현, 개머리판을 치켜드는데... 향병1, 질겁하는... 이현, 멈추는... 자인, 군교1을 이끌고 나타난다.

자인	이쪽입니다. 어서요. (하다가 현장을 보고 놀라는)

쓰러져 있거나 기가 질려 주춤 서 있는 향병들... 이현, 자인을 보면,

자인	백도령...

향병들, 하나둘 도망치는... 이현, 덤덤히 옷을 터는...

군교1	(다가서며) 무슨 일이냐?
이현	아무것도 아닙니다. 그냥 시비가 붙어서...
군교1	총 이리 내.
이현	(의아한 듯 보다가 총을 건네면)
군교1	(낚아채고 탄띠까지 풀어버리는)
이현	왜 이러십니까?
군교1	향병 주제에 이런 총을 갖고 다니니 분란이 있는 게야. (가는)
자인	(울컥) 저런 날도둑 같은, (따라가려는데)

이현	(잡는)
자인	(보면)
이현	소용없습니다. 총이나 한 자루 더 파세요.
자인	(한숨 푹 쉬고) 화승총뿐인데 괜찮겠습니까?
이현	(쓸쓸한 미소) 가릴 처지가 아니라서요.
자인	... 싸게 드리지요.

31.   벌판 (낮)

창공 아래 커다란 깃발이 펄럭인다. 농민군 두 사람이 들고 있는... '倡義'라는 두 글자가 선명하다. 그 아래로 '弓乙(궁을)' 자 부적을 등에 붙인 창의군의 대오가 '보국안민' 등 수많은 기치를 휘날리며 진군해온다. 밭에서 일하던 농민들, 일손을 놓고 바라보면 선두에 최경선과 별동대... 번개가 척후깃발을 들고 있다. 그 뒤로 말을 탄 전봉준, 김개남, 손화중의 모습에서...

전봉준	(Na) 지금 신하된 자들은 임금의 총명을 가리고 아부를 일삼으며 교만과 사치와 음탕과 안일에 빠져 있다. 온 나라가 어육이 되고 만백성은 도탄에 허덕이고 있다. 백성은 나라의 근본이다. 근본이 깎이면 나라가 위태로워진다.

송희옥의 인솔 하에 총, 죽창, 농기구 따위로 무장한 사내들이 줄지어 행진하는 모습 위로...

전봉준	(Na) 우리는 비록 초야의 유민이나 나라가 망해가는 것을 좌시할 수 없기에 의로운 깃발을 들고자 한다.

'보국안민' 깃발과 결연한 전봉준의 모습 위로...

전봉준	(Na) 보국안민[10]! 이것이... 우리의 맹세다.

32.   백가네 안채 / 마당 안 (낮)

문을 벌컥 열고 들어온 이화, 쓰개치마를 내던지고 안채로 뛰어간다.

33.   동 거실 안 (낮)

백가, 씁쓸하게 창밖을 바라보는... 이마에 천을 싸맨 채씨, 앉아 있는... 이화,
헐레벌떡 뛰어 들어온다.

이화   동비! 동비덜이 고부로 쳐들어온디야!
백가   !
채씨   (헉!) 전주성 처묵겄다는 늠덜이 으째 고부로 겨온디야!
이화   나도 모르제!
백가   관군허고 대가리수가 비등비등헝게 모로 돌아감서 세력얼 불릴라는 것이구
       먼...
채씨   (벌떡 일어나며) 이러고 있을 띠가 아녀라! (이화에게) 전주 느덜 집에 가게
       언능 짐 싸! 아, 언능!

'야!' 하고 나가던 이화, 멈칫한다. 이강이 문가에 서 있다.

이화   (헉!) 거, 거시기!
백가   (보는)
채씨   오매!
이강   ... 그 몸을 혀서 전주꺼정은 어느 천년에 가실라고요?
백가   써글 늠...
이강   봐둔 디가 있응게 그리 가게요. (이화에게) 이현이나 싸게 델꼬 오쇼.

---

10   보국안민(輔國安民): 나라를 돕고 백성을 편안하게 한다.

이화	느, 시방 이현이라겄냐?
이강	이현일 이현이라 근디 머가 잘못됐다요?
이화	(발끈) 머시여!
백가	이현이 여그 읎으.
이강	(의아한 듯 보면)
백가	향병으로 끌려가부렀다.
이강	!

백가, 허탈하게 웃고 이강, 기가 막히는...

34.   백가네 안채 / 복도 (낮)

보통이 정도 든 이화와 채씨, 백가 걸어 나온다. 기다리던 이강, 바닥의 비밀
통로 문을 들어올린다.

35.   백가네 앞 (낮)

얼굴을 가린 이강이 *끄*는 달구지에 고개를 푹 숙이고 앉은 백가와 채씨... 단
출한 짐... 이화, 두려운 표정으로 주변을 살피며 걸어가는...

36.   고부관아 작청 안 (낮)

억쇠 등 통인, 관속들, 바쁘게 짐을 싸는... 창을 거꾸로 꼬나 쥔 홍가가 채근
한다.

홍가	(답답한) 중헌 것덜만 챙개라고, 중헌 것만! (느릿느릿한 억쇠를 발견하고) 억 쇠, 인마! 언능 좀 싸자고~ 언느응~!!
억쇠	(짜증) 싸고 있잖여라... 싸는디 으째 자꾸 싸라싿소.

홍가	(으이구, 하다가 조바심에 뛰쳐나가는)
억쇠	(꿍얼대는) 지는 손도 까딱 안 험서...

37. 동 내아 침소 안 (낮)

박원명, 의관을 갖춘다. 나름 결연한 표정이다. 창을 든 홍가, '사또!' 하면서 들어온다.

홍가	한 식경이믄 짐 다 쌀 것 겉은디라.
박원명	관속 사내들 중 노인, 아이만 빼고 전부 동헌에 집결시키게.
홍가	야?... 하긴 노인, 아그덜꺼정 피난 갈 필욘 없겄네요이.
박원명	피난이라니?
홍가	전주 가야지라? 동비덜이 몰려오는디.
박원명	그러니 싸워야지!
홍가	(헉!)
박원명	백산 무기창에 주둔한 향병대에 합류할 것이야.
홍가	사또...
박원명	(홍가의 거꾸로 쥔 창을 바로잡아주고 나가는)
홍가	(울상) 이런 떠그럴...

38. 동 동헌 (낮)

〈시간경과의 느낌으로〉
텅 빈... 여기저기 싸다 만 짐과 잡동사니들이 널려 있는... 문이 열리고 최경선과 별동대가 사주경계를 하면서 천천히 들어온다.

39. 동 작청 안 (낮)

김가와 동록개, 몸을 낮추고 뛰어 들어와 사격자세를 취하는… 텅 빈…

40.   동 수령 집무실 안 (낮)

문을 박차고 총을 겨눈 채 들어오는 버들과 해승… 한데 모여 있던 노약자 관속들이 질겁해서 웅크린다. 버들과 해승, 무기를 내리는…

41.   동 동헌 + 군기고 지붕 (낮)

고부 군기가 바닥에 떨어지는… 동헌에 모인 최경선과 별동대, 군기고 위를 바라보는… 지붕 위로 올라간 번개가 깃발을 힘껏 흔들어댄다.

42.   말목장터 (낮)

환호하는 군중들이 앞다퉈 몰려나온다. 전봉준의 군대가 입성하고 있다. 전봉준과 지도부들도 말을 타지 않고 행진한다. 군사들에게 물을 먹이고 먹을 것을 던져주는 백성들… 전봉준이 지나가는 곳마다 박수와 탄성과 기쁨의 오열이 터져 나온다. 감개무량한 표정의 전봉준이 어딘가를 본다. 쓰개치마를 내리는 여인… 수심 가득한 표정의 명심이다. 전봉준, 미소를 머금는다.

43.   황진사댁 / 석주의 방 안 (낮)

전봉준과 석주, 마주 앉은… 석주, 시선을 마주치지 않는…

전봉준   (친근한) 고초가 많았다 들었네. 고신까지 당했었다구?
석주   다 자업자득인 게지…
전봉준   (농담처럼) 아, 그게 내가 그랬잖은가? 안핵사 따위 와봤자 화합은커녕 보복만 당할 거라구. 삼척동자도 아는 것을 사서삼경을 통달한 자네가 어찌 몰라?

석주 　(불편한, 재촉하듯) 용건이 뭔가? 명색이 양반이니 동비들에게 끌려나가 몰매라도 맞아줘야 하는 것인가?

전봉준 　어허... 거 못 본 새 성미가 아주 고약해졌구만.

석주 　(거슬리는)

전봉준 　(친근하게) 안부나 물으러 온 것일세. 참, 내 우연히 명심이 신랑감을 만난 적이 있는데 아주 진국이더군. 그만하면 명심이 배필로, (하는데)

석주 　객쩍은 소리 집어치고 그만 물러가시게!

전봉준 　이 사람, 석주...

석주 　(빈정대는) 내 역적과 말을 섞으려니 심기가 심히 불편하여서...

전봉준 　... 정치는 밖에 두고 우정만 들고 왔네만.

석주 　괜한 수고를 하였으이. 나가게.

전봉준 　(씁쓸한) 이거... 다시 만나면 숫제 남 보듯 하겠구만.

석주 　남이 아니라 적이겠지.

전봉준 　(보는)

석주 　(냉소를 머금는)

전봉준 　(슬픔이 어리는)

44. 야산 토굴 앞 (밤)

적막한... 부엉이 울음소리만 들려오는...

45. 토굴 안 (밤)

이강, 거적으로 입구를 막는다. 안에선 호롱불 앞에 둘러앉은 백가, 눈물을 찍어내는 채씨를 다독이는 이화... 백가, 이강을 지그시 바라보는...

이강 　(손 털며 다가서는) 동비덜이 오래 있진 않을팅게 며칠만 고상들 허쇼. 불빛

새나가지 않게 조심덜 허시고...

백가	유월이 소식은 좀 아냐?
이강	(슥 보는)
백가	(덤덤한)
이강	(참고) 지 헐 도리는 다 헌 거 겉응게 그만 가 볼랍니다.
백가	간다고?
이강	가야제 그믄, 살인범이 여그서 관군덜 올 때꺼정 죽처야겄소?
백가	사방이 동비덜 천진디 동비덜은 느 가만 냅둔디야?
이강	(킬킬대는) 그믄 나보고 으쩌라고요? 여그서 같이 있자고요? 오순도순? 화기 애애? (정색하고) 늦었구먼이라...
백가	... 백산으로 가.
이강	?
백가	무기창에 군사들이 있다니께 가서 향병으로 자원을 혀.
이강	자원을 허라고라?
백가	전투에서 공을 세우믄 죄도 사면받을 수 있잖여.
이강	나가 미쳤소? 말이 좋아 향병이지 감영군덜 총알받이 신센디...
백가	쥐새끼모냥 숨어 살다가 디질래?
이강	(고심하는... 이내 작심한 듯) 그래두 싫소. (일어나는데)
백가	이현이가 거그 있디야!
이강	(멈칫)
백가	(토하듯) 니가 가서 보살펴 줘! 니 동상이잖여!
이강	(씁쓸한) 웬일로 생각혀주나 혔더니만... 역시 이현이였네요이.
채씨	(다가와 부여잡으며) 그리허자. 솔직히 이현이가 느헌티 을매나 극진히 잘혀 줬냐? 사람이믄 은혜럴 알어야 허는겨. 어르신 말씀 들어, 이?
이화	그려. 느넌 쌈도 겁나게 잘 허고 사람꺼정 죽여봤잖어. 거시기 니가 이현이 좀 지켜주드라고, (하는데)
이강	(발끈, 채씨의 손을 뿌리치며) 지발 거시기 소리 좀 허덜 말드라고!
이화	!
이강	나 인자 거시기 아녀... 이강이여!
백가	느가 새 출발헌다고 시상이 곱게 받어줄 거 겉냐?
이강	!

플래시백〉18씬의,

전봉준 다시 태어나는 것이 너에겐 그리 쉬운 일이었더냐?

플래시백〉26씬의,

버들 긍게 으병 겉은 건 꿈도 꾸덜 말고 평상 죄인으로 살다가 디져부러.

현재〉

이강 (울컥) 싫으믄 말라허제! 나가 쓰벌 확 다 디집어 엎어 불랑게!!

백가 (일어나 비틀대며 다가서는) 반항은 헐 만큼 혔잖애... 고상도 헐 만큼 혔고... 그믄 인자 철 들어야제.

이강 (노려보는)

백가 (어깨 토닥이며) 애비 말 들어. 살어만 돌아오믄 나가 워치케든 느 이방 맨들고, 이현이 과거 급제 시킬겨... (미소) 그믄 다시 우덜 시상인겨.

이강 (갈등하는... 이내 홱 나가버리는)

백가 ...

46. 백산 무기창 마당 (밤)

이현, 도열한 향병들 사이에 끼어 있다. 박원명을 필두로 홍가와 나졸, 억쇠 등 통인들이 들어온다. 기다리던 군교들, 일제히 인사하면,

박원명 고부군수 박원명일세. 이제부턴 본관의 지휘를 받도록!

군교들 예! 사또!

박원명 (흡족한, 우쭐대듯) 가세!

군교들의 안내를 받으며 무리를 이끌고 사라지는 박원명... 향병들 하나둘 흩어진다. 이현, 일각에 서 있던 자인과 눈이 마주친다. 자인, 머쓱한 미소를 짓는데,

이현	궁금한 게 있었는데... 혹시 객주님이 주신 겁니까?
자인	뭘 말입니까?
이현	이강 형님의 가죽장갑 말입니다.
자인	왜 그리 생각하셨는지요?
이현	무라다총 이상으로 구하기 어려운 귀한 물건이니까요.
자인	... 흉터나 가리고 살라고 줬습니다. 못생긴 건 얼굴 하나면 족하다 싶어.
이현	...
자인	농담이란 걸 모르시는 분입니까?
이현	혹... 형님의 행방도 아십니까?
자인	(머뭇, 이내 미소) 모릅니다.

이현, 목례하고 사라지는... 자인, 보는...

47. 송장터 (밤)

까마귀 떼 날아다니는...시신들 어지럽게 널려 있는... 곡괭이 정도 든 이강, 나타난다. 악취에 인상을 찌푸리는... 소매로 코를 막은 채 시체들 사이로 들어간다.

48. 야산 일각 (밤)

한 구의 시체가 거적에 덮여 있는... 이강, 곡괭이로 땅을 파는...

〈시간경과〉

흙 봉분을 바라보고 선 땀범벅의 이강.

| 이강 | (쓸쓸한) 철두야... 미안허다... |

이강, 사위를 둘러본다. 적막한... 봉분 옆에 털썩 앉는 이강, 막막한...

플래시백〉45씬의,

백가   **애비 말 들어. 살어만 돌아오믄 나가 워치케든 느 이방 맨들고, 이현이 과거 급제 시킬겨... (미소) 그믄 다시 우덜 시상인겨.**

현재〉
생각에 잠기는 이강... 마침내 무언가 결심한 듯 박차고 일어나 어디론가 사라지는... 그의 표정이 결연하다.

49.   고부관아 / 수령 집무실 안 (밤)

전봉준, 김개남, 손화중, 탁자 위에 펼쳐진 전라도 지도를 보고 있다. 송희옥이 보고한다.

송희옥   무장에서 발표한 포고문을 보고 사방에서 으병들이 봉기허고 있습니다. 순천, 광주를 비롯하여 남접 대부분으 접주들이 거병하였고 멀리 제주에서 온 으병들이 사포에 상륙했다 합니다.

전봉준   각 부대에 전령을 보내 백산으로 집결하라 전하게!

송희옥   예! (나가는)

전봉준   창의군의 무장상태는 어떤가?

손화중   여전히 죽창병이 대부분이긴 하나 무장과 고부에서 노획한 화승총으로 포수 오백을 추가로 훈련시키고 있습니다.

김개남   그 정도 화력이믄 감영군헌티 밀리덜 않겠구먼! (하는데)

최경선, 급히 들어온다.

최경선   나리, 문제가 생겼습니다.

전봉준   뭔가?

최경선   포수덜헌티 노나줄 화약이 부족합니다.

전봉준   !

50.   백산 무기창 / 전각 사이 통로 (밤)

이현과 향병1·2를 비롯한 향병들, 거적을 깔고 웅크려 잠든... 군교1이 감영군
들과 나타난다.

군교1   기상!

감영군들, 거칠게 향병들을 깨운다. 어수선하게 일어나는 향병들.

군교1   두지에 있는 화약고로 파수 교대를 나간다. 속히 이동하라!

향병들, 투덜대며 채비하는... 이현도 총을 둘러메는...

51.   고부관아 / 외삼문 앞 (밤)

최경선을 필두로 천보총을 어깨에 멘 해승과 부사수, 별동대원, 동학군들과
지게꾼들이 출동한다.

52.   백산 무기창 앞 (밤)

군교1을 비롯한 군교들과 감영군들, 이현과 향병1·2가 포함된 향병대가 빠져
나온다. 일각의 어둠 속에서 죽창을 든 채 이현의 행렬을 응시하는 사내, 이
강이다. 비장한 그의 모습에서 F.O.

53.   화약고 + 뒤편 산비탈 (낮)

골짜기 그늘진 곳에 자리 잡은, 작지만 단단해 보이는 건물... 엄폐물들 곳곳에 설치되어 있는... 감영군과 향병들이 뒤섞여 경계를 하는... 산비탈 수풀 속에서 화약고를 내려다보는 최경선, 이내 몸을 돌려 앉으면 별동대와 동학군들이 모여 있다.

최경선	써글... 생각보다 쥐새끼덜이 많구먼...
김가	그깟 놈들 많아봤자요. 까버립시다.
최경선	(작심하고) 나리께서 향병은 무고헌 백성이니께 절띠 죽이지 말라겄으... 다덜 명심혀.
별동대	(끄덕이는)
최경선	가세. (내려가는)

해승과 부사수를 제외한 별동대와 지게꾼들, 따라 내려간다.

54. 화약고 초소 (낮)

엄폐물에 기대앉아 무라다총을 만지작거리는 군교1. 그 옆에 향병1·2와 나란히 앉은 이현.

군교1	어이, 중인.
이현	(보면)
군교1	(이현을 향해 겨누고 놀리듯) 빵!
이현	(거슬리는)

55. 다시 뒤편 산비탈 (낮)

해승, 귀에 솜을 넣는 부사수의 어깨에 천보총을 걸치고 화약고의 엄폐물을 조준한다.

56. 다시 화약고 초소 + 뒤편 산비탈 (낮)

군교1 (재미 붙인 듯) 빵!
향병1·2 (킬킬대는)
이현 그만하십쇼!
군교1 (피식) ... 빵!!

동시에 해승, 방아쇠를 당긴다. 격한 반동과 굉음! 커다란 총알이 날아가 엄폐물을 박살낸다. 군교1이 즉사하고 이현과 향병1·2가 나동그라진다. 경계를 서던 병사들, 깜짝 놀라 두리번대는데 숲에서 튀어나온 최경선과 별동대, 일제히 감영군을 조준사격한다. 추풍낙엽처럼 쓰러지는 감영군들...

최경선 (칼을 뽑으며) 돌격!

함성을 지르며 돌격하는 동학군... 감영군들과 격전이 벌어진다. 버들, 지원사격하는... 해승, 화약고 반대쪽 엄폐물을 공격하기 위해 부사수와 천보총을 들고 산비탈을 따라 이동하는... 이현, 낮은 포복으로 기어가 무라다총을 집는다. 빗발치는 총탄을 뚫고 뛰어가 화약고 모퉁이를 돌던 이현, 향병1이 휘두른 조총에 가격당해 쓰러진다. 향병2가 다가와 멍하니 쓰러진 이현의 몸을 뒤지는...

향병1 (바깥 동정 살피며) 빨리 혀! 빨리!
향병2 있어봐요... 떠그럴 으따 숨긴겨, (하는데)

탕! 소리와 함께 튕기듯 나자빠지는 향병2... 향병1, 흠칫해서 보면 이현의 총에서 연기가 피어오른다. 향병1, 허겁지겁 조총 심지에 불을 붙이는데 볼트를 당겨 장전하는 이현... 다급해진 향병1, 조총을 치켜드는데 이현, 방아쇠를 당긴다. 향병1, 이현의 몸 위로 고꾸라진다. 몽롱한 표정의 이현, 향병1의 시체를 밀치고 무의식적으로 마당을 향해 나가는데... 누군가 그를 낚아챈다.

이현, 보면 이강이다.

이강　괜찮어? 다친 디 읎어?

이현　... 형님?

이강　따라와!

57.　화약고 일각 (낮)

총성과 비명이 난무하는 격전이 벌어지고... 일각에서 이강, 이현과 몸을 낮
춘 채 숲을 향해 뛰어간다. 초소를 지날 즈음, 해승이 발사한 천보총이 이강
을 지나 초소를 박살내는... 감영군의 응사에 어깨를 맞고 쓰러지는 천보총
부사수! 빗발치는 총알을 뚫고 이강과 이현, 필사적으로 뛰어가는...

58.　인근 수풀 안 (낮)

달려온 이강과 이현, 나무 정도에 몸을 숨기며 앉는다. 숨을 몰아쉬면서도
화약고의 상황을 살피는 이강.

이현　형님이 어떻게 여길...

이강　(이현 앞에 바짝 다가앉으며) 잘 들어! 나가 봉게 동학군덜이 향병언 죽이덜
　　　　않는 모양이여. 감영군만 피혀서 내빼라고. 그믄 살어... 알었제?

이현　형님은요?

이강　... 난 같이 못 가.

이현　(보는)

이강　아부진 다시 옛날로 돌아가자 글지만... 인자넌 그리 안 살라고... (이현의 손
　　　　을 움켜쥐고 먹먹하게) 느가 나헌티 그랬제? 거시기 말고 백이강으로 살라고
　　　　말여... 죽이 되든 밥이 되든... 나넌 내 길 가야겄다... (눈가 촉촉해지는... 애써
　　　　미소로) 미안허다.

이현　형님...

이강, 이를 악물고 뛰어나가는... 이현, 먹먹하게 바라보는...

59.   화약고 앞 마당 (낮)

별동대와 감영군이 격전을 벌이고 있다. 번개가 팔을 베여 쓰러진다. 버들이 급히 장전을 하지만 감영군의 칼이 먼저 번개를 향한다. 순간, 이강이 날라차기로 감영군을 쓰러뜨린다. 번개, 보면 끈으로 죽창을 왼손에 감는 이강.

이강   (씨익 웃는) 고래가꼬 거시기헌티 복수허겄냐? (하는데 감영군의 반격에 흠칫하는) 오매, 쓰벌!

이강, 감영군들과 격투를 벌이지만 되레 두들겨 맞고 이리저리 쫓겨 다니는... 동록개와 김가까지 가세하면서 감영군이 수세에 몰리는... 그때 총상을 입은 군교 한 명이 불붙은 짚단을 들고 나타나 화약고 안에 던져 넣고 쓰러진다. 죽자고 싸우던 사람들 일제히 얼어붙는다.

동록개   일 나부렀다!
김가   대장!
최경선   염병! (뛰어가는데)

순간, 맹렬히 달려와 최경선보다 먼저 뛰어 들어가는 이강! 사람들, 잔뜩 긴장해서 화약고를 바라본다. 잠시 정적이 흐르고... 혹시나 하는 기대감이 드는 표정들인데... 이강이 혼비백산 뛰어나오며 외친다.

이강   도~망~쳐~!!!

피아 구분 없이 냅다 뛰는 사람들... 쾅! 하는 폭음과 함께 화약고가 폭발하고 불기둥과 함께 허공으로 솟구치는 이강!

〈시간경과〉

김개남이 지켜보는 가운데 동학군들이 시체를 수습하는... 포로로 잡힌 향병들에게 물을 건네주는 손화중... 이현의 모습은 보이지 않는다.

60.   화약고 근처 숲 속 (낮)

전봉준, 무언가를 빤히 내려다보고 있다. 기절한 이강이다. 최경선, 탐탁찮은 표정으로 지켜보는... 끙~ 의식이 돌아온 이강, 눈을 뜬다. 이내 전봉준을 보고 기겁해서 일어나는!

이강	아! 사람이 정신이 들라그믄 기척얼 허시든지 기침얼 허시던지 신호를 혀야지라! 염라대왕 낯짝인 줄 알았잖애요!
전봉준	(쩝)
이강	(큼) 근디 바쁜 양반이 으째 내 앞에 기시다요? 혹시 뭐... 감동 겉은 거 묵어가꼬 으병으루 받아주고 그럴라 근거다요?
전봉준	대체 어찌 이리 객기를 부리는 것이냐?
이강	(피식) 말허믄 징허게 오글거릴 거신디...
전봉준	(보는)
이강	거시기늠이 저지른 첫값... 백이강이가 갚어야지라.
전봉준	...
최경선	안 됩니다. 이늠에게 원한을 가진 으병덜이 한둘이 아닙니다!
이강	패믄 맞고 죽이믄 죽으믄 되잖애! 먼 걱정이여! 쫌팽이여!
최경선	머시여!
전봉준	그만.
최경선	(참는)
이강	(긴장해서 보는)
전봉준	경선이 자네가 데리고 있게.
이강	!
최경선	야?

전봉준	천보총 부사수가 많이 다쳤잖은가... (일어나는)
이강	(따라 일어나는) 나리! (저도 모르게 손을 불쑥 내미는)
전봉준	?
이강	(아차 싶은) 동상헌티 배운 신식 인사법인디... 지가 겁나게 고마워가꼬 그만...

전봉준, 어색하게 손을 내미는... 이강, 덥석 잡아다 끌어 흔들어대는...
멀리 떨어진 숲속에서 지켜보는 창백한 표정의 이현... 전봉준의 표정에 실낱
같은 미소가 감도는... 이강, 해맑게 웃는... 이현, 사라지는...

61. 백산 무기창 안 (밤)

감영군들, 분주히 오가고 무기를 실은 수레와 병사들이 속속 빠져나가는...
일각에선 차인들이 짐을 꾸리고 도검류 좌판 앞에 자인과 덕기, 심드렁하게
앉아 있다. 억쇠를 대동한 홍가, 칼을 들었다 놨다 고르는 중이다.

군교2	(지나가며 군사들에게) 동비들이 백산으로 몰려오고 있다! 서둘러라! 어서!
덕기	(홍가에게) 들었지예? 우리도 짐 싸가 토끼야 되께네 퍼뜩 좀 고르이소.
홍가	있어 봐아... (칼 하나 집으며) 이늠은 을매여?
덕기	이백 냥은 받아야 되는데 고마 백 냥만 주이소. 딸이!
홍가	팔십 냥.
덕기	예?
자인	그리하세요.
홍가	억쇠, 돈 쪼까 융통허자.
억쇠	(펄쩍 뛰는) 참말로! 나가 돈이 으디가 있다요?
홍가	(자인에게) 오십 냥 으때? 칼이 쪼까 물러 뵈는디...
자인	(칼 낚아채 가져가며 차인들에게) 이것들 마저 치우세요. (가는)
홍가	육십 냥! 육십 한 냥! (들은 척도 않고 가면) 잡것...
억쇠	(어딘가 보고) 이현 되렌 아녀라?

홍가, 흠칫해서 보면 총을 멘 이현이 걸어 들어온다.

홍가 이현아!

이현 (보는)

홍가 (짐짓 과장해서 다가가는) 쩡일 뭣허다 인자 온겨? 패잔병들 한참 전에 왔는
디 나가 을매나 애타게 찾았다고오?

이현 (무감한 어조로) 죄송해요.

이현, 냉랭하게 사라진다. 일각에서 바라보는 자인.

62.   **동 뒤란 (밤)**

이현, 벽에 기대선다. 후~ 긴 한숨을 내쉬더니 지친 듯이 앉는... 조금 떨어진
곳에 나란히 앉는 누군가... 이현, 돌아보면 자인이다.

자인 오지랖처럼 여겨지시겠지만 저도 조금은 걱정을 했더랬습니다.

이현 ...

자인 우리 여각의 최행수가 어수룩해 보이긴 해두 전쟁터에서 잔뼈가 굵은 사람
입니다. 최행수 얘기가 어지간한 강심장들도 첫 전투를 하고 나면 혼이 나가
버린다던데... 백도령께선 아주 강건하신 분 같습니다.

이현 뻔뻔한 것입니다. 오늘 사람을 두 명이나 죽였거든요.

자인 (보는)

이현 (씁쓸한)

자인 (착잡한) 기운 내세요. 이 말씀을 드리고 싶었습니다. (일어나는)

이현 ... 형님을 뵀습니다.

자인 (놀라) 어디서요, 화약고에서요?

이현 길이라고 해두죠.

자인 네?

이현 백이강의 길을 막 떠나던 참이었으니까.

자인 ...

63.   인서트 - 고부관아 동헌 안 (밤)

이강 등 신병들이 도인들 앞에서 입도식을 올린다. 각자 정화수 한 잔 달랑
올려진 소반 앞에 무릎 꿇고 앉은... 도인들, 낭랑하게 주문을 외는... 구경꾼
들 틈에서 불만 가득한 표정으로 바라보는 최경선과 별동대... 이강, 나름은
진지한...

64.   다시 뒤란 안 (밤)

자인   (내심 안도하는) 그랬군요... 다행이네요.
이현   송객주님.
자인   네?
이현   위로... 감사합니다.
자인   ... 허면.

자인, 목례하고 걸어가는... 그녀의 표정에 기쁨의 미소가 감도는... 이현의 착
잡한 표정에서 F.O.

65.   백산 평야 (낮)

평야 한복판에 봉긋하게 솟아 있는 백산... 흰옷에 죽창을 든 동학군이 가득
차 있다. 전라도 각 고을의 이름이 적힌 깃발을 들고 백산으로 구름처럼 몰
려드는 동학군들. 보국안민, 제폭구민, 광제창생, 척양척왜 등 펄럭이는 기치
들과 농악패, 구경꾼들로 사뭇 축제 분위기가 연출되는... 변복을 한 자인과
덕기, 구경하는 인파들 속에 끼어 있다.

덕기   와~ 직이네.

자인	(지나가는 군사들을 하나하나 살피는) 한눈팔지 말고 꼼꼼히 보세요. 병력 수, 무기, 군량미 같은 거 말입니다.
덕기	한눈은 객주님이 파는 거 같은데예? 솔직히 말해 보이소. 정탐은 핑계고 이강이 찾으러 온 거 아입니꺼?
자인	(쓰읍) 최행수!
덕기	(말 돌리듯) 객주님, 저 산 쫌 보이소. 이름만 백산이 아니라 참말로 하얀 백산입니다.

자인, 보면 흰옷으로 뒤덮인 백산...

자인	정말 그러네...

66.   백산 정상 (낮)

(동학기록화를 최대한 재현하는 느낌으로) 전봉준, 김개남, 손화중을 비롯한 각 고을의 접주들이 정상에 서 있다. 그 아래 가득 들어찬 인파들 속에 이강을 비롯한 별동대와 최경선, 송희옥의 모습이 보인다. 김개남, 격정적인 어조로 격문을 읽고 있다.

김개남	첫째! 사람을 함부로 죽이지 말지어다! 둘째! 세상을 구제하고 백성을 편안케 할 것이다! 셋째! 외국의 오랑캐를 몰아내고 나라의 길을 밝힐 것이다! 넷째!... 한양으로 진격하여 권귀[11]를 멸할 것이다!
군중들	(열광하는)

67.   전라감영 동헌 안 (낮)

---

11   권귀(權貴): 지위가 높고 권세가 있는 사람.

김문현, 감영군을 사열하고 있다. 장교들, 도열해 있다. 구석에서 침통한 표정으로 지켜보는 봉길. 김문현, 영장에게 지휘권을 상징하는 영기를 하사한다. 영장, 허리 숙여 받으면,

김문현 출정하라!
영장 복명! (돌아서서 외치는) 전군~ 출정하라!

68. **전주성 앞 (낮)**

영장을 선두로 감영군들이 출정한다.

69. **벌판 (낮)**

보부상군들이 행진해온다.

70. **다시 백산 평야 + 정상 (낮)**

정상에 '호남창의대장소'라는 거대한 깃발이 세워진다.
덕기와 함께 인파를 헤치며 백산 쪽으로 나아가던 자인, 멈춘다.

덕기 와 그라십니꺼?
자인 이젠 백산이 아닙니다.

덕기, 보면 산 위의 동학군들이 앉아 있는 상태에서 무수히 많은 죽창이 하늘을 향하고 있다.

자인 죽창의 산이에요... 서면 백산... 앉으면 죽산!
손화중 (목청껏 외치는) 호남창의대장소의 지도부를 공표하겠소이다! 비서, 송희옥,

정백현, 영솔장, 최경선, 총참모 김덕명, 오시영, 총관령 손화중, 김개남, 그리고 동도대장!... 전봉준!

군중이 모두 일어나 환호한다. 전봉준이 앞으로 나선다. 군중을 굽어보는 전봉준... 별동대를 위시하여 한껏 열광하는 군중... 이강 역시 힘을 다해 환호성을 보내는... 자인, 이강을 발견한다.

자인   (놀라는... 중얼대는) 결국은 갔구나.
덕기   ?
자인   아주 가까운 데까지...
덕기   뭐라카노?

전봉준, 칼을 높이 치켜든다. 군중들의 열광이 절정으로 치닫는다.
이강, 열정적으로 환호한다.

자인   (미소) 축하해... 백이강.

〈자막〉1894년 음력 3월 하순, 동학농민군 백산 봉기

먹먹해지는 자인... 집회의 열기에 한껏 몰입한 이강의 모습에서 엔딩!

6회

1.　　지도

대동여지전도 또는 그런 느낌의 고지도... 조선 팔도에서 전라도로, 고부로 클로즈업 들어가면,

1) 인서트 - 1회 62씬의 전봉준과 햇불의 바다!

고부에서 무장, 무장에서 백산으로 향하는 진격로와 오버랩되는 컷들.

2) 5회 27씬의 전봉준, 김개남, 손화중의 결의.
3) 5회 70씬의 앉으면 죽산, 서면 백산의 모습.

전주를 향해 서진하는 진격로와 산골 밭이 오버랩되면서...

2.　　산골 밭 (낮)

남녀노소 뒤섞인 농부들, 한창 밭일 중인.... 아이를 업고 일하던 아낙이 허리를 펴다가 멈칫. 노상에 이강과 별동대들, 일렬종대로 걸어오는... 하나둘 일

손을 멈추고 멀뚱히 보는 농부들... 해승과 천보총을 어깨에 짊어진 이강, 업힌 아이를 보고 싱긋 웃는...

이강   어따 고놈 장군감이네이!
아낙   가나근디...
이강   (묵묵히 걸어가는)

선두에서 주변을 살피던 번개, 척후깃발을 흔들면 저만치 창의군의 행렬이 모퉁이를 돌아 나타난다. 보국안민, 척양척왜 등의 기치가 펄럭이고 전봉준 등 지도부, 말을 타고 선두에서 전진해오는...

농부1   녹두장군?

농부들, '녹두장군이 왔어!' '동학군이여!' 정도 외치며 앞다퉈 밭을 나오는... 버들, 농부1에게 서찰을 건넨다. 펼쳐보면 언문으로 된 격문이다.

전봉준   (Na) 창생을 도탄에서 건지고 국가를 반석 위에 올릴 것이다. 안으로는 탐관오리의 머리를 베고 밖으로는 횡포한 외적의 무리를 몰아낼 것이다.

농부들... 감격하고, 엎드려 조아리고, 작심한 듯 농기구를 들고 대열에 합류하기도 하는... 굽어보는 전봉준...

전봉준   (Na) 양반과 부호, 방백과 수령에게 고통 받는 민초들이여. 조금도 주저치 말고 이 시각으로 일어서라. 때를 놓치고 후회한들 무슨 소용이 있겠는가?

번개, 나아가고 이강도 걸음을 뗀다. 별동대 뒤로 '보국안민'의 깃발이 선명하게 펄럭인다.

3.   창의군 숙영지 (낮)

허수아비들을 향해 날아와 박히거나 빗나가는 수십 개의 화살들... 김개남 앞에서 훈련 중인 궁수들... 손화중과 훈련하는 죽창병들... 주변에 늘어선 막사들... 순시 중인 전봉준과 송희옥... 차양들 아래로 밥을 짓고, 납을 녹여 총알을 만들고, 죽창을 깎고 분주하다.

4. 동 일각 (낮)

횡대로 선 포수들. 그 앞에 별동대가 연속 사격을 시범 중인... 해승, 사격하고 빠지면 버들과 번개가 나와 쏘고, 동록개, 김가가 쏘고 다시 해승의 발사까지 순식간이다. 이강을 비롯한 포수들 낮은 탄성을 뱉는...

최경선   (포군들에게) 봤제! 자아~ 총 닦고!
포수들   (복창하며 동작을 시전하는)
최경선   화약 내리고! 삭장으로 화약 채워!

이강도 따라 해보지만 불편한 손이 속도를 따라가지 못한다.

최경선   납탄알 내리고! (오구로 넣는 시늉만 하는 포군들) 삭장으로 누르고!... 화기 아가리 열고!... 심지 내리고! 흔들고!
김가·동록개   (낄낄대며 춤까지 추면서) 흔들어~!!!
이강   (애를 먹는)
최경선   용두로 화승 눌러! 조준!... 발사!

포수들 방아쇠를 당기면 폭음과 함께 총구에서 연기가 피어오른다.
조금 늦은 이강, 손가락을 넣어 손목 힘으로 방아쇠 당기면 '퐁!' 소리와 함께 삭장이 날아가 최경선의 몸에 맞고 떨어진다. 미처 삭장을 빼지 못하고 격발한 것이다. 조소를 머금는 사람들... 창피한 이강, 나아가 삭장을 주우려는데 먼저 집어 드는 사내... 이강, 보면 송희옥을 대동한 전봉준이다. 병사들, 각 잡는... 전봉준, 이강에게 삭장을 던져주고 최경선에게 다가선다.

최경선	(떨떠름한) 보셨지라? 아무 짝에도 쓸모없는 놈입니다.
전봉준	자넬 명중시킨 조선 유일의 포수일세.
최경선	(어이없는)
전봉준	그나저나 실사격을 해야 포수들의 기량이 일취월장할 터인데...
최경선	총알을 아껴야지라... 메칠만 훈련허믄 문제없습니다.
전봉준	... 우리에게 그 며칠이 있을까?
최경선	(보는)
전봉준	무남영[1]에서 출발한 감영군의 주력부대가 고부에 당도했네.
최경선	!

전봉준, 숙연하게 병사들을 둘러보는... 이강, 보는...

5.   고부관아 앞 (낮)

파발들 바삐 오가고 감영군이 삼엄한 경계를 펼치는... 말을 탄 자인과 덕기,
들어오는...

6.   동 수령 집무실 안 (낮)

자인, 영장에게 고한다. 초관1·2(☞4회의 군교1·2입니다) 등 배석한...

자인	백산 집회에 모인 동비의 수는 약 일만여 명... 수괴 전봉준을 대장으로 추대한 연후에 전주로 동진하던 중에 감영군이 출동했다는 소식이 전해지자 고부군 북쪽 도교산으로 퇴각하였나이다.
영장	어떻게든 훈련할 시간을 벌려는 수작이군... 무장상태는?
자인	낡은 화승총을 쓰는 포수가 수백, 활과 칼을 지닌 자가 더러 있긴 하였으나

---

1   무남영: 전라도 전주에 설치된 지방군 기지.

살수의 대부분은 죽창이었습니다.

초관들	(가소로운 듯 조소를 뱉는)
영장	(피식) 이거야 원... (금고에서 금괴를 하나 꺼내 던지는)
자인	(주워 들고) 아뢰옵기 송구하오나 군량미를 조달하려면 이것으론 부족하다 사료되옵니다.
영장	너는 술과 고기나 구해 바치거라... 최상품으로, 매일.
자인	(의아한 듯 보다가) 예.
영장	전군... 출정한다.
초관들	예!

7.   고부 민가 (낮)

여기저기 민가에서 곡식을 탈취해가는 감영군들... 초관들을 거느린 영장 앞에 연좌해 있는 노인1과 백성들.

노인1   (애원하는) 시상에 이런 법이 으디가 있다요~ 인자 우덜은 뭘 먹고 살라고라 ~ (하는데)

영장, 노인1을 걷어찬다. 백성들, 헉! 하는...

영장	(싸한) 동비들에겐 자청해서 군량미를 바치고 밥까지 지어 먹였다지?
백성들	(긴장)
영장	굶어죽는 게 차라리 나을 것이다. 동비들 다음엔 너희 고부놈들 차례니까.
백성들	(헉!)
영장	계집들을 끌어내라! 데려가 화병²으로 쓸 것이다!
별장	예! 끌어내라!

---

2   화병(火兵): 취사병.

군사들, 달려들어 아녀자들을 끌어낸다. 순식간에 아수라장으로 변하는...
먼발치에서 자인, 침통하게 바라보는... 덕기, 곁에 선.

덕기   이 판국에 술하고 고기를 오데서 구해야 되겠십니꺼? 것도 최상품을예?
자인   ... 거기라면 있을 법도 합니다.
덕기   ?

8.   백가네 안채 / 거실 안 (낮)

남루한 행색의 채씨, 이화 눈물을 글썽이며 들어와 백가 옆에 앉는다.

이화   곳간이 허허벌판이여. 동비덜이 싸악 긁어가부렀소.
채씨   오살헐 늠들... 으째 쪼까 모아만 노믄 털어가고 지랄이대?

백가, 쓸쓸한 미소로 보면, 냉랭한 표정의 자인이 마주 앉아 있다.

백가   들으셨지라? 시방 나가 개털이요.
자인   ... 허면, (일어나는)
백가   근디...
자인   (보면)
백가   군상³이믄 부대마동 돈 벌러 다닐 틴디... 이현이나 거시기늠 못 봤소?
채씨·이화 (솔깃해서 보는)
자인   ... 돈이 보이는데 사람이 보이겠습니까?
백가   (피식) 허긴...

9.   동 복도 (낮)

---

3   군상: 종군상인.

자인, 나온다. 덕기가 기다리고 있다.

자인   난리는 난리인 모양입니다. 화수분도 마를 날이 있다니...
덕기   근방에 아아들 풀어가 수소문 해보겠십니다. (하다가 보면)

남서방이 명심을 안내해 걸어온다. 자인과 덕기, 비켜서는...
명심, 수심이 가득한... 자인, 의아한 듯 보는...

10.   다시 거실 안 + 복도 (낮)

남서방   (들어서며) 으르신, 손님 왔는디라.

명심, 들어서면... 채씨와 이화, 벌떡 일어나는... 명심도 긴장한...

백가   (앉은 채로) 곧 한식구 될 사람덜끼리 어색허게 으째 이래싸... 안거.
채씨 등   (엉거주춤 앉지도 서지도 못하는)
명심   (용기 내서) 기체후 일향만강하시옵니까? 소녀 황진사댁 여제, 명심이라 하옵니다. (깍듯이 인사하는)
채씨 등   !
백가   무탈은 헌디 으쩐 일루 납시셨습니까?
명심   혹 도련님 소식이 있나 하여... (조금 울컥하는) 무사한 것입니까?
백가   (보다가 친근한 어조로) 그믐 사주에 객지는 있어도 객사는 읎웅게 아무 걱정 말어.
채씨 등   (백가의 반말에 헉! 해서 보는)
백가   동비들 난리쳐봤자 삼일천하여... 멀쩡허니 사모관대 씌워 보낼 테니께 돌아가 혼례날만 기다리드라고.
명심   (불안이 가시지 않은) 네... 아버님만 믿겠사옵니다.
백가   (묘한 쾌감이 몰려오는... 키득키득 웃는)

복도 일각에서 거실 쪽을 바라보는 자인과 덕기... 자인, 짠한...

11. 백가네 앞 (낮)

남서방의 배웅을 받으며 집을 나서는 명심... 돌아서다가 멈칫.
서 있던 자인이 깍듯이 인사하고 미소 짓는다. 명심, 의아한 듯 보는...

12. 산길 (낮)

지친 기색의 향병들이 감영군의 감시 속에 행군한다. 말에 탄 박원명과 홍가,
선두에 선... 길가에 선 군교2, 행군을 독려한다.

군교2   서둘러라! 속히 본대와 합류해야 한다!

구역질을 하며 걷던 한 향병이 대열을 빠져나와 토한다. 군교2의 발길질이
날아든다. 찡그리는 억쇠, 파리한 안색의 이현이 나란히 걸어간다.

억쇠   으째 자꾸들 토해싸? 돌림병 아녀라?
이현   간밤에 저와 함께 초병을 섰던 사람들입니다. 기갈이 심하던 차에 폐가에서
      우물을 발견했더랬지요.
억쇠   (놀라) 그믄 되렌도 그 물 마셨소?

대꾸 대신 쓸쓸한 미소를 짓던 이현이 푹 쓰러진다. 행렬이 멈추고 억쇠, '되
렌!' 하며 잡아 일으키면, 의식을 잃은 이현... 억쇠, 냉큼 이현을 업고 간다.

13. 감영군 주둔지 입구 (낮)

멀리 군기들 펄럭이고 막사들 대오정연하게 늘어선... 파발들 바삐 오가고 감

영군이 삼엄한 경계를 펼치는... 박원명과 홍가가 지켜보는 가운데 향병대 들어온다. 억쇠, 땀을 뻘뻘 흘리며 이현을 업고 지나간다.

박원명	형방, 어째 저 향병은 낯이 익구만.
홍가	(찜찜한) 전임 이방 자제구먼이라.
박원명	오~ 일본 유학을 다녀왔다는... 향병을 하기엔 아까운 인재로구만. 이방이나 해주면 좋으련만.
홍가	(불만스러운) 이방허기도 겁나게 아꺼운 인재지라이... (향병들에게 버럭) 아직 퍼지지덜 말어! 인자 시작이여, 인자! (가는)
박원명	(쩝)

14.   동 군상 막사 안 (낮)

자인, 누워 있는 이현을 바라본다. 식은땀을 흘리던 이현, 서서히 눈을 뜬다.

자인	정신이 드십니까?
이현	제가 어찌 여기 있는 것입니까?
자인	명색이 군상입니다. 토사곽란⁴을 다스리는 환약 정돈 구비하고 있어야지요.
이현	(끙! 일어나며) 이거 번번이 신세를 지는군요.
자인	겨우 이 정도로 신세라니요. 당치 않습니다. (보퉁이를 내미는)
이현	... 뭡니까?
자인	신세... (싱긋) 펴 보세요.

이현, 펴 보면 3회 34씬의 한복배자다. 이현, !

플래시백〉3회 34씬의,
명심	**(새침한) 어째서 오라버니 거라 여기십니까?**

---

4   토사곽란: 급성 식중독.

이현	매화는 선비의 지조를 상징하는 꽃이니까요.

명심, 배자를 들어 이현의 상체에 견주어보는... 뻣뻣해지는 이현...

현재〉

이현	(눈망울이 떨리는... 냉정을 유지하려 애쓰는)
자인	안감 삼아 받쳐 입어달라더군요. 허면 아씨도 같이 싸우는 거라며...
이현	(울컥 치미는)

**플래시백〉3회 34씬의,
흡족한 미소를 머금은 명심, 수틀을 도로 가져가는... 이현, 보면...**

명심	(수틀을 놓으며) 여인의 절개를 뜻하기도 한답니다.

현재〉
자인, 나가는... 이현, 먹먹한 미소.

15. 창의군 숙영지 / 취사장 앞 (낮)

차양 아래 배식 중인... 김가, 동록개, 버들 순서로 국밥을 받아간다. 국밥을 받은 번개, 돌아서면 이강이 씨익 웃는... 번개, 어깨 툭 부딪치며 지나간다. 이강, 핏 웃고 보면 국밥을 뜨던 배식병이 노려보는...

이강	(큼) ... 고부?
배식병	(끄덕)
이강	(너스레) 어따 객지서 고향 사람 만나게 겁나 반갑소이.
배식병	(그릇을 입으로 가져가며 카악! 가래침을 끌어 모으는)
이강	(헉!) 으쩔라고?
배식병	(차마 그릇에 뱉지 못하고 바닥에 뱉는... 그릇을 쾅! 탁자에 놓는)
이강	(튀어버린 국물이 아깝지만, 애써 싱긋) 고맙소이. (받아가는)

이강, 한술 뜨며 사라진다. 다음 차례의 해승, 지그시 바라보는...

16.   동 별동대 막사 안 (낮)

모닥불 주변으로 거적 정도 깔린... 별동대들, 밥을 먹고 있다. 해승 곁에서 밥을 먹던 이강이 버들과 번개 쪽으로 넉살 좋게 가 앉는다. 번개와 버들, 떫은 표정으로 일어나 나가 버리는... 김가, 동록개, 킬킬댄다.

이강   (머쓱) 아그덜이 낯을 겁나게 가리네요이.
김가   (은근한 어조로) 백접장⁵, 나쁜 짓 많이 했다며? 백가네 거시기.
이강   (잠자코 먹는)
김가   소싯적엔 다 그런 거지, 뭐. 나도 생긴 거랑은 다르게 나쁜 짓 깨나 많이 하고 살았다니까.
이강   (얼굴을 빤히 보는)
김가   ?
동록개   병이여, 병. (먹는)
김가   (육포 정도 꺼내 던져주며) 김접장이야.
이강   (얼결에 받는)
김가   이쪽은 동록개 접장. 동네 개란 뜻이지.
동록개   백정 이름치곤 준수허제? 은제 포 뜰 일 있음 부탁허드라고.
김가   (화약가루 한 옴큼 끄집어내며) 화약은 나한테 부탁하고... 조선 광산에 갱도 치고... (가루를 모닥불 위에 솜씨 좋게 뿌리며) 내 손 안 거친 거 없으니까.

잔 불꽃이 허공에서 아름답게 명멸하는... 김가, 뻐기듯 미소...

이강   (혹해서) 총 잘 쏘는 법도 아실라나?

---

5   접장: 동학도들이 서로를 높여 부른 호칭.

김가	총?
이강	아, 나도 명색이 별동댄디 조총쯤은 조자룡이 헌창 쓰디끼 갖고 놀아야제.
해승	(다가서는) 그 총 이리 내슈.
이강	?... (주면서) 이건 으째...
해승	(받고) 무기가 부족하잖수. 쓸 수 있는 사람한테 줘야지. (가는)
김가·동록개	(이강 보면)
이강	(열 받는... 일어나 따라가는)

17. 동 무기 막사 안 (낮)

해승, 들어와 총기대에 올려놓는데 이강이 들어와 잡는다.

| 이강 | 나넌 그믄 그냥 뒈지라고? |

동록개, 김가, 버들, 번개, 들어온다.

해승	총 말고도 무기는 많소.
이강	(허! 웃는) 으디요? 손꾸락 병신이 쓸 무기가 여그 으디에 있어!

총을 잡으려는 이강과 막는 해승... 몸싸움으로 번지고 한순간 서로를 밀어내
며 날카롭게 대치하는...

| 해승 | 때려 봐. 그럼 총을 주지. |

이강, '오매~' 딴청 피는 척 하다가 갑자기 주먹을 날리는... 해승, 막고 가볍게
툭! 치는... 이강 또 덤비고 툭! 얻어맞는... 독이 오른 이강이 필사적으로 달려
드는... 해승의 공격을 막고 가격에 성공하려는 찰나, 해승의 오른손 날이 날
아든다. 이강, !

인서트〉5회 24씬의, 번개의 관자놀이를 치는 이강의 오른손 날!

관자놀이를 정통으로 맞고 쓰러지는 이강. 멍한... 일어나려 애쓰는데...

김가	백접장, 그냥 누워 있어.
번개	냅둬부러요. 맞어 디지든가 말든가.
버들	(나서며) 해승 접장. 그만허소.
이강	(일어나며) 시작도 안 혔디 머슬... (피식 웃으며 버들에게) 아야? 쪼까 비켜 봐아... (하다가 '쓰벌' 뱉으며 나자빠지는)
해승	(묵묵히 나가는)
동록개	(나가며) 땡중 안 했으믄 사람 여럿 잡았다니께.
번개	스님을 혔응게 무술을 배웠지라.

별동대, 나가고 마지막으로 버들, 이강을 일별하고 나간다. 이강, 멍한...

18.   **감영군 주둔지 / 군상 막사 앞 (밤)**

향병들, 차인들에게 엽전을 내고 주먹밥을 사가는... 고기와 술독이 실린 수레를 대동한 덕기, 짜증스러운 표정으로 나타난다.

19.   **동 군상 막사 안 (밤)**

덕기, 들어온다. 돈통에 수북이 쌓인 엽전을 착잡하게 바라보는 자인.

덕기	다녀왔심더. 에이, 빌어물 손들...
자인	술과 고긴 구해 오셨습니까?
덕기	쪼매 구해 왔는데 절마들 처묵는 거 보모 밑 빠진 독에 물 붓깁니더.
자인	전주에 다녀오세요. 그 방법뿐입니다.
덕기	에이, 객주님 여 놔뚜고 우예 갑니꺼?
자인	(품 안에 육혈포 슥 꺼내 보이고)

덕기	!
자인	내 걱정은 마시구.
당손	(E, 껄렁한) 어이구, 아직 무사하시네!

자인, 덕기 보면 당손이 능글대며 들어온다.

| 당손 | 술 좀 없수? |
| 자인 | (보는) |

20. 동 공터 일각 (밤)

향병대, 식사 중인... 파리한 안색의 이현과 억쇠, 나란히 앉은...

억쇠	안색이 영 안 좋은디요?
이현	(애써 미소) 견딜 만합니다.
억쇠	(짠한) 동비들이 교생안[6]만 불태우덜 안 혔두 이 고상은 안 헐 거신디... 아, 형방어른은 미리미리 확인도 않구 뭐 했디야?

군교2와 감영군들, 포승에 묶인 향병들을 끌고 와 앉힌다. 일동, 보는.

| 군교2 | 썩어빠진 것들... 한 번만 더 탈영이 발생하면 너희 모두에게 죄를 물을 것이다. (향병3·4를 지목하는) 너, 너, (이현에게) 너! 이리 나와. |

이현과 향병3·4, 의아한 듯 나오면 감영군들이 칼을 건넨다.

| 군교2 | 베라. |
| 이현 등 | ! |

---

6   교생안: 향교 학생들의 명부.

탈영병들　(질겁하는)

군교2　(향병4를 걸어차는) 어서!!!

놀란 향병3, 몸서리를 치며 베는... 향병4도 일어나 얼른 베는... 일동의 시선이 이현을 향한다. 이현, 망설인다.

군교2　(칼을 뽑아 겨누며) 베라. 군령이다.

이현　(노려보는)

일각에서 당손이 홍가와 급히 걸어온다.

당손　송객주가 헛소리한 게 아니란 말요?

홍가　그렇다니께. 이현이 여깄는 거 맞어. (하는데)

'으아!' 고함 소리에 돌아보면 이현이 향병을 벤다. 피가 이현의 얼굴에 튄다. 당손과 홍가, 헉! 하는... 칼을 툭 내던지는 이현, 이를 악물고 돌아서다가 당손 일행을 본다.

당손　처남!

홍가　... 이현아.

이현　(피식 차갑게 웃는)

홍가　(벙한)

21.　**동 박원명의 막사 안 (밤)**

박원명 앞에 앉은 당손과 홍가... 이현, 덤덤하게 서 있는...

박원명　글쎄 아니 된다는대두! 아무리 전임 이방의 자제라 해두 전투를 목전에 두고 보직을 바꿔주면 다른 향병들의 사기가 뭐가 되겠는가!

당손　몸이 아프지 않습니까? 사또, 그리만 해주시면 저희 장인이 톡톡히 사례를,

(하는데)

박원명 (발끈) 이 사람이! 내가 뇌물이나 받아먹을 위인으로 보이는가!

홍가 뇌물이 아니라 사례라고 허잖여라... 사례는 조상 대대로 계승혀 내려와분 미
      풍양속이고요.

박원명 듣기 싫네! 썩 물러가게, 어서!

당손 (한숨 푹 내쉬고 일어서는)

박원명 형방 자네도 나가!

홍가 (쩝, 일어나는)

이현 (인사하고 나가려는데)

박원명 도령은 잠깐 나 좀 보세.

이현, ? 홍가와 당손, 그럼 그렇지 싶어 이현을 앉히고 쪼르르 나간다.
박원명, 바깥을 일별하더니 목소리를 낮추는...

박원명 자네 혹시... 전쟁이 끝나면 이방을 해 볼 생각이 없는가?

이현 ... 네?

박원명 형방이 물망에 오른 것을 알고는 있네만 내 믿음이 가질 않아서... 자네의 재
      주가 탐이 나기도 하구.

이현 아뢰옵기 송구하오나 소인은 대과에 뜻을 두고 있습니다.

박원명 ... 대과? 아, 그러고 보니 교생안에서 본 기억이 나는구만.

이현 !

박원명 중인이 제법이다 싶었는데... 뜻이 그렇다면 하는 수 없지.

이현 지금... 교생안을 보았다 하셨습니까?

박원명 ?... 그렇다네. 새로 부임한 사또가 제일 먼저 해야 할 일 중의 하나가 고을 유
      생들의 현황을 파악하는 게 아닌가?

이현 (뭔가 이상한)

22. 동 막사 앞 (밤)

이현, 나온다. 홍가와 서 있던 당손이 급히 다가선다.

당손	뭐래? 결국 뇌물이지?
이현	(홍가를 꽂힌 듯이 보면서) … 아뇨.
홍가	저 양반이 희한허게 뇌물을 싫어허드라니께… (다정하게) 나가 계속 찔러댈팅게 이현이 넌 나만 믿어.
이현	(보는)
당손	(채근하듯) 그럼 뭣 때문에 남으라 그랬는데?
이현	그러게요… (홍가를 보며 의미심장하게) 대체 왜 그랬을까요?
홍가	?… (멋쩍은)
이현	(보는)

23. 창의군 숙영지 / 별동대 막사 뒤편 일각 (밤)

허수아비 서 있는… 왼손에 칼을 든 이강이 다가온다. 푹 찔러보는… 문득 생각하는…

플래시백〉17씬의,
공격해오는 해승의 오른손 날!

현재〉
이강, 칼로 찌르고 오른손 날로 가격하는… 손이 얼얼한 듯 흔들어보고… 이강, 다시 마음을 다잡고 찌르고… 가격하고… 찌르고… 가격!

전봉준	(E) 제법이구나.

이강, 보면 일각에 전봉준이 홀로 묵묵히 서 있다.

이강	(얼른 까딱 인사하고) 거서 머더고 기시다요?
전봉준	(말없이 산 아래 고개를 굽어보는)
이강	고개 넘어 누가 오기로 혔소? 식구? 아니믄… (씩 웃는) 님?

전봉준	...
이강	농담이요, 농담... 하도 무게만 잡고 계싱게 쪼까 웃어보시라고요.
전봉준	그냥 보고 있었어. 황토현의 소나무 숲은 절경이거든.

이강, 황토현을 굽어본다. 서기가 느껴지는...

전봉준	이제 곧 전투가 벌어질 터인데... 죽음이 두렵지 않느냐?
이강	(두렵다... 애써 덤덤히) 총알도 피해간다는 부적이 등짝에 붙었는디 겁날 게 머다요?
전봉준	부적에 적힌 글자의 뜻을 아느냐?
이강	나가 글은 깨첬는디, 동학공부 아직 못 해가꼬... 궁을이 먼 뜻인디요?
전봉준	약자... 한없이 약하고 더없이 힘없는 진짜 약자.
이강	(왠지 찡한... 짐짓 너스레 떠는) 아따 거 참말로 고약허네요이. 싸우러 감서 나 겁나게 약헌 늠이요~ 고런다고라?
전봉준	그저 그런 시시한 싸움이 아니니까... 세상을 바꾸는 건 항상... 약자들이었어.
이강	(보는)
전봉준	(미소) 당수를 연마하더구나. 손이 불편한 너에게 좋은 무기가 될 게야.
이강	아유, 무기는 무신 기껏해야 손... (하다가 떠올리는)

플래시백〉 17씬의,

해승	**총 말고도 무기는 많소.**

현재〉
이강, 생각하는... 전봉준, 사라지고...

24.   동 별동대 막사 앞 (밤)

이강, 막사 앞에 나타나면 별동대들, 어딘가를 보고 서 있다. 창의군들이 지 켜보는 가운데 피투성이가 된 패잔병들이 지나가는...

이강	이 사람들 뭐요?
동록개	충청도 진산서 내려온 의병들인디 매복허고 있던 보부상군헌티 당혔디야.
이강	!

이강, 보는... 처참한 몰골들... 창의군의 표정에 분노가 번지는...

25.　동 대장 막사 안 (밤)

전봉준 등 지도부, 탁자 위 지도를 바라보고 있다. 대장소 표식을 중심으로 곳곳에 감영군(官), 보부상(商) 표식이 동학군(義)을 막아서고 있다. 한눈에도 포위된 형세.

송희옥	대장소로 오던 각지으 으병들이 매복에 발이 묶였습니다.
김개남	보부상들이 골치여. 몸도 날래고 길도 훤히 아니께.
손화중	우리를 고립시킨 연후에 (관군과 보부상의 표식을 한데 모으며) 적은 주력부대와 합세하여 전격전을 하겠다는 의돕니다.
최경선	지금 속도면 내일이믄 (표식을 몰아 옮기는) 여꺼정 올 것입니다.

일동, 보면 대장소 바로 앞까지 다가선 적들의 표식.

전봉준	예상대로군... 황토현.
일동	(긴장)
김덕명	이름만 고개지 벌판이나 다름없는디 맞붙으믄 승산이 있을까?
전봉준	...
손화중	아직은 무립니다. 물러나 시간을 벌어야 합니다.
김개남	놈들도 그리 생각헐팅게 으표를 찔러 붙어블자고.
손화중	전면전은 안 됩니다.
김개남	퇴각도 안 될 말이제.
손화중	진법도 모르는 농부가 태반입니다!
김개남	도망치믄 사기가 떨어지고 사기가 떨어지믄 태반이 아니라 전부 다 죽는거!

전봉준	영솔장[7].
일동	(보는)
최경선	예. 장군.
전봉준	이리 되면... 형세가 어찌 되겠는가?
최경선	(보는)

전봉준, 아군 표식을 하나 들어 적의 한복판에 놓는다. 일동, !

26.　동 별동대 막사 안 (밤)

이강, 불만스레 보는... 최경선과 별동대들, 보부상군으로 변복하고 있다. 물미장, 패랭이 등을 챙기는... 송희옥이 체장[8]을 들고 얘기한다.

송희옥	보부상덜끼린 정해진 인사법이 있소. 이 체장을 보여줌서 '그짝은 어느 임방 동무시다요?' 요로코롬 물어야지 다짜고짜 어디 사는 누구냐 그믄 사달 나는 거니께 유념덜 허쇼.

보다 못한 이강이 최경선에게 다가간다.

이강	나도 갈라요.
최경선	넌 화병들 밥 짓는 거나 도와 줘.
이강	아, 으째 이래쌌소? 나도 별동대잖여라!
최경선	(멱살 잡으며) 너 따위가 할 수 있는 임무가 아니라고... 알겠어?
이강	(노려보는)
해승	데려갑시다.
일동	(보는)

7　영솔장: 선봉장.

8　체장: 보부상의 소속 임방과 소임을 적은 신분증명서.

최경선	이늠을 뭘 믿고... 배신허믄 으쩔라고?
해승	나 죽기 전에 책임지고 죽여버리겠수.
최경선	(말문 막히는) 머시여?

해승, 이강의 칼을 던져준다. 이강, 받고 해승을 보는... 해승, 나가는... 이강, 마음을 다잡는...

27. 골짜기 일각 (낮)

곳곳에 죽은 동학군의 시체들이 널려 있는... 보부상으로 변복한 별동대, 굳은 표정으로 걸어온다. 이강, 내심 놀라는... 찢겨진 깃발에 '珍山'이란 글자가 적혀 있다.

동록개	진산 으병들이여...
김가	(이를 가는) 보부상 이 개새끼들...
버들	번개 접장, 정신 바짝 차려야?
번개	이... 걱정 말어.
최경선	싸게 가게.

별동대, 속도를 높여 나아간다.

28. 다른 길 모퉁이 (낮)

모퉁이를 나오던 별동대, 흠칫 멈춘다. 포승에 묶여 처형당한 동학군들 앞에 서 있던 보부상패와 마주친다.

행수	(껄렁하게) 아이구~ 어느 임방 동무다요?
별동대	(긴장)
최경선	(체장을 꺼내며 호탕하게 나아가며) 우덜은 무장 임방 동문디, (시체를 일별

하며) 한 건 허셨소이!

행수 뒷정리만 혔소! 감영군헌티 가다가 봉게 아, 숨이 붙어가꼬 살려달람시로 꺼 떡거리잖애!

별동대 (분을 참는)

최경선 잘혔소! 갑시다! (체장을 구겨 넣는데)

행수 (정색) 머시여, 보부상이 시방 신성헌 체장을 구겨 넣은거?

최경선 (아차 싶은) 오매! 시체를 봉게 나가 정신이 산란혀가꼬.

행수 그라고 봉게 낯익은 늠이 하나도 읎어. 장똘뱅이믄 으디서 봤어도 봤을틴디...

일동 (긴장)

최경선 머시여, 시방 우덜 으심허는거?

행수 (칼 뽑는) 느덜... 보부상 맞어?

노려보는 별동대와 보부상패... 일촉즉발의 순간!

덕기 (E) 거 먼 일이고!

일동, 보면 덕기가 차인들과 걸어온다. 이강, 눈이 번쩍 뜨이는!

덕기 보부상끼리 쌈질하는 기가, 뭐꼬?

이강 덕기 성님!

덕기 (뜨악한) 니? 거시기 아이가?

이강 (다가가며 과장되게 울컥하는) 살어기셨소!

덕기 니 지금 여서 뭐, (하는데)

이강 (와락 안으며) 반갑소! 징허게 반갑다고오!!!

이강, 볼 뽀뽀까지 해대는... 덕기, 질색하는... 일동, 병해서 보는...

29.   폐가 마당 안 (낮)

별동대와 보부상패, 사이좋게 밥을 먹고 있는...

30.   동 측간 앞 (낮)

버들, 걸어오는데

덕기   (E) 내 니 동학군인 거 안다.
버들   (멈칫)

31.   동 뒤란 (낮)

이강, 굳은 표정으로 덕기를 본다.

덕기   무슨 꿍꿍이고? 보부상인 척하고 군영 안에 기드갈라카는기가?
이강   (뜨끔하지만) 먼 고런 끔찍헌 상상으 나래럴 펴고 그래쌌소. 으병덜 환자가 많어가꼬 약 구허러 가는 중이요.
덕기   ... 거짓말 하지 마라.
이강   환장허네! 차라리 호랭이 아가리에 대그빡을 밀어넣제! 우덜 몇이 겨 들어가서 머를 으쩐다고?
덕기   (보다가 의심 풀고) 살고 싶으모 적당히 하는 척만 하다가 전주여각으로 온나.
이강   (내심 안도하며) 마음만 감사히 받겠습니다.
덕기   (답답한) 관군이 아무리 비리비리해도 무지랭이들이 죽창 들고 설치가 이긴 역사가 없다! 어무이 다시 만나야 될 거 아이가?
이강   엄니헌틴 암말 마쇼. 엄니 우는 거 신물 나니께.
덕기   말 쫌 들어라, 자슥아!
이강   (미소) 송객주는 여전허지라?
덕기   (마지못해) 오야.
이강   안부나 전해 주쇼. 엄니 너무 갈구지 말라 허고.
덕기   (답답한 듯 옅은 한숨) 오야.

모퉁이 벽에 기대 듣고 있던 버들, 묵묵히 자리를 뜨는…

32.   황토현이 내려다보이는 능선 (낮)

보부상패의 뒤를 따라 산을 오르는 별동대… 산에 익숙하지 않은 이강, 뒤처지지 않으려 애를 쓴다. 이강, 미끄러지면 버들이 손을 내민다.

이강   (뜨악한 듯 보다가) 이라믄 모양 빠지는디… (하다가 냉큼 손을 잡고 올라오는) 고마워! (앞서가는)

번개   (뚱한) 누이, 머더는겨?

버들   (머뭇) 나가 뭘? 뒤쳐지믄 저늠들헌티 또 으심받을 거 아녀? (가는)

이강, 악착같이 산을 오르는… 별동대, 하나둘씩 능선 위에 올라서는… 마지막으로 이강이 올라오는… 가쁜 숨을 몰아쉬는… 산 아래 저 멀리 감영군의 행렬이 나타난다. 이강을 비롯한 별동대, 비장해지는…

33.   황토현 어귀 (낮)

이현, 억쇠 등 향병대를 필두로 감영군 선봉대가 기세등등하게 진군해 들어온다. 기병, 포군, 살수들… 말을 탄 초관1과 당손 등 군교들…

〈자막〉 1894년 음력 4월 6일 황토현

34.   맞은편 산비탈 / 창의군 지휘소 (낮)

창의군들의 호위 속에 전봉준, 손화중 등 지도부들 서 있다. 송희옥이 달려와 고한다.

송희옥   장군, 감영군의 선봉이 황토현에 들어왔습니다!

전봉준   …

35.   황토현 벌판 + 좌우 숲 (낮)

벌판을 감싼 양쪽 수풀로 군사들이 나타나 신속하게 매복한다. 김개남의 부대들이다. 이현과 억쇠가 포함된 향병대가 지나가고 감영군이 진군해온다. 김개남, 벌판을 주시한다. 감영군이 사정권에 들어온다. 김개남, 활을 겨누고… 발사! 초관1이 가슴을 맞고 낙마한다.

당손   (헉!) 매복이다!

김개남   쏴라~!!!

이현, 돌아보면 좌우 숲에서 총탄과 화살이 감영군을 덮친다. 혼란에 빠지는 감영군들… 우왕좌왕하며 속절없이 쓰러지는…

군교2   응사! 응사하라!

감영군 포수들이 반격하면서 화약연기와 비명소리가 순식간에 벌판을 뒤덮는다. 감영군의 포수들도 반격을 가한다. 순간 와! 하는 함성소리와 함께 전방에서 동학군이 칼과 죽창을 들고 달려온다. 좌우 숲에서도 죽창병들이 뛰어나온다.

김개남   돌격!

총을 쏘며 뒷걸음질 치는 향병들… 감영군 독전병들이 도망치는 향병을 벤다. 응사하는 이현… 칼을 들고 벌벌 떠는 억쇠… 함성과 함께 뒤엉키는 군사들… 치열한 백병전이 벌어진다.

36.   황토현으로 가는 길 (낮)

자인, 총성이 들려오는 곳을 바라본다. 연기가 능선 위로 피어오른다. 화병
아낙들, 두려움에 휩싸여 울먹이는... 행렬 전방에선 전령이 다급하게 달려와
영장에게 고한다. 초관들 곁에 박원명과 홍가의 모습도 보인다.

전령   황토현에서 기습을 당했습니다!!!
영장   뭐라, 이놈들이 간이 배 밖으로 나왔구나!

(점프) 초관을 따라 신속히 달려가는 증원군들.

37.   다시 황토현 + 지휘소 (낮)

치열한 백병전이 펼쳐진다. 막상막하... 김개남, 적을 베어나간다. 당손도 필사
적으로 싸우고... 동학군을 벤 군교2, 김개남에게 달려든다. 몇 합 끝에 깨끗
하게 베어버리는 김개남!
한편, 지휘소에서는 전봉준 등 지도부가 전투의 형세를 살피고 있다.

손화중   (수심이 깊은) 정예병만 추려 보냈는데도 적의 선봉을 꺾지 못하는군요.
전봉준   ...

저 멀리 산등성이에서 척후깃발이 펄럭인다.

송희옥   (보고) 적의 원군이 오고 있습니다!
전봉준   ... 퇴각한다.
송희옥   예! 퇴각하라!

신호깃발이 미친 듯이 흔들리고 뿔피리 소리가 퍼져나가는...

김개남   !... 퇴각! 퇴각하라!!

산과 숲으로 후퇴하는 창의군들... 기가 살아 공격하는 감영군들의 모습... 전봉준의 진지한 표정에서 DIS.

38.   황토현 일각 (낮)

시체를 치우고, 목책을 세우는 보부상들... 감영군들, 경계를 서고 목책 주변에 마름쇠를 뿌리는... 영장, 초관들과 나타난다.

초관2   동비들이 사시봉으로 퇴각해 진지를 구축하고 있습니다.

영장, 올려다보면 맞은편 산등성이에 창의군의 깃발이 가득 들어찬...

39.   황토현 일각 (낮)

널브러진 시체들... 자인, 나타나 두려움 가득한 표정으로 시체 주변을 헤맨다. 엎어진 동학군의 시체를 보고 뒤집어보는... 엉킨 시체들 틈에서 용기 내어 한 시체의 오른손을 꺼내 보는... 맨손에 안도하는데...

이현   (E) 여긴 없습니다.

자인, 흠칫 보면 피 묻은 옷을 입은 이현이 지친 기색으로 서 있다.

자인   네?
이현   형님 말이에요.
자인   (뜨끔) 네? 아, 네... (안도하는)
이현   (물끄러미 보다가 옅은 미소)
자인   (난처한) 어찌 웃으십니까?

이현	다행이다 싶어서요.
자인	그렇죠. 없으니 다행이죠. (어색하게 하하 웃는)
이현	있어서 다행이란 말인데...
자인	네?
이현	형님도 저처럼... 마음으로 함께 싸워주는 사람이 있어서.
자인	(안색이 변하는... 울컥!) 점잖은 사람이 무신 고런 말 겉지도 않은 말을 씀뻑 씀뻑 지꺼샀소!

이현, 정색한다. 자인 뒤편으로 홍가가 엉덩이를 감싸고 숲으로 간다.

자인	(장황하게) 아니, 나는 그냥 백이강이 갸 인생이 하도 불쌍혀가꼬... 아, 옛날에 맹자님이 그랬담서요? 사람이믄 모름지기 측은지심이란 거시 있어야 쓴다~ 아, 고래가꼬 나가, (하는데)
이현	(자인을 지나쳐 숲으로 홍가를 따라가는)
자인	(열 받는) 오매, 송자인이 오늘 엄헌 디서 뚜껑 열래분다이... 써글! (홱 돌아보는데)

단검을 꺼내며 걸어가는 이현의 뒷모습... 자인, !

40.   숲속 (낮)

홍가, 바지춤을 내리고 앉다가 화들짝 놀란다. 이현이 서 있다.

홍가	염병... 동빈 줄 알았잖여!
이현	...
홍가	그나저나 으디 다친 딘 없나?
이현	...
홍가	으째 그냐?
이현	민란이 터졌을 때 교생안이 불탄 거 맞습니까?
홍가	아, 확실허다니께! (쪼그려 앉으며) 아, 급혀. 쩌리 가.

이현	허면 민란이 터진 뒤에 부임하신 사또께선... 그 교생안을 어떻게 보셨을까요?
홍가	!!!

이현, 홍가를 자빠뜨리고 올라타 칼을 목에 갖다댄다.

홍가	(헉!) 이, 이현아!
이현	(싸늘한) 나한테 왜 그러신 거예요?
홍가	이, 일단 이거 치우고 야그허자, (하는데)
이현	(쿡! 찌르는)
홍가	(으!!! 질겁하는)
이현	(냉소 띠며) 도무지 납득이 되질 않잖아요. 아저씨가 왜 나한테 그런 짓을...
홍가	(울먹이는) 이현아...
이현	(어르듯) 어서 말해 봐요... 내가 죽이지 않아도 될 이유 같은 거.
홍가	... 황진사여.
이현	뭐라구요?
홍가	나가 아니라 황진사라구~
이현	(군는)
홍가	황진사헌티 나가 약점얼 잡힌 거시 있었는디... 고거 들통나기 싫으믄 너를 징집시키라 갰당게...

뭐지? 싶은 이현의 명한 표정 위로...

이현	(E) 실은 동비들에게 잡혀 전봉준을 만나고 왔는데... 저희 혼인 소식을 알고 있었습니다.

플래시백〉4회 59씬의,
이현	**명심아씨에게 축하한다는 말을, (하는데)**
석주	**그만하거라!**
이현	**!**
석주	**(수치스러운)**

현재〉

이현	아니야...
홍가	믿어줘. 교생안을 빼돌린 사람도 황진사여. 불태워분다고...
이현	아니야!... 아니라구...
홍가	(울음을 터뜨리는) 이현아~ 미안허다...
이현	(칼을 치켜들며) 아니야~!!!
홍가	으아~~!!!
자인	(E) 백도령!!!

이현, 멍한 시선으로 보면... 안타까운 표정의 자인이 고개를 젓는다. 망연자실한 이현, 천천히 일어난다. 홍가, 허겁지겁 도망치는... 콰콰쾅! 천둥소리와 함께 번개가 친다. 이어 투두둑 떨어지는 빗줄기... 멍하니 서 있는 이현... 차마 다가가지 못하는 자인... 이현, 어디론가 사라진다. 자인, 안쓰러운...

41.   황진사댁 안채 / 마당 + 대청 (낮)

침통한 표정의 석주, 대청에 서서 떨어지는 빗줄기를 바라본다. 옅은 한숨 내쉬다가 어딘가 보면, 하인이 우장을 쓴 사내와 들어온다. 지팡이를 짚은 사내가 초립을 벗고 인사한다. 백가. 석주, 차갑게 보는...

42.   동 석주의 방 안 (낮)

석주, 백가 대좌한.

백가	저자에 발써 소문이 파다헙니다. 동비덜이 황토현에서 껍쩍대다가 호되게 당허고 도망쳤다네요이.
석주	그리되었는가?
백가	금명간에 작살이 날 거 겉은디... 그믄 예정대로 혼례를 치르는 건 문제가 없

을 것 같아서요.

석주　이현이가 살아오는 것이 먼저일 듯싶네만.

백가　(너털웃음) 아유, 진사나리두 참... 살아옵니다. 아, 명심아씨처럼 참헌 각시가 기둘리고 있는디 눈에 밟혀서라도 고 눈까풀이 감기겠습니까?

석주　(자조적으로 킬킬대는)

백가　(조금 이상한 표정으로 보다가) 지딜 형편이 쪼까 쪼글시러워지긴 혔어도 진사나리 체면 안 상허게 성심껏 준비허었습니다.

석주　(헛헛한 한숨 내쉬고 지친 기색으로) 뜻대로 하시게.

백가　(안도의 미소) 감사헙니다. 진사나리...

석주　...

43.　다른 숲속 일각 (낮)

이현, 비를 고스란히 맞으며 걸어온다.

플래시백〉1회 36씬의,
제법이라는 듯 미소 짓는 석주의 표정

현재〉
걷는 이현... 그 위로...

이강　(E) 씨벌 정신 챙개라고!

플래시백〉3회 25씬의,
이현　(비틀하는)
이강　민란얼 주동헌 늠이여. 니 아부진 평상 주렁잽이로 살어야 허고... 몰러?
　　　-중간생략-
이현　(눈물 맺히는) 허나 제겐 하늘 같은 분입니다...

현재〉

쾅쾅쾅! 사정없이 번개가 작렬하는... 이현, 주저앉는... 무언가 치미는... 눈물과 빗물이 뒤섞이는... 참담한 속울음을 토해내는...

44.   황토현 / 감영군 주둔지 입구 (낮)

억수 같은 비를 맞으며 걸어오는 (28씬의) 보부상패. 그 뒤의 별동대. 파수병에게 차례로 체장을 보여주고 들어가는... 비장한...

45.   동 군상 막사 앞 (낮)

모닥불이 타고 있는... 차양 아래에서 차인들과 밥을 짓던 자인, 일손을 멈추는... 심란한... 앞 씬의 보부상패 행수가 차양 안으로 들어온다.

행수 (비를 털며) 염병... 퍼붓고 지랄이여. 송객주, 밥 있소?
자인 (미소) 살다 보니 행수어른을 이런 데서도 만나는군요.
행수 써글 늠으 시상잉게. 아까 최행수도 만났는디.
자인 그러셨습니까?
행수 참, 송객주도 아시겠네? (두리번대는) 음마, 으디 갔디야?
자인 알다니... 누굴요?
행수 최행수허고 친헌 보부상인디... 거시기래나, 머시기래나...
자인 !

46.   동 일각 간이차양 앞 (낮)

거적 따위로 만든 간이차양들... 그 안에 들어앉은 보부상들... 일각 한 차양 아래 별동대들 나란히 앉아 있다. 이강, 물미장에다 오른손 날을 버릇처럼 내려치는...

동록개   (빗방울 바라보며) 거 으째 싱숭생숭허네.

김가   그러게나 말유... 근데 백접장 그거 어디서 난 거야?

이강   야?

김가   그거, 만들다 만 장갑.

이강   (장갑 보는)

47.   동 일각 (낮)

우산을 쓴 자인, 이강을 찾아다닌다. 차양을 만드는 보부상들을 하나하나 살피는...

48.   다시 간이차양 안 (낮)

동록개   각시가 준겨?

이강   총각이 각시가 으됬대요? 그냥 아는 여인네가 췄구먼이라.

번개   으디 눈 먼 년 하나 꼬셔서 뜯어냈는갑네... 뺏었든가.

버들   (쓰읍) 느 말 좀 곱게 안 헐래?

번개   (흥! 이강을 째려보는)

이강   번개야...

번개   (흘겨보면)

이강   (미소) 나헌틴 함부로 혀도 되는디... 그 여자 욕은 허덜 말어.

49.   동 일각 (낮)

자인, 이강을 닮은 보부상 한 명을 돌려세운다. 아니다.

자인   아... 미안합니다. (다른 곳으로 급히 가는)

50.　다시 간이차양 안 (낮)

이강　고운 사람이여.

51.　동 간이차양 근처 + 차양 안 (낮)

자인, 나타나 이강의 차양을 향해 걸어오는... 이강, 반장갑을 어루만지는... 자인과 이강, 점점 가까워지는... 자인을 막아서는 감영군, 나가라는 시늉... 자인과 이강, 감영군을 사이에 두고 스쳐지나가는... 아쉬움에 발이 떨어지지 않는 자인... 애틋한 표정의 이강... 억수같이 쏟아지는 비에서 F.O.

52.　사시봉 (밤)

구름 속에서 초승달이 드러난다. 나무 잎사귀에서 뚝 뚝 한 방울씩 떨어지는 물방울... 초관2가 이끄는 감영군 부대가 조용히 산을 오른다. 그 위로 창의군의 깃발들이 나부낀다.

53.　황토현 감영군 주둔지 / 영장 막사 앞 (밤)

여인네들이 끌려 들어가는 모습 위로... 장교들의 웃음소리.

54.　동 영장 막사 안 (밤)

영장과 초관들, 여인들을 끼고 술판을 벌이고 있다. 박원명, 탐탁찮은.

영장　(술 마시고) 거 술맛 한번 좋다! 조금 있으면 전봉준이 모가지가 여기 떠허니 올라와 있겠구만!

초관들 (웃음을 터뜨리는)

박원명 야습을 보낸 것은 잘하신 처사이나 전투 중에 주연을 벌이는 것이 온당한 처사이겠습니까?

영장 전투라구요? (술 마시고) 사냥입니다! 동비사냥~! (호탕하게 웃는)

웃음을 터뜨리는 초관들, 여인들을 희롱하며 마시는... 박원명, 난감한...

초관2 (E) 처라!

55. 사시봉 창의군 숙영지 (밤)

초관2와 군사들 목책을 넘어 진격해 들어온다. 멈칫하는 초관2, 둘러보면 수많은 허수아비들이 깃발을 들고 있는...

초관2 뭐야? 이거...

주변 고지에서 모습을 드러내는 창의군들... 김덕명과 송희옥의 모습이 보인다. 김덕명을 필두로 창의군들 하늘을 향해 활을 치켜올린다.

초관2 함정이다!

파파팍! 일제히 발사되는 화살! 밤하늘을 향해 새까맣게 치솟은 화살이 정점에서 멈춘 듯싶더니 순식간에 감영군들을 향해 곤두박질쳐간다.

56. 황토현 감영군 주둔지 / 무기 막사 앞 (밤)

저 멀리 사시봉에서 불꽃이 번득인다. 총성과 비명이 아련히 들려오고... 감영군들, 구경에 정신이 팔려 있는... 막사 앞에서 파수를 서는 두 명의 병사...

최경선과 해승이 뒤에서 나타나 처치한다. 김가, 들어가는...

57.   동 무기 막사 안 (밤)

해승과 이강, 동록개와 최경선, 시체를 끌고 들어오는... 김가, 군장에서 재료를 꺼내 비격진천뢰를 만든다.

최경선   김접장, 서둘러!
김가   (진땀나는) 거 보채지 좀 마슈.
이강   (주시하는데)
해승   긴장되나?
이강   (보는... 피식) 신무기가 있는디 먼 걱정이다요? (오른손 날 들어보이는)
해승   (미소) 처음 봤을 때부터... 멋진 장갑이라고 생각했다.
이강   (미소) ... 고맙소.

58.   동 영장 막사 안 (밤)

영장 등 거나하게 취한... 보다 못한 박원명, 박차고 나간다. 자인이 주안상을 든 차인들과 들어온다. 삶은 돼지머리가 올려진...

자인   하명하신 안주를 대령했나이다.
영장   오냐! 너도 이리 와 앉거라.
자인   !

59.   동 앞 (밤)

감영군들, 사시봉 쪽에 정신이 팔린... 초조한 번개와 버들.

번개   염병, 으째 안 나오는겨.

버들이 번개의 손을 잡아준다. 번개, 버들을 일별하고 마음을 다잡는...
이강, 김가, 최경선, 해승, 나온다.

최경선   가게.

별동대들, 이동한다.

60.   다시 영장 막사 안 (밤)

초관3, 자인을 영장 곁에 내팽개친다. 아낙들, 기겁하는...

자인   (벌떡 일어서는) 대체 어찌 이러시는 겝니까!
영장   (탁자를 쾅! 치는)
자인   !
영장   (노려보는) 술맛 잡치게시리...
자인   (부들부들 떨며 노려보는)

61.   동 영장 막사 앞 일각 (밤)

별동대들, 영장 막사를 향해 뚜벅뚜벅 다가간다.

김가   다섯... 넷... 셋... 둘... 하나...

쾅! 폭음과 동시에 뒤편에서 엄청난 불기둥이 솟구친다.

62.   다시 영장 막사 안 (밤)

영장	(헉!) 이게 무슨 소리냐!
자인	(뛰쳐나가는)
영장	저, 저년이! (하는데)

그때 바깥에서 들려오는 거대한 함성소리... 영장, !!!

63. 동 영장 막사 앞 근처 목책 (밤)

정신없이 달려 나오는 자인... 함성소리에 보면 죽창을 든 동학군이 목책을 부수며 새카맣게 몰려온다. 선봉에 전봉준, 김개남, 손화중! 목책을 지키던 감영군들이 '기습이다!', '동비들이다!' 외치며 혼비백산 도망친다. 동학군들이 목책을 부수고 순식간에 들이닥친다.

64. 전장이 보이는 산비탈 숲속 (밤)

차가운 표정의 이현, 발 아래로 펼쳐지는 아비규환의 현장을 묵묵히 지켜본다. 어디론가 사라지는...

65. 동 영장 막사 앞 (밤)

영장과 초관들이 뛰어나온다. 별동대가 경비병을 베며 나타난다. 혼비백산한 영장, 주춤주춤 뒷걸음질 친다. 그때 저만치 감영군들이 함성을 지르며 몰려온다.

최경선	(패랭이 벗어던지며) 각오덜 됐제!
별동대	야! (패랭이 벗어던지는)

최경선, 상의를 벗어던지는... 별동대들도 일제히 상의를 벗으면 흰옷 위에 선명한 궁을자 부적!

플래시백〉23씬의,
전봉준　**약자... 한없이 약하고 더없이 힘없는 진짜 약자.**

현재〉
이강　(뜨거운 것이 치밀어 오르는)

플래시백〉23씬의,
전봉준　**세상을 바꾸는 건 항상... 약자들이었어.**

현재〉
이강, 함성을 지르며 왼손으로 칼을 치켜든다. 이강, 별동대와 함께 감영군을 향해 달려가는 모습에서...

66.　전주여각 외경 (밤)

67.　동 자인의 집무실 안 (밤)

유월, 덕기 앞에 찻잔을 놓는다.

유월　뜨거운게 찬찬히 마시쇼이.
덕기　예. 고맙십니다.
유월　아, 근디 무신 군인들이 전장터 나가서 허구허날 술만 퍼묵고 앉았대요?
덕기　나라가 망할라카는거 아이겠십니꺼? 근데 아지매.
유월　야?
덕기　지가 일로 오다가예... 이강이를 만났십니다.
유월　(깜짝 놀라) 으디서요, 시방 머더고 산다는디요?

덕기   (서찰 꺼내며) 글마가 이걸 주데예. 아지매, 언문 읽을 줄 아신다꼬.

유월   !

68.   동 일실 안 (밤)

유월, 허겁지겁 들어와 서찰을 펼쳐본다.

이강   (E) 엄니... 나여, 이강이.

유월   (울컥하는)

이강   (E) 나넌 잘 있어.

69.   황토현 감영군 주둔지 곳곳 (밤)

창의군의 우세 속에 아비규환의 근접전이 벌어진다. 감영군의 칼과 이강의 칼이 부딪치는... 이강의 칼이 날아가고 널브러진 죽창을 집어 들고 싸우는... 죽창과 손으로 처절하게 싸우는 이강...

이강   (E) 엄니는 말혀도 잘 모르는 곳인디 겁나게 평화로운 동네여.

감영군의 발길질에 쓰러진 이강을 일으켜주는 해승... 초관들을 베어버리는 별동대...

이강   (E) 좋은 동무들도 솔찬히 사겨가꼬 심심헐 틈도 없당게.

이를 악물고 일어나 다시 나아가는 이강의 동선을 따라 파노라마처럼 펼쳐지는 전투장면들... 우왕좌왕하는 아낙들... 죽창에 찔려 비명을 지르는 행수... 추풍낙엽처럼 쓰러지는 감영군과 보부상들... 질겁해서 미친 듯이 칼을 휘두르는 당손... 도주하는 향병들과 억쇠... 망연자실한 박원명... 김개남, 손화중 감영군과 뒤엉켜 분전하는... 전봉준, 영장을 베는...

이강   (E) 나가 꼭 가고 잡은 데가 있어서 시방 그리 가는 중이요. 길이 요상시러가 꼬 금방은 못 가도요, 싸묵싸묵 걷다 보믄 언젠가는 가겄지라.

한 여인을 질질 끌고 가는 초관3... 그를 본 이강, 영장의 시체를 밟으며 달려 간다. 초관3을 베고 여인을 일으키는 이강... 겁에 질려 돌아보는 여인... 자인 이다.

이강   송객주?
자인   ... 백이강!
이강   (E) 엄니... 긍게 암 걱정 말고...

순간, 감영군과 동학군 무리가 뒤엉켜 두 사람에게 밀려든다. 처절한 육박전! 다가가려 애쓰는 이강과 떠밀리듯 멀어져가는 자인.

이강   (E) 편히 계쇼.

〈자막〉 1894년 음력 4월7일 황토현 전투

이강과 자인... 그리고 처절한 전투에서... 엔딩!

7회

1.   (6회 엔딩씬의) 황토현 감영군 주둔지 곳곳

      이강과 자인... 그리고 처절한 전투에서... F.O.

2.   전주여각 외경 (낮)

유월   (E) 도접장어른 오셨는디요.

3.   동 자인의 집무실 안 (낮)

      유월, 들어와 상석의 의자를 뺀다. 굳은 표정으로 들어오는 봉길. 비빔밥 정
      도 먹던 덕기가 급히 수저를 놓는다.

덕기   어서 오이소. (다가가며) 안 그래도 임방 갔드마는 감영에 드가싯다카데예.
      (부축하는데)

      봉길, 본체만체 걸어가 자인의 의자를 짚고 선다. 감정을 억누르는...

덕기	마 알았심더. (수저 들며) 퍼뜩 묵고 내려가께예. (급히 비비며) 영감재이 참
	말로... 딸내미 없는 사람 서러바가 살굿나?
유월	(미소 짓는데)
봉길	진압군덜 말이여.
덕기	글마들이 와예?
봉길	황토현에서 대패를 당했디야.
유월	!
덕기	(멈칫, 정색해서) 뭐라꼬예?
봉길	(비틀거리는)
유월	오매, 어러신!
덕기	(믿기지 않는) ... 자인아!

4.   황토현이 내려다 보이는 숲 (낮)

널브러진 시체들... 일각에 자인과 비슷한 복색으로 엎드린 시체... 뒤집어보는 누군가... 자인이 아님을 확인한 이강, 천천히 주변을 둘러본다. 끔찍한 광경에 왠지 씁쓸해지는... 문득 저만치 홀로 있는 전봉준을 발견한다. 숙연한 표정으로 벌판을 굽어보고 있다.

이강	(망설이다 다가가는) 아, 혼자 기시믄 으쩝니까? 감영군덜 남어 있으믄 으쩔
	라고요?
전봉준	...
이강	대승을 거뒀는디 기쁘지 않으십니까?
전봉준	너는 기분이 어떠냐?
이강	지는 으째 쪼까 심란허네요이. 이기믄 겁나게 기쁠 줄 알았는디...
전봉준	마음 단단히 먹어두거라. 한동안 악몽에 시달릴 게다. (가려는데)
이강	장군.
전봉준	(보는)
이강	참말로 이리 허믄 인즉천인가 허는 그 시상이 오는 겁니까?

전봉준　우리가 가야지... (황토현을 굽어보며) 길이 열렸으니까.

이강, 보면 황토현의 처절했던 전장이 한눈에 펼쳐진다. 곳곳에서 피어오르는 연기... 잔해와 노획물 더미들... 옮겨지는 시체와 부상병들, 서로를 격려하고, 다독이고, 부축해주는 병사들... 이강, 뭉클해지는...

5.　다른 숲 (낮)

쓰러진 자인, 눈을 번쩍 뜬다. 주변으로 감영군과 창의군의 시체들... 자인, 간신히 고개를 돌리면 화적들 여러 명이 곳곳에서 시체털이를 하고 있다. 화적1, 감영군의 손가락에서 가락지를 빼느라 애를 먹는다.

화적2　(식칼 건네며, 나직이) 잘라부러.

건네받아 손가락을 자르려던 화적1, 자인과 눈이 마주친다.

화적1　살었는디?
화적2　(흠칫, 보는)
자인　(멍한)

〈시간경과〉

자인의 팔을 하나씩 잡아 둔지로 끌고 가는 화적1·2... 둔턱에서 사라지는 세 사람... 잠시 후 두 발의 총성, 탕! 탕!

6.　둔지 안 (낮)

앞섶이 풀어헤쳐진 자인... 바들바들 떨리는 손에선 육혈포가 연기를 피워 올린다. 눈을 까뒤집고 죽어가는 화적1·2... 둔턱을 밟고 서는 누군가... 자인 보면, 총을 겨눈 버들과 번개, 최경선...

버들　그늠 버려.

자인, 육혈포를 떨구는... 최경선, 자인을 노려보는...

7.　사시봉 창의군 숙영지 포로막사 안 (낮)

눈가리개를 한 자인이 끌려 들어온다. 버들, 자인의 품을 뒤지고 번개, 기둥에 묶는... 잔뜩 긴장한 자인, 몸을 떨며 숨을 몰아쉰다. 버들이 눈가리개의 매듭을 푼다. 천천히 미끄러져 내려가는 눈가리개... 두려움 가득한 자인의 시야에 서서히 나타나는 한 사내... 문가에서 굳은 표정으로 바라보는 이강이다. 자인, 꽂힌 듯 보는...

이강　송객주...

버들·번개　?

최경선　참, 느덜 서로 구면이제?

이강　포로는 풀어주는 거시 원칙 아녀라?

최경선　(흥!) 포로도 포로 나름이여. (나가는)

이강　(잡고) 그래두 여자잖여라.

최경선　(홱 밀치며) 거시기 너, 쟈 애비가 누군지 몰러?

이강　!

번개　애비? 군상이라개 잡아온 거 아녀라?

버들　이 여자 아부지가 누군디요?

자인　송... 봉자 길자... 팔도보부상 전라도접장이십니다.

번개·버들　!

최경선　백여시 뺨치는 가나그[1]여. 허튼 수작 부리믄 요절을 내부러. (나가는)

1　가나그: 여자아이의 전라도 방언.

번개	야!

이강, 당혹스러운 표정으로 자인을 보는... 자인, 애써 미소를 머금는...

8.   말목장터 (낮)

적개심 어린 표정의 양민들이 지켜보는 가운데 지치고 다친 패잔병들이 나타난다. 명심, 이현을 찾아 여기저기 헤맨다. 터벅터벅 걸어오는 박원명... 그 뒤로 고부 군기를 질질 끌며 억쇠가 걸어온다.

명심	(다가가) 이보게! 이현 도련님 보지 못하였는가? 이현 도련님 말일세!
억쇠	(말할 힘도 없는... 고개만 저으며 지나가는)
명심	(탄식하는)

9.   황진사댁 별채 / 마당 안 (낮)

명심, 눈물을 찍어내며 들어오다가 멈칫한다. 눈이 휘둥그레지는... 별당 앞에 선 누군가의 다리... 남루한 행색을 따라 올라가면 피 묻은 한복배자... 창백한 안색의 이현이다!

명심	도련님!

명심, 냅다 다가가 이현을 끌어안는다. 이현, 묵묵히 서 있는...

명심	(울컥) 고맙습니다... 살아 돌아와 주셔서... 정말 고맙습니다...
석주	(E) 이 무슨 해괴한 짓이냐!

깜짝 놀라 떨어지는 명심... 굳은 표정의 석주가 들어선다.
이현, 감정을 억누르며 애써 덤덤히 바라보는...

석주	(이현의 행색을 착잡하게 보다가) 그래... 몸은 좀 괜찮은 것이냐?
이현	... 염려 덕분에요.
석주	...

10.   동 석주의 방 안 (낮)

석주와 이현, 마주 앉아 있다.

석주	고초가 많았겠으나 산다는 것이 본디 고행이 아니겠느냐? 혹독하지만 소중한 배움의 기회로 삼거라.
이현	이번에 참으로 소중한 깨달음을 얻었습니다. 스승님 말씀대로... 혹독하더군요.
석주	(착잡한) 그만 집으로 돌아가 쉬거라. 곧 감영에서 무슨 조치가 내려지겠지.
이현	곧 스승님께서 택일하여 주신 혼례날입니다. 성심껏 준비하겠습니다.
석주	(거슬리는 듯 보는)
이현	(보는)
석주	자고로 혼인은 인륜지대사. 역도들이 사방을 종횡하는 이때 혼례가 가당키나 한 것이더냐?
이현	극세척도²라 하였습니다. 이깟 난리가 백년가약을 맺지 못할 이유가 되겠습니까?
석주	(참고) 물러가라. 난리가 수습된 연후에 재론할 것이다.
이현	정녕... 혼례를 미루시겠다구요?
석주	어허!

이현, 계속해서 노려본다. 노기 어리는 석주... 팽팽히 부딪치는 시선!

| 석주 | (참는) 그만 물러가 마음을 편히 다스리거라. |

---

2   극세척도(克世拓道): 어려움을 극복하고 새 길을 개척한다.

이현　　허면, (미련 없이 일어나 나가는)

석주　　(불길한)

11.　백가네 근처 거리 (낮)

감영군 두 명 정도 백성들에게 몰매를 맞고 있다. 일각 모퉁이에서 살금살금 빠져나오는 사내... 군복을 벗어던진 당손이다. 백가네로 다가가다가 멈칫하는... 곡괭이 등 농기구를 든 사내들 몇이 대문을 밀고 들어간다. 당손, 질겁해서 담벼락에 몸을 숨기는...

12.　동 안채 마당 안 (낮)

사내들, 남서방의 몽둥이를 뺏고 완력으로 꿇어앉히는... 안채에서 끌려나온 백가, 이화, 채씨, 사내1 앞에 내팽개쳐진다.

이화　　으째 이래쌌소! 우덜이 뭔 죄가 있다고!

사내1　　죄가 읎어! 우덜 피 빨아먹고 산 것들이 죄가 읎어!!!

백가　　알었응게 진정들 허고 말로 허세. 우선 고늠버텀 내려놓고 (하는데)

사내1, 백가의 명치를 걷어차는... 백가, 윽! 하며 고꾸라지는.

채씨(이화) 영감! (아부지!)

사내들, 백가를 무자비하게 짓밟는다. 채씨와 이화, 비명을 지르는데... 탕! 귀청을 찢는 듯한 총성이 울린다. 일동, 기겁해서 보면 이현이 서 있다. 하늘을 향한 총구에선 연기가 피어오르는...

채씨　　이현아!!!

이현, 널브러진 백가를 바라본다. 멍하니 눈만 껌뻑이는 백가...

이현	분풀이... 할 만큼 했으면 이제 그만 나가세요.
사내1	(피식, 다가서며) 겨우 조총 가꼬 겁줄라고? (하는데)
이현	(순식간에 장전하여 사내1의 얼굴을 겨누는)
사내1	!

쪽문에 숨어 지켜보던 당손, 그제야 '처남!' 하며 달려 나온다.

이화	여보!
당손	(작대기 정도 집어 들고 엉거주춤 사내들을 겨누는)
이현	(사내1에게) 나가.

사내1과 패거리들, 나간다. 이화, 안도하는 당손을 얼싸안는... 이현, 총을 내리면 무릎으로 기어와 부여잡는 채씨.

채씨	이현아! 오매, 내 새끼... 내 금쪽겉은 새끼...
이현	(착잡한)
백가	(E) 이강이넌?
이현	(백가 보는)
백가	(기진맥진) 같이 있었던 거 아녀?
이현	줄곧 함께 있었습니다... 서로 마주 보면서요.
백가	(의아한) 봤으믄 으째 같이 안 오고...
이현	(피식) 아버지답지 않게 순진하게 왜 이러세요?
백가	머시여?
이현	전쟁텁니다. 마주보는 사람끼리 설마 덕담을 주고받겠습니까?
백가	!
이현	(들어가는)
이화	여보, 쟈가 시방 뭐라는거?
당손	거시기가 적이 됐다구... 동비.
이화·채씨	!

백가	(노기 어리는)

13. 창의군 숙영지 포로 막사 안 (밤)

허겁지겁 국밥을 먹고 있는 자인. 마뜩찮은 표정의 이강.

이강	이녁은 거, 전주서 돈이나 세고 앉았지 머덜라고 전장터를 싸돌아다니고 긍가? 돈에 환장했어?
자인	(잠자코 먹는)
이강	으떠케 된 여자가 세상 무서운 걸 몰러.
자인	넌 세상 무서운 거 알아서 역적질이니?
이강	역적은 누가 역적이여? 보국안민허는 으병이여. 으병 중에서도 별동대.
자인	어련하시겠어... 손은 좀 어때?
이강	(오른손 요모조모 보며) 머... 장갑이 쪼까 부실헌 거 빼믄 견딜 만혀.
자인	(새침하게) 아깐... 고마웠어.
이강	아까, 뭐?
자인	솔직히 좀 무서웠었거든... 너 보기 전까진.
이강	(짓궂게) 고맙기만 혔능가? 포박만 아녔으면 달려와 안길라갰던 건 아니고?
자인	(수저 놓고 정색하는)
이강	웃자고 혀본 소리여. 긴장 풀어줄라고.
자인	(수저 들며) 맞아.
이강	... 맞다고?
자인	맞는다고... 까불면.
이강	(피식) 나도 눈 있어, 이거 왜 이려?
자인	(중얼대는) 바보 같은 놈.
번개	(E) 글씨 아니라니께요!!!

이강, 자인 멈칫! 버들이 급히 들어와 입구 천을 내린다.

버들	(긴장한, 낮은 어조로) 진산 으병들이 몰려 왔구먼!

이강	진산?
버들	그짝 으병덜이 보부상헌티 떼죽음을 당해부렸잖애.
이강	(굳는... 자인을 보는)
자인	(애써 두려움을 참는)

14.   동 막사 앞 (밤)

이강, 버들과 나와 보면, 까메오 및 의병들이 김가, 해승, 동록개, 번개와 대치하고 있다.

까메오	(껄렁하게 피식) 긴지 아닌지 직접 보겠다는디 왜들 막고 이래유? 소문대로 송봉길이 딸년이 맞나 보네?
해승	아니라고 말했잖수. 그만 돌아가슈.
동록개	그려, 영솔장이 아무도 들이지 말라고 엄명을 내렸당게.
까메오	그류... 잠깐 낯짝만 보고 돌아갈게유.
이강	(까메오 앞으로 나서며) 낯짝 보믄 알어? 마빡에 호적 붙여 놨대?
까메오	고향이 진산이지 사는 딘 전주였슈, 시장통.
이강	!
까메오	(이강 밀치며) 비켜봐유. (지나가는데)
김가	(잡고) 귀 먹었어? 가라잖아.
까메오	(피식) 말로 해선 안 되겠네?

다가서는 의병들... 긴장하는 별동대...

이강	(뭔가 떠오른! 얼른 김가와 까메오의 팔을 풀어주며) 에이, 여그서 이라믄 안에 기신 분 입장이 겁나게 난처해진당게.
까메오	(피식) 난처해져봤자 칼침밖에 더 맞겠슈?
이강	(화들짝 놀라며) 오매, 안에서 들으믄 으쩔라고! (까메오와 어깨동무하여 별동대 쪽으로 돌아서는) 긍게 보쇼이. 안에 있는 분이 누구냐믄 말여.
까메오	(쫑긋하는)

이강	우덜 장군님...
별동대	(보면)
이강	(슬쩍 새끼손가락 펴 보이며) 이거.
까메오	(헉!)
별동대	!!!
이강	(긴하게) 우덜이 개고상 혀서 모셔왔잖애... 비밀작전... 장군님이 겁나게 적적
	해허셔가꼬... 보기보다 속이 여리드랑게.
까메오	시천주조화정영세불망...
이강	인심 쓸팅게 혼자만 살짝 볼텨? 목욕재계 허시기 전에 언능.
까메오	(놀라) 목욕재계는 왜유?
이강	(답답한 척) 이겼잖여~ 기념으루다 합, 에이, 낯 뜨거서... 아, 봐, 언능.
까메오	(시무룩) 됐슈... 봤슈. (가 버리는)
의병들	(알쏭달쏭한 표정으로 사라지는)
이강	(손 흔들며) 살펴 가드라고~ 성불허고이~ (후~ 안도하며 돌아보면)

별동대, 이강을 보는... 해승·김가, 어이없는 듯 피식... 동록개, 벙찐... 버들과
번개, 노려보는...

이강	(태연히) 아, 성불은 절간서 허는 소리제? 동학은 요럴 때 뭐라 긍가?
버들	(이 가는) 잡것...
번개	(이 가는) 이 미친늠...
이강	(쩝) 동학이 역시 인간적이구먼.

15. 동 막사 안 (밤)

이강, 짚으로 잠자리를 봐준다. 자인, 물끄러미 바라보는...

이강	새벽엔 제법 쌀쌀허니게 몸부림치덜 말고 콕 백혀 자드라고.
자인	쫄병이래두 아는 사람 하나 있으니까 좋네. 기왕이면 대장하지.
이강	(마치고 손 털며) 여근 말만 대장이고 쫄병이제, 서로 할 말 다 허고 똑같이

묵고 자구 그랴... 사람은 다 평등허잖애.

자인	(보며) 이젠 제법 의병 티가 나네?
이강	으째 고로코롬 봐 싸? 재수없어?
자인	아니, 멋있어서... 아주 잠깐이지만. (미소 지어보이는)
이강	(미소가 예쁘다 싶은... 말 돌리듯) 엄닌 잘 기시고?
자인	걱정되면 와서 모셔 가시든지.
이강	(피식) 걱정 안 혀... (착잡해지는) 이현이가 걱정이제.
자인	...
이강	향병으로 끌래가부렀거든...
자인	...
이강	불쌍헌 늠... 혼례가 낼모렌디.
자인	(작심하고) 아마 혼례는 힘들 거야.
이강	고게 먼 말이여?
자인	백도령과 쭉 같이 있었거든. 백도령을 향병으로 끌려가게 만든 사람이 황진 사였어.
이강	(굳는) 농담허지 말어.
자인	그 사실을 안 백도령은 군영에서 종적을 감췄구.
이강	그 말이 긍게... 참말이라고?
자인	(단호히) 그러니까 어떻게든 살아 돌아갈 궁리나 해. 살아서 동생도 만나구, 복수도 하구.
이강	(기가 막히는)

16. 황진사댁 별채 마당 안 (밤)

하인들, 몽둥이와 농기구를 들고 지키는... 석주, 소반을 든 하인과 쪽문을 들어선다. 하인들, 인사하면...

석주	무뢰배들에게 약탈을 당한 양반집이 한두 곳이 아니네. 정신 바짝들 차려야 할 것이야.
하인들	예...

석주 (별당을 보는)

17. 동 명심의 방 안 (밤)

서안을 마주하고 앉은 명심, 심란한... 석주, 들어온다.

명심 오라버니... (하다가 소반을 든 모습 보고 화들짝 놀라 다가서는) 세상에! 이리 주시어요! (하는데)

석주 (부드러운 미소) 아니다, 가만있거라.

명심 (의외라는 듯 보는)

석주 (소반 놓고) 내 오랜만에 너와 겸상을 하고 싶어서 왔느니라. 앉거라.

명심 (엉거주춤 앉으면)

석주 행랑댁 말이 끼니를 예사로 거른다구?

명심 ... 밥이 잘 넘어가질 않아서요.

석주 (착잡한, 애써 미소 지으며 수저 건네는) 자.

명심 (내심 놀라서) 오라버니...

석주 내 어찌 니 속을 모르겠느냐? 허나 이럴 때일수록 마음을 강건히 하여야 한다.

명심 (뭉클해지는... 어렵사리 한 술 뜨는)

짠해지는 석주, 서안의 책을 집어 든다. 표지에 '금오신화(金鰲新話)'.

석주 매월당[3]이 썼다는 그 야담집이구나. 제법 재미지단 얘긴 들었다.

명심 (기분 좋아져서) 오라버니도 읽어보시어요. 한번 펴면 도중에 측간 가실 생각은 아니 하시는 게 좋을 것입니다.

석주 (맞장구치듯) 그 정도란 말이냐?

명심 (신이 나서 이생규장전 대목을 펼치며) 여기, 이것이 백미이옵니다. 과거 공

---

3   매월당(梅月堂): 김시습.

부하던 평범한 집안의 자제 이생과 양반집 규수 최씨의 이야기지요.

석주	!
명심	마치 이현 도련님과 소녀의 이야기를 읽는 듯하여 몇 번을 울었는지 모르옵니다. 양가 부모의 반대를 무릅쓰고 혼례를 올리는 대목에서는, (하는데)
석주	명심아...
명심	네?
석주	그리도 이현이가 좋은 것이냐?
명심	(머뭇대는... 이내 눈물 그렁해져서 어렵사리) 네... (먹는)
석주	(탄식이 새어나오는)
당손	(E) 황진사가 혼례를 연기했다고?

18.   백가네 거실 안 (밤)

채씨, 이화, 당손, 앉아 있다.

이화	야. 난리가 수습되믄 허자겠다네요이.
채씨	나는 으째 불안불안허다? 처녀가 애 핑계 댄다고 애시당초 헐 마음이 없는 거 아녀?
당손	(일어나며) 아, 장인어른 성미에 참고 계셨대? 가서 확 엎어버려야지!
이화	(앉히고) 아유, 쫌... 인자 이빨 빠진 호랭이잖애.
당손	향병들 복귀령이 언제 떨어질지 모르는데... 장모님, 죽을 때 죽더라도 총각귀신은 면해야 되는 거 아닙니까?
채씨	(빽!) 재수 없는 소리 말어! 죽긴 누가 죽어!
당손	(머쓱)
이화	(우쒸) 죽다 살어온 사람헌티... (빽!) 소리 좀 지르지 말어! 사우도 자식이여! (당손 볼 매만지며) 서방 팬찮애?
당손	어.
채씨	(어이없는)

19.   동 백가의 방 안 (밤)

고심하는 백가... 물끄러미 바라보고 앉은 이현.

백가   황진사가 설마 파혼은 안 허겠제?
이현   글쎄요... 그 사람 속을 어찌 알겠습니까?
백가   (보는) 느 시방 그 사람이라겠냐?
이현   (미소) 그랬나요?
백가   (피식) 많이 서운했나 비네. 걱정 말어. 애비가 한번 만나볼 테니께.
이현   아뇨. 이제 혼례는 제게 맡겨주세요. (일어나는)
백가   이강이 말여.
이현   (보는)
백가   으쩌다가 동비가 됐는지 혹시 아냐?
이현   정말 모르세요?
백가   머슬?
이현   알고 계시는 줄 알았습니다. 아버지가 그렇게 만드셨으니까. (나가는)
백가   ...

20.   외딴 폐가 안 (밤)

총을 멘 이현, 들어와 헛간을 바라본다.

21.   동 헛간 안 (밤)

문을 열고 들어오는 이현... 달빛이 기둥에 묶인 사내를 비춘다. 탈진한 홍가다.

홍가   (가늘게) 이현아... 물 좀 줘.
이현   (노려보는... 냉혹해지는)

22.   창의군 숙영지 포로 막사 앞 + 뒤편 (밤)

번개와 버들, 잠들어 있는... 뒤편으로 복면을 한 의병 한 명 나타난다.

23.   동 포로 막사 안 (밤 → 낮)

짚더미에 누워 잠들어 있는 자인... 뒤편 천막을 들추고 의병이 기어 들어온다. 자인 앞에 서는... 곤히 잠든 자인... 의병, 단검을 찍는 순간, 헉! 하며 눈을 뜨는 자인. 환하게 밝아진 실내... 뭐지? 싶은.

이강   (E) 악몽이라도 꾼겨?

자인, 흠칫 돌아보면 일각에 이강이 칼을 세우고 묵묵히 앉아 있는...

이강   더 자 둬. 하루 종일 걸을라믄 피곤할거여.
자인   밤새 그러고 있었던 거야?
이강   생각 좀 허니라고...
자인   (옅은 한숨) 내가 괜한 얘기를 했나 보네. 형이니까 알아야 될 것 같아서, (하는데)
이강   아녀, 잘 혔으. 울 엄니 말고... 이겨야 헐 이유가 또 하나 생겼응게.
자인   (물끄러미 보는데)

해승, 들어온다.

해승   백접장, 천보총 챙기고 비상대기해.
이강   (일어나며) 먼 일이디요?
해승   (심각한) 경군⁴이 전라도에 들어왔어.
이강   ... 경군?

24.   동 대장 막사 안 (낮)

전봉준 등 지도부들, 전라도 지도를 놓고 심각한 표정으로 회의 중이다.
황토현에 동학군의 표식이 놓여진...

김개남 놈들이 으째 이리 빨리 기어 내려온겨?

송희옥 육로 대신 바닷길로 내려왔다 합니다. (지도 위에 '京' 자가 적힌 표식을 옮기며) 군산에 상륙혀서 지금은 금구를 지나고 있습니다.

전봉준, 지도를 주시한다. 동학군보다 전주에 훨씬 가까이 근접한 경군.

손화중 우리보다 먼저 전주를 점령하겠다는 의돕니다. 의표를 찔렸습니다.

전봉준 ... 병력은?

25.   인서트 – 벌판 (낮)

둥! 둥! 둥! 낮은 북소리 위로 귀청을 찢는 듯한 서양 나팔 소리가 섞인다. 곡호대(취주악대)를 선두로 북소리에 맞춰 대장기를 펄럭이며 행진해오는 청색 군복의 경군들... 총병, 창병, 살수들 옆으로 대포, 회선포 등이 병진한다.

송희옥 (E) 장위영⁵으 신식병사들과 강화도으 심병을 합쳐 정예군, 일천입니다.

김개남 (E) 꼴랑 일천?

송희옥 (E) 병력은 작어두 화력이 문제입니다.

---

4   경군(京軍): 조선 시대의 중앙군.

5   장위영(壯衛營): 조선 고종 시대 수도방위를 위해 설치된 군영 중 하나.

26.　다시 대장 막사 안 (낮)

송희옥　병사들 전부 양총을 소지허고, 대포에 회선포[6]도 갖고 있다 헙니다.
김덕명　회선포?

27.　인서트 - 사대 (낮)

전방의 허수아비들을 향해 기관총을 난사하는... 화약과 먼지로 안개가 자욱
해지는...

28.　다시 대장 막사 안 (낮)

최경선　회선포 그늠을 조심혀야 헙니다. 잘못 걸리믄 몰살입니다.
전봉준　(심각한)
손화중　경군이 지키는 전주성을 함락할 수 있겠습니까?
김개남　호랑이굴서 싸우믄 호랑이헌티 백전백패여. 배깥으로 끌어내야 혀.
전봉준　(고심하는)

29.　창의군 숙영지 포로 막사 안 (낮)

자인, 전봉준과 마주 앉아 있다.

전봉준　계실 만하시오?
자인　견딜 만합니다. 어차피 전주 가는 길... 염치불구 얹혀가겠습니다.
전봉준　우린 남쪽으로 내려가게 됐소.

6　회선포: 기관총.

자인	(한숨 쉬고) 무고한 양민을 이리 핍박해도 되는 것입니까?
전봉준	무고한 양민은 군상 따위를 하지 않소.
자인	군상이 어때서요?
전봉준	언제 죽을지 모르는 병사들의 호주머니를 독점하는 특권상인이잖소. 그 특권은 분명 막대한 뇌물의 결과일 테구... 부끄러운 줄 아셔야 하오.
자인	(피식) 특권도 권립니다. 권리를 행사하는 것이 그리 잘못입니까?
전봉준	특권은 권리가 아니라 권력이오. 전매권을 비롯하여 여러 특권을 가진 보부상들의 행태를 누구보다 잘 알 것 아니오?
자인	보부상이 그토록 대단한 권력자라면 어찌하여 전쟁터에 끌려나와 개죽음을 당하겠습니까?
전봉준	제 발로 나온 거요. 알량한 권력이나마 지키기 위해서... 공을 세워 새로운 특권을 하사받기 위해서.
자인	(빈정대듯) 듣고 보니 황토현의 패전이 더욱 아쉬워지는군요.
전봉준	이 정도로 아쉬워하지 마시오. 장차 보부상들의 모든 특권을 폐지하고 임방도 전부 해산시킬 것이니.
자인	!
전봉준	그때쯤엔 객주께서도 무고한 양민이 되실 것이오.
자인	... 이제 저를 어찌하실 것입니까?
전봉준	우리가 꼭 필요한 물건이 있소. 송객주의 부친이라면 능히 구할 수 있는...
자인	저를 볼모로 재물을 뜯어내시려구요?
전봉준	그대를 담보로 거래를 하려는 것뿐이오. 알다시피 우리와 부친 사이엔 신용이란 게 없어서.
자인	담보는 그렇다 치구 흥정을 붙일 거간꾼이 쉬이 나서겠습니까?
전봉준	내 주변엔 용감한 자들이 많소. 송객주께서도 익히 아시는 백접장을 비롯해서.
자인	!

30. 전주성 풍남문 앞 + 안 (밤)

사람들, 드나들고 파수병들, 검문을 하는...

파수1	(호패 보고) 신경수?

파수1, 보면 긴 수염을 붙인 이강이 씨익 웃는다. 곁에는 아낙 차림의 버들과 번개... 가족으로 위장한 이강 일행이다.

파수1	(미심쩍은 눈으로 번개를 보는)
번개	(경직된)
파수1	아들?
이강	(넉살 좋게) 지딜이 남녀상열지사에 일찍 눈을 떠부러가꼬... (버들 툭 치며) 아, 안 그려. 임자?
버들	(흠칫, 어색하게 배시시 웃으며) 부끄럽구먼이라...
이강	(번개 뒤통수 팍 치며) 느넌 어른헌티 인사 안 혀?
번개	(우쒸, 꾹 참고 넙죽) 안녕허싱게라.
파수1	(호패 건네주며) 통!

이강, 성 안으로 들어온다. 바로 옆에 이강의 용모파기가 너덜너덜하게 붙어 있다. 스스럼없이 뜯어 구기는... 버들, 번개, 분한 표정으로 이강에게 따라붙는다.

이강	도둑질도 손발이 맞어야제. 고걸 연기라고 허고 앉었어? (구긴 용모파기 던지고 가는)
번개·버들	(어이없는)

31.   전주여각 앞 (밤)

이강, 버들, 번개, 걸어와 멈춘다.

이강	여기여. 전주여각.
버들	쩌리 돌아가. (가는)
번개	(따르는)
이강	(심란한 표정으로 여각을 향해) 엄니... 바뻐서 그냥 가네.

32.   동 마당 안 (밤)

텅 빈... 대들보에 날아와 박히는 단검... 쪽지가 묶여 있다.

33.   동 측면 담장 밖 (밤)

이강, 묵묵히 벽에 기대어 있는... 담장에서 뛰어내리는 번개. 모퉁이에서 망을 보던 버들에게 다가선다.

번개   (낮게) 명중이여!
버들   (낮게, 재촉하듯) 백접장!
이강   (정신이 든 듯 앞장서 모퉁이를 나서는)

34.   전주여각 앞 거리 (밤)

모퉁이를 돌아나오던 이강, 멈춘다. 따라 나오던 버들, 번개 멈칫 보면 이강이 꽂힌 듯이 전방을 바라본다. 그 시선 끝에 유월이 물지게를 지고 걸어온다.

버들   으째 이려?

이강, 먹먹해지는... 다가오던 유월, 이강 쪽을 보면 얼른 버들 뒤로 비켜서는 이강... 지나쳐가는 유월... 이를 악무는 이강... 유월... 이강...

35.   도임방 봉길의 집무실 안 (밤)

덕기, 급히 들어와 봉길에게 다가선다.

덕기	행님예!
봉길	(보는)
덕기	(쪽지 내밀며) 이거 쫌 보이소! 동비들이 보낸 깁니더!
봉길	(급히 펼치는... 이내 감정이 북받치는) 망혈 늠... 살어는 있나비네.
덕기	우짜실랍니꺼?
봉길	... 사겄다는디 장사꾼이 응당 팔어야제.
덕기	!

36. 숲속 (밤)

일각에 말 세 필 묶여 있는... 모닥불가에 웅크려 잠든 번개에게 거적을 덮어
주는 버들... 다들 평복 차림이다. 문득 보면 이강이 상념에 잠겨 있다. 버들,
생각하는.

덕기	(E) 살고 싶으모 적당히 하는 척만 하다가 전주여각으로 온나.

플래시백〉6회 31씬의,

덕기	**어무이 다시 만나야 될 거 아이가?**

현재〉

버들	(총을 집어 들며 지나가는 말투로) 인사라도 허지 그랬냐?
이강	(보는)
버들	그 아짐 말여. 느 엄니 아녀?
이강	(어떻게 아느냐는 듯 보는)
버들	(총알 장전하며) 쪽 빼닮었던디, 뭘.
이강	(피식) 인사허믄 뭘 햐... 버들 접장 엄니는 살어 계시능가?
버들	저 시상서 아부지랑 오순도순 사시겄제. 아부지가 사냥해오믄 고늠 삶어가
	꼬 노나묵음서...
이강	미안허네.

버들	미안허길 멀... (총을 어루만지는) 아부진 포수셨어. 지리산 호랭이도 토깽이 잡드끼 혔었는디... (씁쓸한) 그래도 양반헌틴 잡어먹히드라고.
이강	...
자인	(E) 백도령을 향병으로 끌려가게 만든 사람이 황진사였어.
이강	버들 접장.
버들	(보는)
이강	우덜은 말여... 양반 잡는 포수가 되세.
버들	(미소 머금는) 그려... (이내 정색하고) 먼저 자네. (드러눕는)
이강	...

플래시백〉15씬의,

자인	**그 사실을 안 백도령은 군영에서 종적을 감췄구.**

현재〉
이강, 생각하는... 모닥불이 바람에 흔들린다. 이강, 고민이 깊어진다.

37.   역참 앞 (낮)

칼을 찬 덕기, 홀로 거적에 쌓인 큰 수레를 끌고 온다. 역졸들, 막아선다.

덕기	(체장 보여주며) 전주여각 행수, 최덕기라캅니다.
역졸1	(수레를 훑어보며) 쌀이요?
덕기	모가지 짤릴 일 있십니꺼? 전쟁 땜에 쌀은 거래 금지다 아입니꺼?

역졸들, 거적 곳곳을 들춰 본다. (화면엔 물건이 보이지 않는)

덕기	(긴장해서 보는)
역졸1	(거적 덮고) 조심하슈. 여기서부턴 동비들 소굴이나 다름없으니까.
덕기	(싱긋) 쪼매만 가모 됩니다. 욕 보이소.

덕기, 지나쳐간다.

38.   서낭당 앞 (낮)

덕기, 수레를 끌고 와 멈춘다. 땀을 닦으며 전방을 주시하는... 저만치 집총한 창의군들, 서낭당 주변 곳곳에 걸터앉아 있다. 해승·김가·동록개의 모습도 보인다. 그 앞에 최경선, 자인을 대동하고 서 있다.

자인   최행수!
덕기   (안도의 미소, 중얼대는) 문디 가시나... 탁 고마 주 차뿔라.

39.   동 서낭당 안 (낮)

자인 앞에 놓여지는 육혈포. 최경선, 이어 돈자루를 툭 던진다.

최경선   장군께서 시세대로 쳐주셨구먼. 거래는 공정혀야 헌담서.
자인   (육혈포 넣으며) 고맙다고 전해주세요.
최경선   밤에 발 뻗고 잘라믄 오늘 일 입도 뻥긋허지 말어.
덕기   우리도 인자 공범이나 마찬가지다 아입니꺼? 근데 물건은 어따 쓸라카는 깁니꺼?
최경선   고건 알어 머더실라고?
덕기   (핏 웃는) 아니, 쪼매 뜬금이 없어가꼬.
최경선   장군 뜻을 나 겉은 늠이 으째 알겠소.

버들, 번개와 급히 들어온다.

버들   대장.
최경선   이. 왔어? 고상혔어. (하는데)
버들   문제가 생겼구먼이라.

최경선	?
번개	(쪽지 건네며) 거시기가 탈영을 혔는디라!
자인	!
최경선	(쪽지 보고 구겨 던지는) 이런 미친늠!
자인	(얼른 집어 들어 보는)
이강	(E) 먼저들 가소... 금방 따라갈팅게.
자인	!

40. 산길 (낮)

걸어오는 자인을 덕기가 잡아 세운다.

덕기	전주는 저쪽입니다.
자인	백도령을 만나러 간 것이 분명해요. 황진사가 백도령을 징집했던 거, 백도령이 그걸 알고 군영을 이탈한 것까지 내가 다 말해줬거든요.
덕기	근데 와예?
자인	왜라니요? 살인 누명까지 덮어쓴 동비가 잡히기라도 하면 어찌 되겠습니까? 참습니다.
덕기	(불만스런) 고마 전주 가입시더. 행님 기다리십니다.
자인	고부 먼저 들리구요. (가며) 잠깐이면 (하는데)
덕기	(거칠게 잡는) 글쎄 안 된다 안카나! 말 쫌 들어무라, 쫌!
자인	!
덕기	거시기 걱정만 되고 자인이 니 걱정하는 사람들은 안중에도 없나? 어이? 행님 지금 꼬라지가 어떤고 알고 이라나 말이다!
자인	최행수!
덕기	거시기 지가 선택한 기다. 참수가 되든 능지처참을 당하든 책임질 각오를 했으이까네 선택도 한 거 아이긋나? 니 지금 이라는 거 거시기 우습게 보는 기다. 내 니 맘 아는데... 거시기 믿어라.
자인	(눈물 그렁해지는)

뒤편 숲속에서 두 사람을 지켜보는 버들.

41.   서낭당 안 (낮)

최경선 앞에 별동대들, 서 있다.

최경선 혀서... 머슬 으쩌자고?

해승 어디 있는지 알면서 그냥 갈 순 없잖수.

최경선 탈영헌 늠 뫼시러 가자고? 시상에 고로코롬 친절헌 군대도 있대?

김가 엄밀히 말하면 탈영은 아니지. 먼저 가면 따라온다 그랬잖우.

번개 (불만스러운) 아, 긍게 우덜 먼저 가믄 되잖여라. 따라오든가 말든가.

동록개 인정머리 읎는 늠. 동상 때문에 그랬다는디 딱허지도 않냐?

해승 대장, 미우나 고우나 우리 전우요.

최경선 ...

해승 내가 가서 데려오겠수.

최경선 자넨 안 되야. 먼 일 생기믄 천보총은 으쩌고?

버들 지가 가겠습니다.

일동 (보는)

동록개 이, 또 변장혀서 가믄 되겄네.

김가 혼자는 좀 그렇구... (뻐기듯) 미인 곁에는 미남이 있어줘야지. (도취된) 아 좀
적당히 생겼어야 되는데 말유.

버들 변장 겉은 건 필요 읎고, 번개 접장.

번개 이?

버들 고부 지리 잘 알제?

번개 !

42.   고부관아 앞 (밤)

황량하고 인적 없는... 관아에서 방문과 풀통을 들고 슬그머니 나오는 억쇠...

주변을 살펴보더니 쪼르르 뛰어와 방문을 붙이는... 홍계훈의 효유문 정도... 옆 벽에 풀칠하려다 보면 이강의 낡은 용모파기가 붙어 있는... 신경질적으로 떼어내는데 다가서는 누군가! 억쇠, 얼른 벽에 다시 붙이면서 보면, 변장한 이강이다.

억쇠   (헉!) 대장...

이강   (긴 수염 떼어내고) 인자는 대장 아녀. 쫄병이여.

억쇠   (와락 끌어안는) 대장~!

이강   (웃는) 으째 이려? 숨 막힌당게. (떼어내면)

억쇠   (믿기지 않는 듯) 으디서 머더고 살었던겨? 나가 을매나 애간장을 태웠는지 알어?

이강   ... 이현이 돌아왔냐?

43.   백가네 마당 안 (밤)

남서방, 짐 들고 선... 보따리 안은 이화와 칼을 든 당손, 백가와 눈물짓는 채 씨에게 인사한다.

이화   그냥 다 같이 갔으믄 좋겠는디...

백가   됐다니께, 코딱지만 헌디 우덜 드갈 디가 으딨냐?

이화   접때매이로 잡것들이 들이닥치믄 으쩔라고요?

백가   맞어 디져도 내 집서 디져야제. 요거시 으떻게 세운 집인디.

당손   조심하십쇼. 문단속 잘 하시구요.

이화   (한숨) 염병, 이현이 혼사는 결국 못 보고 가네이.

백가   이현이 늠은 으째 나와보도 안 혀?

채씨   (말리듯) 점슴 물 따 인사혔으믄 됐제. 어여 가, 어여.

이화, 당손, 남서방 나가고... 채씨, 배웅하고... 백가, 착잡한...

44. 동 이현의 방 안 (밤)

의관을 갖춘 이현, 묵묵히 생각에 잠겨 있다.

이현   (E) 잠깐 나갔다 오겠습니다.

45. 동 안채 거실 안 (밤)

달랑 죽 정도 먹고 있던 백가, 채씨... 이현을 바라본다.

채씨   오밤중에 으딜 갈라고?
이현   바람이나 쐴까 해서요.
채씨   봉변이라도 당허믄 으쩔라고?
이현   평소에 인심을 많이 쌓아놓아서 괜찮습니다.
백가   다녀 와.
이현   예. (인사하고 가는)
채씨   쟈가 영 마음을 못 잡는 거 겉지라?
백가   으째 안 그렇겄어? 예정대로믄 오늘이 함 들어가는 날인디...

46. 거리 + 골목 (밤)

총과 청사초롱을 겹쳐든 이현, 함을 이고 간다. 불온한 시선을 보내는 거렁뱅이들과 무기를 든 사내들이 곳곳에 서 있다. 좌우를 살피며 걷던 이현, 누군가 모퉁이에서 튀어나오자 급히 총을 겨눈다.

억쇠   (두 손을 번쩍 들며) 되렌! 나여. 억쇠.
이현   (안도하는)
이강   (E) 동상.

이현, 보면 골목 안에 이강이 침통한 표정으로 서 있다.

이현   ... 형님.
이강   송객주가 그러던디... 황진사가 혼례 막을라고 동상을 징집시킨 거라고.
이현   (쓸쓸한 미소)
이강   근디 시방 머더는겨? 그래도 혼례 헐라고?
이현   해야죠. 양가간의 약속이구... 명심아씨와의 약속이니까.
이강   (아프게 보다가) 그늠 이리 줘.
이현   안 됩니다. 보는 눈이 많아 너무 위험해요. 어서 떠나세요.
이강   (다가와 함을 대신 지며) 나도 약속했잖여... 너 함 들어주기루... (미소)
이현   (먹먹한)

47.   다른 거리 (밤)

억쇠   (우렁차게) 함 나가요~ 길덜 비키쇼~!!!

청사초롱을 든 억쇠, 우렁차게 외쳐대며 걸어온다. 총을 든 이현 옆으로 얼굴
에 숯검댕을 잔뜩 칠한 이강이 함을 지고 온다. 이현, 먹먹한 미소... 바짝 고
개 숙인 이강, 착잡한... 일동, 구경꾼들 사이를 당당히 헤쳐지나간다.

48.   황진사댁 석주의 방 안 (밤)

석주, 선비들과 회합 중이다.

선비1   동비들이 진로를 바꿔 남쪽으로 내려갔다 합니다.
석주   경군을 유인하려는 술책이구만.
선비2   차제에 고을의 치안을 바로잡고자 저희 유생과 토호들이 민보군[7]을 결성했
        습니다.
석주   민보군?

선비1	진사나리께서 좌장을 맡아 주십시오.
석주	(생각하는데)
억쇠	(E) 함 사시요이~!!!
석주	!

49. 동 대문 앞 (밤)

이현, 이강, 억쇠, 서 있다.

| 억쇠 | 아, 함 사라고오~!!! |

50. 다시 석주의 방 안 (밤)

| 선비2 | 이게 무슨 소립니까? |
| 석주 | (노기 치미는) |

51. 동 대문 앞 (밤)

명심, 튀어나와 보는... 석주와 대치하듯 서 있는 이현. 일각에 억쇠와 고개 숙인 이강.

명심	도련님!
이현	(미소)
석주	(노여운) 이게 무슨 짓이냐구 물었다.
이현	(부드럽게) 내일이 혼례날이지 않습니까?

7　민보군(民保軍): 민간자위군. 주로 동학농민군에 맞서기 위해 양반들이 결성한 군대를 일컬음.

명심	!
석주	(벼르듯) 오냐. 들어와라. (휙 가는)
명심	(다가와) 도련님, 어서 들어오시어요.
이현	함진애비들은 그만 물러가세요.
이강	(보는)
이현	고마웠습니다.
억쇠	(명심 눈치 보며 이강을 잡아끄는, 낮게) 싸게 가아...
이강	(애틋한 미소)
이현	(미소)

52. 동 안채 마당 안 (밤)

명심, 불안하게 안방을 주시하는.... 일각에 함이 놓여진... 선비들, 불만스러운...

53. 동 석주의 방 안 (밤)

석주, 이현과 마주 앉아 있다.

석주	혼례는 난리가 수습된 연후에 재론하자 하지 않았더냐?
이현	분명 그리 말씀하셨습니다.
석주	헌데 어찌 이러는 것이야?
이현	그리 말씀하셨을 뿐 저는 따르겠다 한 적이 없습니다.
석주	(발끈) 이런 방자한!
이현	...
석주	(참고) 도로 가져가거라!
이현	(품에서 무언가를 꺼내 석주 앞에 놓으며) 보시지요.
석주	(집어 보는... 굳는) 형방의 호패가 어찌 너에게 있는 것이냐?
이현	...
석주	형방 지금 어디 있느냐!

이현	스승님과 홍가 사이에 있었던 일... 묻어두겠습니다.
석주	!!!
이현	함을 받아 주십시오.
석주	... 나가.
이현	무덤까지 안고 가겠습니다!
석주	(발끈)

54. 다시 마당 안 (밤)

| 석주 | (E) 나가라 하지 않느냐!!! |
| 명심 | (흠칫하는) |

55. 다시 석주의 방 안 (밤)

| 이현 | (버티는) 함을 받으십시오... 스승님. |

석주, 서안을 팽개치며 일어나 벽에 걸린 칼을 뽑아 이현을 겨눈다. 뛰어 들어오던 명심이 기함을 한다. 선비1·2도 문가에 들어선다.

명심	오라버니, 어찌 이러십니까? 고정하시어요!!
석주	그래... 내가 그랬느니라. 니놈을 향병으로 징집시킨 장본인이 바로 나란 말이다!
명심	(헉!)
이현	(옅은 한숨)
선비들	(멍한)
석주	니가 가서 죽기를 바랬다. 니가 죽어서 니 그 천박한 집안과의 혼례가 무산되기만을... 아주 간절히 바랬다.
이현	저는 분명... 혼례를 번복할 기회를 드렸었습니다!
석주	(참담하게 보는)

이현	(노려보는)
석주	나를 평생 저주하거라. 달게 받겠다. (칼을 내던지고) 가거라... 파혼이다.
일동	!
명심	오라버니!!!
이현	... 진사나리.
석주	!
이현	(독기 품고) 베푼 만큼 돌려받게 되실 것입니다.

명심, 하얗게 질리고 석주, 충격에 할 말을 잃은...
선비들, 욱해서 이현을 끌고 나간다.

56.   동 마당 안 (밤)

마당으로 굴러 떨어지는 이현, 선비들에게 몰매를 맞는다.

선비1	(밟으며) 감히 양반을 능멸해!
선비2	중인 주제에 감히 누구와 혼인을 해!

무수한 발길질이 날아든다. 이현, 이를 악무는...

57.   동 대문 앞 길 (밤)

함이 내던져지고 선비1·2, 이현을 끌고 나와 팽개친다.
이현, 노려보면...

선비1	스승을 욕보인 죄 죽어 마땅할 것이나 옛정을 생각하여 파문의 처분만 내리신다 하였느니라!
선비2	하해와 같은 은혜를 한시도 잊어서는 아니 될 것이야!

선비들, 들어가고 대문이 쾅! 닫힌다. 천천히 일어나 옷을 털던 이현, 현기증에 비틀 주저앉는... 다가서는 누군가... 숯검댕을 채 지우지 않은 이강이다. 억장이 무너지는 이강.

이현 (쓸쓸한) 여직 계셨습니까? 뭐 좋은 꼴을 보시겠다구요.

이강 (총을 집어 들고 손을 내미는) 가게...

이강의 손을 잡는 이현, 이를 악물고 일어난다. 비틀대며 서로를 부여잡듯 몸을 일으키는 두 형제... 분노를 곱씹으며 걸어가는 이강... 비틀면서도 의연함을 잃지 않으려 애쓰는 이현...

58. **황진사댁 석주의 방 안 (밤)**

오열하는 명심... 망연자실한 석주...

59. **거리 (밤)**

서로에게 의지하듯 걸어가는 이현과 이강의 모습에서 F.O.

60. **숲속 (밤)**

자인과 덕기, 모닥불 앞에 앉아 있다. 자인, 물끄러미 모닥불만 바라보는.

자인 이강인... 별일 없겠지요?

덕기 걱정 마이소. 글마 거 보통내기 아입니더.

자인 ...

덕기 (큼) 그라고예... 함만 봐주이소.

자인 뭘요?

덕기	객주님캉 여각 맨들 때 삼촌 행세 절대 않는다꼬 맹세했었다 아입니꺼? 다시는 안 그라겠십니다.

덕기 객주님캉 여각 맨들 때 삼촌 행세 절대 않는다꼬 맹세했었다 아입니꺼? 다시는 안 그라겠십니다.

자인 (씁쓸한 듯 피식) 아닙니다. 명색이 여각을 책임지는 객준데 인정에 휘둘려 갈피를 잡지 못하였으니... 혼나도 쌉니다.

덕기 (애틋하게 보다가) 인정에 휘둘리가 그란 게 아이고예. 인자 진짜 어른이 되신 깁니다.

자인 ?

덕기 (싱긋) 사랑예.

자인 (굳는)

덕기 (긴장) 와 이라노? 때리지 마소. 칵 고마 받아치뿔끼다.

자인 (멍해지는)

인서트〉이강과의 희로애락이 담긴 컷들.

먹먹해지는 자인... 서서히 눈가가 젖어온다. 결국 무릎에 얼굴을 파 묻는... 짠하게 바라보던 덕기, 대견한 듯 미소 머금는...

61. 백가네 앞 (밤)

총을 든 이강, 이현을 부축해 모퉁이를 돌아 나온다. 순간 칼을 겨누고 막아서는 사내들!

사내1 일단 고 총 내려놔.

이강 (마지못해 총을 내려놓는)

사내2 (총을 집으며) 흐미, 겁나게 비싸겄는디?

이강, 사내2를 가격하고 사내1에게 당수를 날린다. 달려드는 사내들을 순식간에 때려눕히는데 어느새 사내1, 주저앉은 이현의 목에 칼을 들이대고 있다. 이강, 멈칫하는...

사내1	칵 죽여분다이!

난감한 이강... 순간, 어디선가 날아온 새총알에 이마를 맞고 쓰러지는 사내1!
번개와 버들, 새총과 총을 겨누며 나타난다. 사내들, 흠칫하는...

버들	싸게 꺼져.
사내들	(사내1을 부축해 도망치는)
버들·번개	(무기를 내리고 이강을 노려보는)
이강	느, 느덜? 여근 으쩐 일이여?
이현	(주시하는)
버들	(노려보는) 으쩐 일이겄냐?
번개	누야헌티 고맙다개. 난 고부 땅 두 번 다시 안 밟을라겄응게로.
이강	(허!)
버들	일 더 커지기 전이 어여 가.
이현	잠깐만요.
버들	(보는)
이현	형님 떠나시기 전에... 따뜻한 집밥 한 끼만 대접하고 싶습니다.
이강	(보는)
번개	(군침 도는) 집밥?
이현	부탁입니다.
버들	(난감한)

62. 동 부엌 안 (밤)

솥에서 국 정도 팔팔 끓는다. 남서방, 상을 차린다. 묵묵히 지켜보고 서 있는
이현.

63. 동 행랑채 이강의 방 안 (밤)

이강, 버들, 번개 앞에 제법 푸짐한 밥상을 내려놓는 남서방.

남서방 (조금 긴장한 어투로) 차린 게 없어가꼬... 거시기 많이 묵어이.

이강 근디 행랑 사람들 죄 도망갔담서 아재는 으째 남았다요?

남서방 열녀가 두 서방 섬기는 거 봤냐?

이강 (픗 웃고) 안채는 다 주무시능게라?

남서방 이. 긍게 편히 묵어. (나가는)

이강 자, 싸게 묵고 가자고. (수저 드는데)

이현 (E) 형님.

이강 ?

64. 동 앞 마당 (밤)

대청에 걸터앉은 이현, 생각에 잠겨 있다. 이강, 나오는...

이강 안채 누워 있제 머더러 나왔냐?

이현 (일어나는) 긴히 드릴 말씀이 있습니다.

이강 지금?

이현 잠깐이면 됩니다.

이강 이, 그려. (신발 신고 내려오는)

이현 ...

65. 다시 이강의 방 안 (밤)

번개 (허겁지겁 먹는)

버들 참말... 이래도 될랑가?

번개 안 될 건 머여? 싸게 묵어. 우덜이 은제 또 집밥 묵어봤어?

버들 (에라 모르겠다 싶은... 게걸스레 먹는)

66.　동 안채 / 백가의 방 안 (밤)

백가의 곤히 잠든 모습 위로...

이현　(E) 아버지가 예전 같진 않으십니다.

67.　동 안채 정자 안 (밤)

이강, 착잡한... 이현, 이야기를 이어나간다.

이현　동비가 된 것도 알고 계십니다. 내색은 안 하셔도 꽤 충격을 받은 것 같더군요.
이강　고런 야그라믄 들어갈라네.
이현　형님...
이강　힘들것지만 동상, 으떠케든 참고 버티드라고. 우덜이 곧 양반들 응징허고 좋은 시상 맨들 것이여.
이현　동비들이 나라를 상대로 싸워 이길 것 같습니까?
이강　황토현 보고도 고런 소릴 허냐? 녹두장군이 그렸어. 우덜이 나라으 근본이라고... 나라허고 싸우는 거시 아니고 나라 말아묵은 늠덜허고 싸우는 거싱게 우덜이 이길 것이구먼.
이현　한양에서 군대가 내려왔습니다.
이강　알어.
이현　경군은 감영군 같은 구식 군대가 아닙니다. 전 일본에서 신식군대와 서양무기들의 위력을 직접 보았습니다. 동비들은 패하고 형님은 죽을 것입니다.
이강　힘센 늠 열 늠이 악에 받친 늠 하나 못 당허는 게 싸움이여. (핏 웃는) 평상 쌈을 혀봤어야 알제.
이현　(옅은 한숨 내쉬고) 백가네로 다시 돌아오세요.
이강　！
이현　이방을 하기로 했던 홍가는 행방이 묘연하니 형님이 이방을 하세요.
이강　(너털웃음) 매 맞드니 정신이 으째 된겨? 이방을 나가 으떠케 혀? 동빈디, 게 다가 살인범.

이현 살인은 제가 송사를 통해 무고함을 밝혀 드리면 되구, 동비는 형님께서 전향을 하면 되는 것입니다. 사또께서 좋아하실 만한 전리품을 바치면서 말입니다.

이강 전리품이라니?

이현 행랑채에 있는 두 명의 동비 말입니다.

이강 (굳어지는)

이현 (의미심장하게 보는)

이강 (별채로 냅다 뛰어가는)

68.   동 행랑채 / 이강의 방 안 (밤)

뛰어 들어온 이강, 굳어진다. 거품을 물고 쓰러져 꿈틀대는 번개... 몽롱한 시선으로 벽에 기대어 앉은 버들...

이강 (다가가 흔들며) 정신들 차려! 버들 접장! 번개야!

이현, 들어와 앉는다.

이현 미혼산을 먹였을 뿐이니 너무 놀라지 마세요.

이현, 버들의 총을 집어 든다. 버들, 손을 뻗으려 하지만 꼼짝도 않는...

이현 마우저... 동비 덕분에 이런 명품을 보게 되다니...

이강 (멱살 틀어쥐는) 느, 시방 제정신이여?

이현 백가네를 다시 일으킬 것입니다. 형님과 함께요.

이강 헛소리 그만혀!

이현 아버지께선 이런 말씀을 자주 하셨지요. (냉혹한 미소) 세상은 잡아먹지 않으면 잡아먹히는 곳이라고... 가당찮은 헛소리라 여겼는데 진리였어요. 그걸 황석주가 깨우쳐 주었습니다! 어찌 참스승이라 아니 할 수 있겠습니까!

이강 (기막힌... 멱살 홱 풀고) 야들 깨어나믄 용서나 빌어. 착한 애들잉게 보복은 안 헐 것이여.

이현 이미 늦었습니다. 동비들을 생포했다는 기별이 민보군에게 전해졌을 테니까요.

이강 (철렁)

69. **인서트 – 거리 (밤)**

남서방, 칼을 든 민보군과 뛰어온다. 선비1·2를 합쳐 대여섯 명 정도다.

70. **다시 이강의 방 안 (밤)**

이강 (울컥) 이현아, 인마!!!

이현 눈 한번 질끈 감으시면 됩니다. 몰랐는데 다들 그리 살더군요. 해서 저두... 그리할 것입니다.

순간, 쾅! 하는 소리! 이강, 헉!

71. **인서트 – 백가네 앞 (밤)**

대문을 걷어차고 들어가는 민보군들!

72. **다시 이강의 방 안 (밤)**

이강, 절망적으로 버들과 번개를 바라본다.

이현 이제 그만... 식구들의 품으로 돌아오세요.

분노로 돌아보는 이강과 냉혹한 이현의 시선에서 엔딩!

8회

1.   (7회 71씬의) 인서트 - 백가네 앞 (밤)

대문을 걷어차고 들어가는 민보군들!

2.   (7회 엔딩씬의) 다시 이강의 방 안 (밤)

이강, 절망적으로 버들과 번개를 바라본다.

이현   이제 그만... 식구들의 품으로 돌아오세요.

분노와 당혹감에 어쩔 줄 몰라 하는 이강... 냉혹한 표정의 이현, 담담하게 앉아 있는... 신음을 토하는 번개와 어떻게든 움직이려 버둥대는 버들... 결심이 서는 이강.

이강   아니... 내 식구는 으병들이여.
이현   (보는, 노기 어린)

3.   백가네 행랑채 마당 안 (밤)

민보군들, 급히 들어온다.

남서방   (이강의 방 가리키며) 저기구먼이라!

선비2, 가볍게 대청으로 뛰어올라 문을 여는 순간 칼이 쑥 튀어나와 선비2
를 찌른다. 마당으로 떨어지는 선비2, 칼을 든 이강의 모습이 나타난다. 민보
군들 흠칫 물러서고 이강이 튀어나온다. 대치!

남서방   (헉!) 거시기 느 미쳤냐!
이강   인자부터 그래불라고... (살기 뿜으며) 다 덤벼.
선비1   쳐라!

민보군들, 달려든다. 격투가 벌어진다.

4.   다시 이강의 방 안 (밤)

남서방, 뛰어 들어오면 이현, 침착하게 앉아 있는...

남서방   되렌님! 이게 으째 된 일입니까요!

이현, 말이 없는... 버들이가 버둥대며 기어와 이현이 쥐고 있는 총을 향해 필
사적으로 손을 뻗는다. 이현, 덤덤히 바라보는...

5.   다시 마당 안 (밤)

격투를 벌이는 이강, 민보군을 하나둘씩 쓰러뜨린다. 그러나 선비1의 공격에
칼을 놓치고 다른 민보군의 칼에 팔을 베인다. 팔을 움켜쥐고 돌아서는 이강

앞에서 선비1, 칼을 내려친다.

이강 (끝이다 싶은) 염병...

선비1의 칼이 이강에게 들이치는 순간 귀청을 찢는 총성, 탕!!!

6.   동 안채 백가의 방 안 (밤)

백가, 총성에 번쩍 눈을 뜬다.

7.   다시 마당 안 (밤)

선비1, 머리에서 핏물을 쏟으며 쓰러진다. 이강, 돌아보면 툇마루의 이현이 마우저 소총을 겨누고 있다. 마지막 남은 민보군이 도망친다. 이현, 가차 없이 사살한다. 방에서 뛰어나온 남서방, 기겁하는... 이현, 총구를 내리고 시체만 남은 마당을 둘러본다. 이현의 시선이 이강에서 멈춘다. 무심한 표정 이면에 원망이 느껴지는... 이강, 벙한...

이현 (마당으로 총을 툭 던지는) 사람들 몰려오기 전에... 새 식구들과 우리 집에서 나가세요.
이강 이현아...
이현 (차갑게) 이제 우리 가족에 형님은 없습니다.
이강 (이를 악무는)

8.   동 안채 복도 안 (밤)

칼을 들고 살금살금 걸어오는 백가와 그 뒤에서 벌벌 떨며 따라오는 채씨. 인기척에 흠칫해서 보면 이현이 나타난다.

백가   배깥에 먼 일이여!

이현   ...

9.   **동 행랑채 마당 안 (밤)**

툇마루로 기어 나온 버들, 마당으로 굴러 떨어지는... 번개를 업고 나온 이강, 번개를 내려놓고 버들에게 다가간다.

이강   걸을 수 있었어?

버들   (툇마루 짚고 간신히 일어나는)

이강, 돌아서다가 멈칫... 백가가 황망한 표정으로 서 있다.
당황한 이강, 뭐라 대꾸도 못 하고 머뭇대는... 그렇게 응시하는 부자.

백가   (토하듯) 어여 가아...

이강   (보는)

백가   싸게 도망치라고오~!!!

이강, 번개를 업고 백가를 지나쳐간다.
백가, 억장이 무너지는... 이강, 이를 악무는...

10.   **동 이현의 방 안 (밤)**

이현, 들어와 선다... 분노가 밀려오는... 욱! 해서 서안을 집어 던져 버리는...
숨을 몰아쉬는... 참담한...

11.   **거리 (새벽)**

눈이 풀린 번개를 업은 이강과 버들이 걸어온다. 땀을 비오듯 흘리는 이강. 다리가 풀려 휘청휘청 걸어오는 버들.

이강   기운 내드라고. 숨을 만헌 디가 으디 있을겨.

버들, 신음 뱉으며 털썩 주저앉는다.

이강   버들 접장!
버들   (가쁜 숨을 몰아쉬는)

난감해하며 주위를 둘러보던 이강의 표정이 굳어진다. 골목 끝에서 빤히 쳐다보는 거렁뱅이들, 하나같이 초췌한 몰골에 조악한 흉기를 들고 있는... 다른 쪽을 보면 걸어오던 한 무리의 거렁뱅이들이 멈춘다.

이강   따라오덜 말어! 우덜 개털이여!
거렁뱅이들   (스산한 시선으로 보는)
이강   (우쒸, 몇 발짝 달려 나가 칼을 휘두르며 위협하는) 안 꺼져! 디질라고 환장했냐!
거렁뱅이들   (골목으로 숨거나, 뒤로 우르르 물러나는)
이강   (되돌아와 버들을 억지로 일으키며) 언능 인나. 여글 빠져나가야 혀.

버들, 이강의 팔뚝을 부여잡고 간신히 일어나는... 이를 악물고 걸어가는 이강... 이강에 의지하여 걸어가는 버들... 다시 따라오는 거렁뱅이들...

12.   논길 (낮)

간신히 걸어가는 이강 일행... 기진맥진해서 돌아보면... 따라오다 멈추는 거렁뱅이들... 다시 나아가는 이강 일행... 따라가는 거렁뱅이들...

13.   고부 어귀 (낮)

장승 앞에 기진맥진해서 쓰러지는 이강 일행. 서서히 다가서는 거렁뱅이들...
버들, 총을 잡는...

버들   (힘들게) 여근 나가 맡을팅게 번개랑 먼저 가.
이강   사람 시시허게 보덜 말어... 약속했잖애, 같이 양반 잡으러 대니기로.
버들   (보는)

이강, 끙! 칼을 지지대 삼아 간신히 일어나 버티듯 선다.

이강   (거렁뱅이들을 향해) 그려! 인자 기운 다 빠져부렀으... 와서 멱 따.

거지2와 눈짓을 주고받은 거지1, 흉기를 꼬나쥐며 다가선다.

거지1   자네덜 으병 맞어?
이강   ?... 으병이믄 뭐?
거지2   (나서는) 우덜도 같이 싸울라고... 녹두장군헌티 데려다 줄랑가?
이강   (어이없는) 염병... 진작에 말을 허제!!!

이강, 맥이 탁 풀리는... 거렁뱅이들 머쓱하고 버들, 안도의 미소.

〈시간경과〉

버들을 부축한 이강, 앞장서 걷는다. 번개를 업은 거렁뱅이들이 따른다.

14.   산길 일각 (낮)

덕기, 주먹밥 정도 베어 먹는... 자인, 육혈포를 헝겊으로 닦는...

덕기   (꿍얼대는) 나이 무가 이기 먼 고생이고? (흘끔 보는) 썩묵도 않은 거를 뭘 그
          래 닦아쌌십니꺼?

자인   ...

**인서트> 7회 6씬의,
총에 맞아 죽어가는 화적1·2**

자인   (힘든... 잡념 떨치듯 더 박박 닦는데)

덕기   (마뜩찮은, 육혈포 낚아채는) 그라는 거 아이라캐도 참말로... (총강을 가리
          키며) 여개, 여어가 양귀비 낯짝 맨키로 반질반질해야 된다꼬 했십니꺼, 안
          했십니꺼? 거 꼬질대 주 보이소.

          자인, 순순히 꼬질대 찾는데 인기척을 느끼고 벌떡 일어서는 덕기.

덕기   (숲을 향해 칼 겨누며) 누고?... 퍼뜩 나온나.

          수풀 속에서 하나둘 총을 겨누며 나타나는 경군들!

자인   (저도 모르게 육혈포를 겨누려 하면)

덕기   (나직이) 가만 기시소! (칼 버리며) 경군 척후병들입니다.

          덕기, 두 손 드는... 자인, 육혈포 버리는... 포위하는 경군들.

15.   **역참 앞 (낮)**

          기치들이 휘날리는... 경계가 삼엄한...
          일각에 이규태, 총병들의 총기상태를 점검하고 있다.

이규태   (총구를 들여다보면서) 총강¹에 먼지가 끼어 있으면 아니 된다. (총 던져주

고) 재검.

병사　예!

이규태, 발소리에 보면 저만치 경군 척후들이 자인과 덕기를 역참 안으로 데려간다. 대문을 들어가면서 살짝 드러나는 덕기의 얼굴... 그 모습 본 이규태, 긴가민가 생각에 잠기는...

16.　동 마당 안 (낮)

이두황, 껄렁하게 대청에 앉아 자인의 군상증명서를 보고 있다. 그 앞에 공손히 서 있는 자인과 덕기.

이두황　(비웃는) 계집이 군상[2]이라니... 전라도 사내놈들은 배알도 없나보지?
자인　(쓴웃음 짓는)
이두황　(증명서 돌려주며) 황토현에도 있었더냐?
자인　그렇습니다.
이두황　전라도 지리는 훤히 꿰고 있을 테구... 동비들도 겪었으니 길잡이를 하면 되겠구만.
덕기　!
자인　영관 나리. 송구합니다만 쇤네는 관찰사의 명을 따르는 군상인지라... 속히 전주로 돌아가야 하는 처지임을 널리 헤아려 주십시오.
이두황　(티꺼운 듯 다가서는) 감히 어느 안전이라구. (뺨을 치려는데)
덕기　(그 팔 잡는)
이두황　(발끈해서 보면)
덕기　(억지 미소) 고정하시소. 시키는 대로 다 하겠십니다.

1　총강: 총알이 이동하는 구멍.
2　군상: 종군상인.

피식 웃는 이두황, 덕기를 갈겨버린다. 비틀대는 덕기를 걷어차는...
쓰러지는 덕기... 이두황, 사납게 다가서는데, 이규태 나타난다.

이규태   그만하시게!
이두황   (피식) 자넨 자네 일이나 해. (덕기를 밟는)
덕기   (윽!)
이규태   (이두황을 거세게 밀치며) 초토사 영감의 동기분이란 말일세!
이두황   (흠칫 놀라) 뭐라구?
이규태   (구부려 앉아 마주 보며) 저를 알아보시겠습니까?
덕기   (안다... 애틋해지는)
이규태   훈련도감 시절에 하루가 멀다 하고 혼이 났던 이초관입니다.
덕기   영관꺼지 된 거 보이... 인자는 총기 소제 잘하는갑네.
이규태   (미소) 예. 양귀비 낯짝처럼.
덕기   (미소)
홍계훈   (E, 낄낄대는 웃음소리)

17.   동 일실 안 (낮)

이규태와 덕기, 서 있고 홍계훈, 배를 잡고 웃는다. 덕기, 불편한...

홍계훈   (웃으며) 그래도 어디 산골에서 화적떼 두목 정돈 할 줄 알았더니 겨우 보부
         상? 역시 최덕기답구만! 암, 그래야 최덕기지!
이규태   ...
덕기   (싱긋) 초토사로 오셨다는 소식은 들었십니더. 감축드립니데이.
홍계훈   (피식) 어떠냐? 아직도 니가 옳았다 생각하느냐?
덕기   예?
홍계훈   임오년에 군란이 터졌을 때 넌 반란군을 진압하는 대신 사직을 했었지. 이규
         태, 자네 그때 이자가 병사들 앞에서 뭐라 했었는지 기억하나?
이규태   ... 같은 나라 군인끼리 싸우려고 군인이 된 게 아니라 하였습니다.
홍계훈   (책상 꽉! 치며) 역도들이었어! 저 벌레만도 못한 동비들처럼 말이야!

덕기   (너살 좋게) 지가 그땐 철이 없어가꼬... 반성 마이 하고 있십니더.

홍계훈   비겁한 놈... 넌 조선 군인의 수치야.

덕기   ...

이규태   (옅은 한숨)

홍계훈   바깥에 계집 데리고 내 눈앞에서 썩 꺼져.

덕기   ... 예.

18.   역참 앞 (낮)

         이규태, 자인과 덕기를 배웅한다.

이규태   죄송합니다. 초토사 영감이 그리 대하실 줄은...

덕기   괘안타. 틀린 말도 아이고...

자인   언제고 전주에 걸음하시면 저희 여각에 들러 주십시오. 최행수와 함께 답례
         를 하고 싶습니다.

덕기   (끼어드는) 근데 규태야. 이래 곧장 동비들 쫓아가는 기가?

이규태   예.

덕기   감영에서 패잔병들 다시 불러 모은다카던데, 기다렸다 같이 가야 되는 거 아
         이가?

이규태   관찰사 대감도 그러길 원하셨는데 초토사 영감이 한사코 속전속결을 고집하
         십니다.

덕기   와?

이규태   왕비마마에 대한 충성심이 누구보다 강한 분이십니다. 도성을 오래 비우는
         것이 마음에 걸리시는 게지요.

덕기   동비들 만만하이 봤다가 큰코다칠 낀데...

이규태   (미소) 믿는 구석이 있으니 밀어붙이시는 겁니다. 저걸 보십시오.

         덕기와 자인, 보면 회선포가 도열된...

덕기   회선포?

19. 함평관아 앞 (밤)

창의군들, 노숙 중인... 지붕들 위로 호남창의대장소 깃발이 펄럭이는... 일각에 거지1·2 등 거렁뱅이들 허겁지겁 국밥을 먹고 있는... 화가 잔뜩 난 최경선, 뚜벅뚜벅 걸어간다.

최경선   (E) 써글 늠이!

20. 동 일실 안 (밤)

최경선의 발길질에 나가떨어지는 이강! 해승, 드러누운 버들과 번개에게 침을 놓고 있다. 짚더미에 걸터앉은 김가와 동록개, 마뜩잖은 표정이다. 벌떡 일어나 다시 최경선 앞에 서는 이강.

최경선   너만 동상 있어? 누군 동상 없고, 가족 읎냐고!!!
이강   면목 없습니다.
최경선   칼 반납허고 창병대로 가.
일동   !
이강   야?
최경선   넌 이제 별동대 아녀.
이강   (다급히) 용서해 주십시오. 앞으로 절대 요런 일 없도록 허겄습니다.
최경선   나가라고!

보다 못한 김가, 동록개를 잡아끌며 다가선다.

김가   에이 대장... 그러지 말고 한 번 봐줍시다. (동록개 툭 치는)
동록개   (얼결에) 그, 그려. 동고동락헌 세월이 있는디 고건 쪼까 거시기허제.
최경선   자네들은 나서지 말어. 장군께도 허락받었응게.

이강	!... (해승을 바라보는)
해승	(착잡한)
최경선	당장 여그서 나가.
이강	...

21. 동 동헌 안 (밤)

짚단이 수북이 쌓인... 일각에 (7회의) 수레 앞에 전봉준, 손화중, 김개남이 서 있다.

손화중	이게 뭡니까?
전봉준	별동대가 사온 물건이네.

김개남, 얼른 거적을 걷는다. 하얀 목화솜이 수레 가득 실려 있다.

김개남	화약도 아니고 솜을 머덜라고? (피식) 여름 오믄 솜옷 해 입으라고?
전봉준	(미소) 경군의 회선포를 대적할 비장의 무기일세.
김·손	?

22. 동 동헌 안 (밤)

버들과 번개, 핼쑥한 안색으로 나온다. 병사들, 초대형 장태를 만들고 있다. 볏짚과 솜을 섞어 대나무 틀 안에 집어넣는... 해승, 동록개, 김가도 같이 만드는...

동록개	(버들, 번개 보고) 누워 있지 으쩨 나왔디야?
버들	인자 괜찮여라.
번개	근디 요게 다 머다요? 닭 키우는 장태겉이 생겼는디?
해승	맞아. 아주 큰 장태를 만드는 중이지.

| 김가 | 해승 접장, 이게 정말 통하겠수? |
| 해승 | 글쎄... |

의아한 번개와 버들... 속속 만들어지는 장태들...

23. 동 일각 (밤)

왼손에 죽창을 쥔 이강, 있는 힘껏 허수아비를 찌른다. 빗나가는... 다시 집중해서 찌르면 적중! 그러나 힘이 부족해 꽂히지 않는... 시큰한 손목을 잡고 아파하던 이강, 성질이 뻗친 듯 죽창을 던져버린다. 죽창이 나동그라진 곳에 서 있는 번개와 버들.

| 이강 | (옅은 한숨) 미안혀... 우리 동상이 원래 그런 늠이 아닌디... |

번개, 무언가를 툭 던지는... 손잡이께 끈이 달린 한 팔 길이쯤의 단죽창이다. 이강, 뭐냐는 듯 보면.

버들	번개 접장이 맨든겨.
이강	(보는)
번개	디지지나 말어. 두고두고 괴롭힐라니께... (가는)
이강	(줍는... 미소) 고맙다고 전해줘.
버들	(대꾸 대신 다가와 이강의 손에 죽창을 묶어주는)
이강	(물끄러미 바라보는)
버들	고마워헐 거 읎어. 백접장 말대로 우덜 다 한 식구잖여.
이강	...

다 묶은 버들, 쑥스러운 듯 미소 짓고 사라진다. 이강, 흐뭇해지는데...

| 전봉준 | 그새 많이 친해진 모양이구나. |
| 이강 | (뚱하게 인사하는) |

전봉준	(피식) 그게 장군에게 하는 인사더냐?
이강	(연신 허리 숙이며) 자요, 자! 됐지요!
전봉준	... 무단이탈의 사유를 들었다.
이강	(보는)
전봉준	석주가 파혼을 했다는 게 사실이냐?
이강	(끈을 바짝 조이며) 야, 승전허믄 그늠은 저헌티 맡겨주셔야 됩니다.
전봉준	맡아서 어쩌려구? 죽이려구?
이강	... 안 됩니까?
전봉준	아니 된다.
이강	내 동상을 망쳐분 늠입니다. 장군도 고부 사셨웅게 내 동상 들어 아시지라? 얼자³도 형이라고 꼬박꼬박 존대험서 사람겉이 살라갰던 늠입니다! 울 엄니 누명 썼을디 선운사꺼정 도망쳐서 목숨 걸고 지켜줄라갰던 늠이라고요! (눈물 맺히는)
전봉준	(착잡하게 보다가) 죽이려거든 석주보다 더 큰 것을 죽여라. 그게 진짜 의병이다.
이강	(허탈한 듯 피식) 그게 먼디요?
전봉준	글쎄... 진짜 의병이 되면 자연히 알게 되겠지. (가는)
이강	(보는)

24. 고부관아 동헌 (밤)

선비1·2를 비롯한 민보군의 시체가 거적 위에 뉘어져 있는...

25. 동 형옥 안 (밤)

옥방에 갇힌 남서방... 복도 끝 옥방에 갇힌 이현 앞에 석주, 서 있다.

---

3   얼자: 종이 낳은 아들.

석주	미혼산을 먹고 정신을 잃었던 동비들이 갑자기 깨어나 민보군을 공격하였다... 지금 나더러 그 말을 믿으라는 것이냐?
이현	사실대로 고하였을 뿐입니다.
석주	하필이면 어젯밤 너를 구타했던 선비들이 죽었다. 이 또한 우연의 일치인 것이구?
이현	복수를 위해 함정을 팠다고 의심하시는 모양인데 좀 서운하군요.
석주	뭐라?
이현	흔히들 최고의 복수는 용서라 말하곤 하지요. 허나 제가 아는 복수는 두 가지뿐입니다. 하나는 복수...
석주	(피식) 다른 하나는 무엇이냐?
이현	더 철저한 복수. (차가운 미소)
석주	(섬뜩한)
박원명	(E) 역시 동비들의 짓이었소.

26. 동 수령 집무실 안 (밤)

박원명 앞에 앉은 석주, 피 묻은 총알을 주시한다.

박원명	백이현이 쓰는 무라다총의 총알과는 다른 것입니다. 마우저래나 머래나?
석주	(찜찜한)
박원명	백이현의 신분이 비록 중인이나 제법 기품이 있습디다. 사람을 죽일 위인이 절대 아니에요.

27. 백가네 안채 복도 안 (밤)

이현, 남서방의 부축을 받으며 들어온다.

| 백가 | (E) 파혼을 당했다고? |

28.   동 안채 거실 안 (낮)

노기 어린 백가와 당황한 채씨, 덤덤히 앉은 이현을 보는...

백가 이유가 머여? 머땀시 파혼을 헌다는겨!

이현 ...

채씨 (분한) 혼례 미루자 그럴 띠부터 으째 껄쩍지근허드니만... 써글 늠이 우덜 개 털 되붓다고 요로코롬 안면을 바꿔부러! 지가 고로고도 양반이여!!

이현 다 끝난 일입니다. 전 잊었으니 아버지, 어머니두 잊어주세요.

백가 끝나긴 누구 맘대로 끝나?

이현 (보는)

백가 세상은 돌고 도는 것이여. 경군이 동비들만 쓸어불믄 우덜헌티 또 기회가 올 것이여. 두고 보드라고.

29.   함평관아 일실 안 (밤)

전봉준 등 지도부, 지도를 놓고 둘러서 있다. 함평에 동학군 표식이 올려져 있다.

송희옥 ('京' 자가 적힌 표식을 옮기며) 홍계훈이 이끄는 경군이 고창을 지나 영광까지 쫓아왔습니다.

지도 위... 바짝 따라붙은 경군의 표식.

김개남 잡것들이 축지법을 배웠나... 뭐가 이래 빨러?

전봉준 그만큼 무리를 하였다는 얘기지. 더 피곤하게 만들어주세.

손화중 계속 남하하시겠다는 것입니까?

최경선 남쪽으론 인자 무안현과 바다뿐입니다. 자칫허다간 포위당헐 수도 있습니다.

전봉준   (묵묵히 지도를 굽어보는)

30.   길 (낮)

전령을 태운 말이 맹렬히 질주해간다.

31.   다른 길 (낮)

경군들, 도열한... 이규태, 이두황 등 영관을 대동한 홍계훈 앞에 전령이 아뢴다.

전령   초토사 영감! 동비들이 함평에서 장성으로 북상하고 있습니다!
홍계훈   뭐라?
이규태   전주성으로 가려는 것입니다!
홍계훈   (홍!) 누구 마음대루... 우리도 장성으로 간다!

진군나팔이 울리고 경군, 빠르게 진군해간다.

32.   몽타주 (낮)

1) 길 - 기치를 휘날리며 진군하는 창의군들! 그 위로 황토현에서 남하하는 창의군의 행로 (정읍→고창→영광→함평→장성) 오버랩!
2) 다른 길 - 달려가는 경군들! 그 위로 경군의 행로 (군산→금구→정읍→고창→영광→장성) 오버랩!

경군과 창의군의 모습이 점차 빠르게 교차하면서 지도 위 장성으로 행로가 모아지는 순간 불꽃이 튀면서.

33.   황룡강변 전경 (낮)

황룡강변의 전경이 한눈에 펼쳐진다. 최경선의 죽창부대가 진을 짜서 도열
해 있다. 고슴도치 같은 대오의 앞줄에 이강의 모습도 보인다.

〈자막〉 1894년 음력 4월 23일 전라도 장성 황룡촌

34.   근처 강변 (낮)

강변으로 진군하는 경군들... 거지1·2를 비롯한 거렁뱅이들이 그릇을 내놓고
엎드려 구걸하고 있다.

이두황   재수 없게시리... 쫓아버려!

경군들, 거렁뱅이들을 강변으로 내모는... 강물에 빠지고 허우적대는... 홍계
훈, 마뜩찮은 듯 혀를 차는데 전방에서 색색의 척후기를 등에 꽂은 척후병이
백색 척후기를 흔들어댄다.

이규태   동비가 출현했습니다.
홍계훈   대포 설치해.

포병들, 대포를 도열시키고 발사준비를 한다.

35.   근처 수풀 (낮)

창의군들... 몸을 숨겨 경군들이 포작업하는 모습을 지켜본다.

36.   다시 황룡강변 (낮)

긴장감이 흐르는 창의군의 대오. 죽창을 바짝 쥐고 전방을 주시하는... 경군이 나타나 전투진용을 갖춘다. 집총한 선발대 뒤편으로 홍계훈과 이규태가 보인다.

최경선   명령 떨어지기 전엔 다들 한 발짝도 움직이덜 말어.

그때 쾅! 하는 폭음이 울리고 허공에서 포탄이 날아와 강물에 떨어진다. 물기둥이 솟구치고 주춤하는 창의군들.

최경선   움직이덜 말어!

쾅! 쾅! 두 발의 포탄이 날아와 한 발이 대오를 덮친다. 대여섯 명의 창의군이 우르르 쓰러진다. 두려움에 휩싸이는 창의군들. 두려움이 터져나오면서 흔들리는 대형.

최경선   뺄거 아녀! 돌뎅이여!

쾅! 쾅! 쾅! 허공을 날아오는 포탄... 두 발의 포탄이 대열을 덮친다. 먼지가 자욱해지고 곳곳에서 비명이 터지는... 공포에 질린 대형 안에서 누군가 13자 주문을 목 놓아 외친다. 최경선, 보면 이강이다.

이강   (흥분한) 시천주조화정영세불망만사지
병사들   시천주조화정~

어느새 모두 주문을 따라 외며 용기를 되찾는... 최경선, 뭉클해지는... 창의군의 주문소리가 쩌렁쩌렁 전장을 울리는...

37.   근처 강변 (낮)

이두황   뭣들 하고 있는 게야! 계속 퍼부어!

포탄을 집어넣던 경군 한 명, 총성과 함께 쓰러진다. 이두황, 보면 창의군들이 함성을 지르며 숲에서 뛰어내려온다. 이두황, 포병만 남기고 나아가 격전을 벌인다. 그때 강변에 흩어져 있던 거렁뱅이들이 그릇에 물을 담아 포를 향해 달려든다. 대포에 물을 뿌리고, 저지하는 병사들과 육탄전을 벌이는 거지들.

38.   다시 황룡강변 (낮)

들려오는 전투소리에 뒤를 돌아보는 홍계훈.

이규태   포대에 문제가 생긴 것 같습니다!
홍계훈   가서 박살을 내버려.
이규태   예.

이규태, 일단의 병사들을 이끌고 빠진다.

홍계훈   회선포 설치.

병사들, 회선포를 나란히 도열한다.

홍계훈   (회심의 미소) 너흰 이제 끝났어.

39.   근처 산비탈 (낮)

전봉준, 김개남, 손화중, 김덕명, 송희옥 등 전황을 지켜보고 있다.

김개남	걸려들었어!
전봉준	공격.

송희옥 곁의 나팔수, 나팔을 불어젖힌다.

40.   다시 황룡강변 (낮)

죽창병들이 좌우로 벌어지고 장태들이 등장한다. 별동대와 창의군들이 장태
뒤에 서 있다.

홍계훈	뭐야 저게?
최경선	(장태를 향해 달려가며) 공격!

장태를 굴리며 진격하는 창의군들!

홍계훈	쏴라!

회선포가 불을 뿜는다. 경군 총병들도 일제히 사격한다. 상체를 숙이고 장태
뒤에 숨어서 전진하는 창의군들... 장태와 그 위로 총알이 난사되는... 총에 맞
아 쓰러지는 창의군들... 별동대의 장태를 선두로 회선포를 향해 서서히 나아
가는... 방향을 잘못 잡아 강변 옆으로 굴러가는 장태! 노출된 병사들이 속
절없이 사살 당한다. 회선포가 별동대의 장태를 집중적으로 공격하는... 장태
가 터져 볏짚과 솜이 쏟아지는... 위기일발의 순간, 강변 쪽에서 장태가 굴러
와 별동대 앞을 막는다. 별동대, 보면 이강이다.

이강	뭐 혀!!!

별동대들, 뛰어나가 이강의 장태 뒤에 숨는... 이강, 필사적으로 밀고 가는...
전진하는 장태들... 미친 듯이 돌아가는 회선포... 마침내 회선포 앞에 다다라
경군의 진영을 덮치는 창의군들...

홍계훈   쳐라!!!

경군 살수들이 튀어나가고 창의군과 난전이 벌어진다. 장태에서 튀어나온 이강, 단죽창을 들고 격전 속으로 뛰어든다.

41.   몽타주 (낮)

1) 근처 강변 – 격전! 이규태, 이두황, 악전고투하는...
2) 황룡강변 – 점입가경의 격전! 영관이 최경선의 칼에 쓰러지자 크게 당황하는 홍계훈!
3) 근처 산비탈 – 주시하는 전봉준!
4) 황룡강변 – 홍계훈, 더는 견디지 못하고 '퇴각하라!' 외치는...
5) 근처 산비탈 – 손화중, '경군이 퇴각하고 있습니다!' 송희옥, '이겼습니다!' 외치는... 전봉준 보면, 저 멀리 도주하는 경군을 밀어붙이는 창의군들! 북받치는 감정을 애써 억누르는 전봉준의 모습에서 F.O.

42.   전주여각 외경 (밤)

유월   (E) 객주님!!

43.   동 마당 + 대청 안 (밤)

차인들, 인사하는... 대청에서 유월이 버선발로 뛰어내려온다. 덕기의 부축을 받으며 자인이 걸어온다.

유월   (자인을 부축하며) 괜찮으싱게라? 오매, 얼굴이 반쪽이 되부렀네이~
자인   (힘없이 미소) 여각 지키신다고 고생이 많으셨습니다.

유월	아유, 고상은... 도접장어른 와 계시는구먼이라.

자인, 보면 대청에 봉길이 묵묵히 서 있다.

자인	아부지...
봉길	... 망헐 늠.
자인	(옅은 미소) 미안혀. 걱정 많이 혔능가?
봉길	봤응게 됐어. 피곤헐팅게 내일 야그혀. (내려서는)
덕기	아, 행님! 딸내미 죽다 살아왔는데 드가가 위로도 쫌 해주고 그캐야 되는 거 아입니꺼? 삐깄십니꺼?
봉길	감영에 드가봐야 되야.
덕기	오밤중에 감영에는 와예?
봉길	(쓸쓸한) 경군이 장성에서 작살이 나부렀디야.
일동	!

44. 동 자인의 집무실 안 (밤)

어두운 표정의 자인, 덕기와 앉아 있다.

덕기	규태 글마는 무사해야 할긴데...
자인	이번엔... 얼마나 죽었을까요?
덕기	(보는)
자인	(안타까운, 옅은 한숨)
덕기	(대뜸 보퉁이 턱 놓는) 이거 보시고 기분 푸이소.
자인	(보퉁이 펼치면 엽전이 가득한)
덕기	(싱긋) 고건 맛뵈기고예. 금고 함 가보이소.
자인	...

45. 동 자인의 침소 안 (밤)

수북히 쌓인 엽전 더미 위로 쏟아지는 엽전들... 주판과 장부를 놓고 앉은 자인, 심란한 듯 돈더미를 바라보고 앉은... 끈을 들고 들어온 유월, 눈이 휘둥그 레진다.

유월   오매... 이게 다 이번에 번 돈이대요?
자인   (씁쓸한) 그런 모양입니다. 이리 와 앉으세요.
유월   (끈 내려놓으며) 쇤네가 있어도 되는 자린가 모르겠네요이.
자인   (끈에 엽전을 꿰며) 혼자 하면 무슨 재미겠습니까? 같이 돈도 세구, 사는 얘 기도 하구 앞으로 쭉 그리 지내시면 됩니다.
유월   (고마운) 야... (다가앉아서 엽전을 꾸러미에 꿰는... 자인 하는 모습 보며) 오 매, 잘 허시네요이.
자인   (미소) ... 아드님은 보고 싶지 않으십니까?
유월   보고 잡긴 허지만 뭐 으쩌겠어라? (킥! 웃고) 실은 한 보름 전인가 객주님 잡 혀가시기 전에 이강이한테서 편지가 왔었구면요.
자인   (보는)
유월   겁나게 좋은 디서 좋은 동무들허고 잘 지내고 있다는디... 그러믄 됐지, 뭘 더 바라겄어라.
자인   잘 지낸다니 다행이네요. (문득 일손 멈추고 떠올리는)

        플래시백〉7회 13씬의,
이강   **이녁은 거, 전주서 돈이나 세고 앉었지 머덜라고 전장터를 싸돌아다니고 긍가? 돈에 환장혔어?**

        현재〉
        피식 저도 모르게 웃음이 새어나오는 자인, 그러나 이내 정색하는.

전봉준   (E) 언제 죽을지 모르는 병사들의 호주머니를 독점하는 특권상인이잖소.

        플래시백〉7회 29씬의,
전봉준   **그 특권은 분명 막대한 뇌물의 결과일 테구... 부끄러운 줄 아셔야 하오.**

현재〉

심란함을 참으며 엽전을 능숙하게 꾸러미에 꿰는 자인.

인서트〉6회 39씬의, 널브러진 시체들

점점 힘들어지는 자인.

인서트〉6회 69씬의, 우왕좌왕하는 아낙들... 죽창에 찔려 비명을 지르는 행수

눈물 맺히는... 잡념을 떨치듯 신경질적으로 엽전을 집어드는 자인, 멈칫한다. 집어든 엽전에 피가 묻어 있다! 멍해지는 자인.

인서트〉5회 29씬의, 굶주린 나머지 엽전을 내밀며 먼저 달라 재촉하는 향병들 (슬로우)

툭 바닥에 떨어지는 엽전... 유월, 의아한 듯 보는... 자인, 참고 있던 울음이 터져 나온다.

유월   객주님?

자인, 오열한다. 안쓰럽게 바라보던 유월, 자인을 가만히 안아준다. 유월을 부여잡고 서럽게 우는 자인의 모습에서...

46.   백가네 안채 거실 안 (밤)

백가, 채씨 있는... 남서방이 '어르신!' 하며 들이닥친다.

백가   먼 일이여?

남서방   (울상) 고부에 남아 있는 향병들은 죄다 관아로 모인답니다요~!

백가	!
채씨	(겁이 더럭 나는) 관아에 모여서 머덜라고?
남서방	민보군을 헌다는 야그도 있고, 경군에 붙는다는 말도 있고 분분헙니다.
채씨	이현아! (나가는)
백가	(심각해지는)

47.   동 이현의 방 안 (밤)

이현, 총을 집어 든다. 채씨가 격렬히 말린다.

채씨	차라리 피신을 혀! 조선 팔도에 너 하나 숨을 디 읎겄냐!
이현	소자가 평생 탈영병으로 살아가길 원하세요?
채씨	디지는 것보단 백 번 낫제! 두 번 다시 향병은 안 되야!
이현	걱정 마세요. 시시하게 향병 따윈 하지 않습니다. (채씨의 팔을 떼어내고 나가는)

48.   동 거실 안 (낮)

물사발을 들이켜는 백가, 분한 듯 입을 닦는다. 총을 멘 이현, 들어온다.

백가	(이현이 멘 총을 보고, 마뜩찮게) 머더는겨, 시방?
이현	청이 있습니다.
백가	안 그래두 남서방헌티 피신헐 디 알아보라 갰응게 기둘려.
이현	아뇨. 지금 즉시... 안일방[4]을 소집해주세요.
백가	(거슬리는) 머시라고?
이현	이방이 되겠습니다.

---

4   안일방: 은퇴한 원로 아전들의 모임.

백가	(노기 어리는) 그깟 파혼 한 번 당했다고 막 가자는겨?
이현	아무 의지 없이 휘둘리는 향병은 진절머리가 나서요. 이방이 되어 사또의 부관이 될 것입니다.
백가	(참고) 이방은 홍가가 허기로 진작에 야그 끝났으.
이현	행방이 묘연한 사람입니다. 소자가 아버지의 대를 잇겠습니다.
백가	(물사발 내던지며) 닥치지 못혀!!!
이현	(덤덤한)
백가	그냥 향병으로 가부러... 나가 니 시체에 염을 혔으면 혔제... 너 이방 허는 꼴은 못 봐.
이현	...

49. 외딴 폐가 외경 (밤)

50. 동 헛간 안 (밤)

포박이 풀려 기둥에서 미끄러지듯 주저앉는 홍가. 탈진하여 '살려주쇼~' 주절대는... 횃불을 든 이현 곁의 백가, 믿기지 않는...

백가	홍가 자네가 황진사허고 작당을 헌 거라고?
홍가	(공포와 오한에 벌벌 떠는)
이현	민란이 터졌을 때 아버지가 숨어 계신 곳을 황진사에게 밀고했었답니다. 그때부터 약점을 잡힌 거였어요.
백가	(기막힌 듯 실소 머금는... 이내 으름장 놓듯) 이현이 말이 맞어?
홍가	(울먹이며) 잘못했습니다...
백가	(일그러지는)
이현	안일방을 열어 주세요.
백가	(흠칫) 안 돼! 그것만은 안 돼!
이현	(O.L) 제발!!!... 이제 그만 인정을 하시라구요!
백가	(눈을 홉뜨며) 머슬 인정허라고? 이? (먹살 잡으며) 머슬!!!

이현	장원급제한 정승가문의 사위 백이현... 이방 백이강... 아버지가 꿈꿨던 백가네는... 실패했다는 거.
백가	!
이현	완벽하게. (멱살 뿌리치고 나가는)

참담해하던 백가의 표정이 서서히 차가워진다. 홍가를 노려보던 백가, 품에서 단검을 꺼낸다. 홍가, 헉!

51.   동 헛간 앞 (밤)

이현, 묵묵히 서 있는... 처절한 홍가의 비명소리가 들려나온다.

52.   고부관아 동헌 안 (낮)

속속 모여드는 향병들, 명부를 든 선비들에게 호패를 보여주고 확인을 받는다. 선비들 뒤에서 지켜보는 석주... 박원명이 대청 앞에 도열한 향병들에게 연설하고 있다.

박원명	별도의 영이 떨어질 때까지 너희 향병들은 민보군에 편입되어 고부를 방비한다. 알겠는가?
향병들	(시무룩) 예...

석주, 일각을 보면 안일방의 원로들이 작청 쪽으로 몰려간다. 억쇠, 집회물품을 담은 통을 안고 석주를 지나쳐간다.

석주	게 섰거라.
억쇠	(대충 인사하고 뚱하게) 야?
석주	퇴임한 아전들이 보이던데, 작청에 무슨 일이 있는 것이냐?
억쇠	안일방이 열링게 온 거지라이.

석주	안일방? 허면 형방이 살아 돌아온 것이냐?
억쇠	형방이 아니고요, 백도령이구먼이라.
석주	!

53.   동 작청 내 별실 + 작청 안 (낮)

멍하니 허공을 바라보는 백가... 의관을 갖춘 이현, 곁에 서 있다.

이현	이제 나가시죠.
백가	(헛헛한) 아전은 군역 대신이여. 한번 허믄 십 년은 다른 일 못 허는 거 알제?
이현	그럼요.
백가	나라에서 녹봉도 주덜 않어. 굶어죽덜 안 헐라믄 딴 주머니 차야 되는 것도 알제?
이현	압니다. 각오도 섰구요.
백가	(울먹, 애써 참고 일어나 다가서며) 씨벌, 꿈은 겁나게 창대혔는디 말여. 낯짝에 피칠갑 해감스로 지랄발광을 안 혔다냐? (이현 면전에 서서) 근디 일이 으쩨 요로코롬 되부렀으까이? 깨골창에 빠져가꼬 디지기 일보직전인디 오매, 썩은 지푸라기 하나 비덜 않어야?
이현	아버지...
백가	(울컥, 눈물 맺히는) 미안허다... 니 말대로 애비가... 실패혔다.
이현	실패도 도전을 했기에 가능한 것입니다. 이젠 소자가... 소자의 방식으로 다시 도전할 것입니다.
백가	(이내 마음을 다잡고 의연하게) 그려... 가게.
이현	예.

이현과 백가, 문을 열고 나가면... 원로들이 앉아 있는 작청의 모습이 펼쳐진다.

54.　몽타주 (낮)

1) 작청 안 - 백가, 이현의 머리에 평정건을 씌운다. 원로들 둘러앉아 지켜보는...
2) 동 앞 - 채씨, 통곡하는... 남서방, 눈물을 찍어내는...
3) 다시 작청 안 - 감정을 억누르며 정성껏 매만져주는 백가를 바라보는 이현.

백가　(E) 이현아, 이 애비는 말여.

플래시백〉1회 33씬의,
백가　**지지리도 가난헌 아전집 아들로 태어나서 요날 요때꺼정 아전 나부랭이로 살았지만...**

현재〉
백가, 이현에게 목홀을 건넨다. 건네받은 이현...

백가　(E) 죽을 띠는 말이여...

플래시백〉1회 33씬의,
백가　**(보는, 간절함이 섞인) 정승 아부지로 죽고 잡다.**

현재〉
이현, 허리 숙여 절하는... 백가, 억장이 무너지는...

55.　황진사댁 외경 (낮)

명심　(E) 이방이라니요!!!

56. 동 석주의 방 안 (낮)

차분히 앉은 석주 앞에서 눈에 핏발이 선 명심이 외친다.

명심　도련님이 왜 이방을 합니까!!!

석주　연유를 내가 어찌 알겠느냐? 허나 한 가지 분명한 건 이젠 명심이 너와 아무런 상관없는 일개 아전이라는 것이다. 미련 따위 털어버리고 도련님이란 호칭도 써서는 아니 될 것이야.

명심　(눈물 그렁해지는) 너무하십니다! 오라버니께서 이토록 모진 분이셨습니까!

석주　(보는)

명심　(버티듯 노려보는)

석주　(부드럽게) 이 오래비가 가장 경멸하는 사람이 누군지 아느냐?

명심　백가겠지요! 그러니 그런 참담한 짓을 서슴없이 저지르셨겠지요!

석주　맞다. 허나 지금은 황석주... 바로 나다. (쓸쓸한 미소)

명심　!

석주　(눈물 맺히는) 스스로 고결하다 자부했었다... 참되다 믿었었다... 그래서 이현이가 번복을 해도 된다 하였을 때 번복하지 못했었다... 난 사대부니까... 난 공맹의 가르침을 체현하는 지고한 선비니까!

명심　(울음 터지는)

석주　이현이의 교생안을 불태우던 날... 니가 알던 황석주는 죽었다...

명심　(오열하는) 오라버니~!!!

허탈한 한숨을 내쉬는 석주의 참담한 표정에서 F.O.

57. 창의군 숙영지 앞 (낮)

이강, 파수를 서고 있다. 최경선이 다가와 선다. 빤히 노려보는...

이강　(쭈뼛) 나가 또 머슬 잘못혔을까요?

최경선　염병...

이강	(쩝)
최경선	(툭 내뱉는) 별동대로 복귀혀.
이강	... 대장!
최경선	(뚱해서 가버리는)
이강	(감격스런)

58. 동 일각 (낮)

곳곳에서 휴식을 취하는 창의군들... 드러눕고, 낄낄대고 조금 산만한 느낌... 일각에 동록개가 이강, 해승, 버들, 번개를 비롯한 병사들 앞에서 수다를 떨고 있다.

동록개	나가 뒤를 팍 돌아봉게로 장군님이 경군 다섯 늠헌티 포위를 당했는디,
번개	(몰입) 그래서요?
동록개	그래가꼬 나가 장군님!!! 외침서 달래들었는디 음마, 이 잡것들이 그냥 갈겨 대는겨! 빠바방!!!

동록개의 빵 소리에 실제 총성 더해지면서,

59. 인서트 - 상상 - 숲속 (낮)

총구에서 연기가 피어오르는 경군들... 주춤 허리를 숙이며 물러서는 전봉준... 동록개의 헉! 하는 모습 위로...

동록개	(E) 근디 말이여...

전봉준, 꼿꼿이 허리 세우며 팔을 휘두르는... 그의 손에서 총알이 날아가 경군들에게 꽂힌다. 쓰러지는 경군들...

60. 다시 창의군 숙영지 일각 (낮)

동록개   (심취한 어조로) 장군님은 사람이 아니여... 상제님으 현신이여.
병사들   (몰입한)
해승   (피식, 씹고 있던 풀 정도 던지며) 에이~ 말이 되는 소릴 하슈.
동록개   참말이여! 내 눈으로 똑똑히 봤다니께!
김가   (E) 동록개 접장!

동록개 보면 김가가 실실 웃으면서 수통을 들고 온다.

김가   떠든다고 갈증 날 텐데 물 좀 드슈.
동록개   물? (생각 없이 한 모금 받아 마시는... 눈이 번쩍 뜨이는가 싶더니 벌컥 벌컥
       마셔대는)
김가   (억지로 떼어내서) 에이 물 먹고 체하면 약도 없다니까... 백접장?
이강   참을 만헌디... (마시는... 역시 눈이 번쩍 뜨이고 벌컥벌컥 마셔대는)
버들   (이상한 느낌에 수통 뺏어서 냄새를 맡는, 술이다) ... 김접장!
김가   (낚아채고) 괜찮아... 우리만 먹는 것도 아닌데 뭘. (가는)
동록개   한 입만, 이? (졸졸 따라가는)
이강   으따 갑자기 목이 겁나게 마르네이. (따라가는)
해승   술이야?
버들   야.

해승, 보면 곳곳에서 얼굴이 불콰해서 낄낄대는 병사들.

61. 동 대장 막사 안 (낮)

전봉준에게 손화중이 심각한 표정으로 고한다.

손화중   창의군의 기강이 많이 해이해졌습니다.

전봉준	들뜰 만도 하지. 감영군에 이어 경군까지 대파하였으니.
손화중	근자에 가담한 자들 중에는 무뢰배, 발피[5]도 섞여 있다 합니다. 속히 대책을 세우셔야 합니다.
전봉준	...

송희옥이 잔뜩 긴장한 표정으로 들어온다.

송희옥	장군. 좀 나가보셔야겠습니다.
전봉준	무슨 일인가?
송희옥	주상전하께서 윤음[6]을 보내오셨습니다.
전·손	!

62.   동 대장 막사 앞 (낮)

사자가 수행원 둘을 대동하고 서 있다. 별동대를 비롯한 병사들 둘러서서 구경하는... 몇몇은 술을 마시고 비틀대기도 하는... 전봉준 등 지도부가 나타나 사자 앞에 선다.

| 전봉준 | 호남창의대장소 동도대장 전봉준이오. |
| 사자 | (두루마리를 펼쳐 들고) 꿇어라. |

전봉준을 위시한 지도부, 무릎을 꿇으면 병사들, 모두 꿇는...

| 사자 | 너희는 들으라. 과인은 백성에 대한 생각으로 편안히 보내는 날이 없거늘 그 은택이 아래에까지 미치지 못하여 너희를 방황하는 난민으로 만들었으니 실로 통탄스럽도다! 과인은 너희를 긍휼히 여겨 처벌에 앞서 교화를 베풀고 |

---

5   발피: 일정한 직업 없이 못된 짓만 하면서 떠돌아다니는 무리.

6   윤음: 국왕이 백성을 타이르는 문서.

자 하니 그간의 잘못을 뉘우치고 고향으로 돌아가 생업에 종사하라! 항거하
는 자는 반역의 죄로 다스릴 것이니라!

병사들   (반역이란 단어에 동요하는)

사자   (두루마리 접고) 속히 무리를 해산하게!

전봉준   우리는 전하의 윤음을 듣기 위해서가 아니라 전하께 우리의 뜻을 전하기 위
해 봉기한 것이오. 전하께 전하시오. 우리의 요구가 받아들여지기 전에는 해
산하지 않을 것이라구.

사자   뭐라?

병사들   (긴장)

전봉준   더불어 우린, 전하를 해할 마음이 추호도 없으니 성심을 편안히 하시라구.

사자   (발끈) 네 이놈! 감히 주상전하의 윤음에 반기를 드는 것이냐! 그 또한 반역
임을 모르지는 않을 터! 정녕 국법의 지엄함을 보여주어야 정신을 차리겠느
냐! (하는데)

전봉준의 칼이 가차 없이 사자를 벤다. 충격에 얼어붙는 군중. 술을 마시거
나 취했던 병사들, 정신이 번쩍 드는... 사색이 되어 도망치는 수행원들... 전봉
준, 병사들을 돌아본다. 병사들, 주목하는...

전봉준   지금이라두... 고향이 그리운 자... 죽음이 두려운 자는 떠나시오.

병사들   ...

전봉준   인즉천의 세상을 위해서라면 역적의 오명마저 뒤집어쓸 각오가 되어 있는 사
람만 남으시오.

이강   (전봉준을 꽂힌 듯 보는)

전봉준   (일갈하듯) 가짜는 가구 진짜만 남으란 말이오!!!

이강   (무언가 뇌리를 강타하는)

플래시백〉 23씬의,

전봉준   **죽이려거든 석주보다 더 큰 것을 죽여라. 그게 진짜 의병이다.**

현재〉

이강   (울컥 격정이 치미는)

전봉준   윤음 따윈 필요 없소. 우리에게 필요한 건 오직... 저것이오.

일제히 전봉준이 가리키는 곳을 보면 보국안민을 비롯한 깃발들이 나부낀
다.

이강   (저도 모르게 진심으로 터져 나오는) 창의군 만세!
병사들   (보는)
이강   (버럭) 녹두장군 만세!!!
병사들   만세!!! 만세!!! 만세!!!

곳곳에서 터져 나오는 만세소리... 격정이 최고조에 달하면 손을 들어 좌중
을 집중시키는 전봉준... 비장하게 바라보는 의병들...

전봉준   갑시다... 전주성으로!

63.   길 (낮)

창의군이 위풍당당하게 행진해간다. 척후를 맡은 별동대... 해승과 천보총을
이고 가는 이강... 동록개가 구성진 판소리 가락을 풀어낸다.

동록개   가보세 가보세~ 을미적 을미적~ 병신 되면 못 가리~ 가보세 가보세~ 을미
적 을미적~ 병신 되면 못 가리~

64.   전라감영 동헌 안 (낮)

당손 등 군교들, 뛰어 들어간다.

65.   동 관찰사 집무실 안 (낮)

당손 등 군교들, 바삐 문서들을 챙긴다. 김문현, 안절부절 못하는...

김문현   서둘러라, 어서! 동비들이 쳐들어오고 있단 말이다!

66.   전주시장 (낮)

이화 등 백성들, 길가에 몰려나와 있는... 우왕좌왕하며 도망치는 양반들... 교자에 탄 김문현과 관리들, 감영군의 호위를 받으며 도주한다.

당손   비켜! 관찰사 대감 행차시다! 비켜!
이화   여보! 여보!
당손   (듣지 못하고 가는)
김문현   빌어먹을... (절규하는) 이 일을 어찌하면 좋단 말이냐!

67.   도임방 봉길의 집무실 안 (낮)

쓸쓸한 표정의 봉길, 홀로 앉아 있다. 자인과 덕기, 급히 들어온다.

덕기   퍼뜩 피하이소! 동비들이 성문 앞꺼정 왔다캅니더!
봉길   도접장더러 임방 놔두고 으딜 가라는겨?
덕기   예?
자인   고집부릴 때가 아녀! 동비들이 아부질 을매나 벼르고 있는지 몰라서 이런당가?
봉길   느그 아부지 전라도 보부상들헌티도 아부지여. 도둑 들었다고 집 비우는 아부지 봤냐?
자인   아부지!
봉길   (버티듯 눈을 감는)
자인   (다급히) 최행수, 뭐 하고 계십니까!

덕기	행님, 죄송합니더. (봉길을 덥석 안아 강제로 끌고 나가는)
봉길	(끌려 나가며) 덕기, 너 이거 못 놔! 이거 노라고!
자인	(불안한)

68. 전주성 풍남문 안 (낮)

백성들의 환호 속에 창의군이 질서정연하게 입성한다.

〈자막〉 1894년 음력 4월 27일 동학농민군 전주 입성

개선장군처럼 위풍당당한 전봉준 등 지도부를 향해 아우성치듯 몰려드는 백성들... 하나같이 감개무량한 표정의 창의군들... 이강 역시 감격을 감추지 못하는데...

유월	(E) 이강아!!!

이강, 돌아보면 유월이 서 있는... 이강, 멈추는... 번개가 이강 대신 천보총을 어깨에 메는...

이강	엄니...
유월	느... 동비였냐?
이강	(피식) 섭허구먼... 으병이여. 창으군! (척척 걸어가 확 안아버리는)
유월	(울컥) 이강아!!!
이강	울지 말어... 인자 좋은 시상 올팅게.

이강의 시야에 한 여인이 들어온다. 수심 가득한 표정을 짓고 있던 자인이 애써 밝은 미소를 지어 보인다. 이강, 씨익 웃는... 이강과 자인의 미소에서.

69. 고부관아 작청 안 (낮)

차가운 카리스마를 뿜으며 자리에 앉아 있는 이현... 그 앞에 신임아전들 도열해 있다. 형방이 된 억쇠도 보인다.

이현　　　좀 전에 전령이 다녀갔습니다. 전주성이 동비들의 손에 떨어졌답니다.
아전들　　(탄식하는)
이현　　　(곰곰이 생각하는)
억쇠　　　(문가 보고, 놀란 표정으로) 이방어른!

이현, 문가를 보면 초췌한 안색의 명심이 서 있다. 이현, 지그시 보는... 명심, 금세라도 눈물이 쏟아질 듯한...

70.　　동 별실 안 (낮)

눈물 그렁한 명심을 묵묵히 바라보는 이현.

이현　　　그간 무탈하셨습니까?
명심　　　(애써 눈물을 참으며) 예.
이현　　　작청에서 잡무나 보는 이방입니다. 예법대로 하대를 하셔야 합니다.
명심　　　(힘들게) 부디... 소녀의 오라버니를... 용서해주시어요.
이현　　　...
명심　　　도련님의 애석한 심정을 소녀가 어찌 모르겠습니까? 허나... (눈물 흐르는) 인연이 여기까진 것을 어찌하겠습니까? 부디... 몸과 마음을 강건히 하시구... (말을 잇지 못하고 흐느끼는)
이현　　　(지켜보다가) 단 한 번도... 인연이 다했다 여긴 적 없습니다.
명심　　　(보는)
이현　　　계속 나아갈 것입니다. 아씨께서 계신 곳까지.
명심　　　(놀라는) 도련님...
이현　　　기다리세요... 가겠습니다.

71.   동 동헌 + 대청 안 (낮)

석주, 굳은 표정으로 급히 들어온다. 동 돌린 채 대청 앞을 비질하는 관노…
대청을 초조하게 오가는 박원명.

박원명   황진사!

석주   (급히 대청을 오르는) 전주가 함락되었다는 것이 사실입니까?

박원명   (한숨) 사실입니다. 일단 안으로 드세요.

대청에 오르던 석주, 자신의 신발을 급히 정돈하는 관노에게 시선이 간다. 흠
칫 놀라는… 한쪽 입가에 자상의 흉터가 선명한 홍가다.

석주   아니, 자네?

홍가   (실없이 웃으며 도망치듯 사라지는)

석주   (벙한) 대체 이게 어찌 된 일입니까?

박원명   (찌푸리는) 이방에게 평소 억하심정이 있었던 모양입니다. 교생안을 불태워
향병으로 끌려가게 만들었다지 뭡니까?

석주   !

박원명   중벌로 다스려야 마땅할 것이나 이방의 청도 있고 해서 관노[7] 정도로 끝냈습
니다.

72.   동 수령 집무실 안 (낮)

석주, 혼란스러운 표정으로 박원명 앞에 앉아 있다.

박원명   그래도 아직은 희망이 남아 있습니다. 초토사 홍계훈이 전열을 재정비하여

---

7   관노: 관아의 노비.

전주로 북상하고 있다 합니다.

석주 ...

박원명 황진사?

석주 아, 예...

이현 (E) 사또. 이방입니다.

석주 !

박원명 (반색) 오, 그래... 어서 들어오게.

이현, 들어와 좌정한다. 석주, 불편한...

박원명 그래. 무슨 일인가?

이현 전주가 함락되었는데 전라도의 수령관속들이 강 건너 불 보듯 해서는 아니 될 것입니다.

박원명 허면 우리가 어찌 하면 좋겠는가?

이현 고부의 민보군으로 하여금 경군에 합류하여 동비를 토벌토록 해야 할 것입니다. 소인이 부관으로 종군을 하겠습니다.

석주 !

박원명 허나 군사에 대한 지휘는 사또인 본관의 소임... 사또란 자가 나라의 영도 받지 아니 하구 임의로 고을을 벗어날 순 없네.

이현 여기 황진사 나리에게 지휘를 맡기시는 건 어떠실런지요?

석주 !

이현 인품과 덕망이 출중하여 민보군의 존경을 받고 있을 뿐 아니라 나라에 대한 충심이 극진하니 지휘관의 소임을 마다하지도 않을 것입니다.

석주 (기막힌 듯 보는)

박원명 이방의 뜻이 참으로 가상하지 않습니까? 황진사, 본관을 대신하여 참전을 해 주시겠소?

이현 ...

석주 ... 하겠습니다.

박원명 오~ 역시! 허면, 최대한 빨리 종군할 준비를 해주시오.

석주 (당혹스러운)

플래시백〉 7회 55씬의,

이현   **(독기 품고) 베푼 만큼 돌려받게 되실 것입니다.**

현재〉

이현   진사나리... 성심껏 보필하겠습니다.

석주   ...

이현   (E) 제가 아는 복수는 두 가지뿐입니다. 하나는 복수...

플래시백〉 25씬의,

이현   **더 철저한 복수. (차가운 미소)**

현재〉

석주, 이현을 노려보는... 씨익 웃는 이현의 모습에서 엔딩!